이만하면
잘 살고
있는 걸까?

이만하면 잘살고 있는 걸까?

초판발행   2020년 5월 1일

발행인   안건모
책임편집   유이분
독자사업   정인열
디자인   김선영

펴낸곳   (주)도서출판 작은책
등록   2005년 8월 29일(서울 라10296)
주소   서울 마포구 동교로 114 태복빌딩 5층
전화   02-323-5391
팩스   02-332-9464
홈페이지   http://www.sbook.co.kr
전자우편   sbook@sbook.co.kr

ISBN   978-89-88540-22-0
        978-89-88540-15-2(세트)

이만하면
잘 살고
있는 걸까?

작은책 엮음

작은책

월간 〈작은책〉이 25주년을 맞이해서 단행본 두 권을 출간합니다. 2010년에 '일하는 사람들의 글쓰기' 시리즈로 1~3권이 나온 뒤 10년 만에 나오는 책입니다. 시리즈 3권에 이어 이번에도 그동안 〈작은책〉에 실렸던 생활글을 모은 책입니다. 코로나19 사태로 전 세계가 고통받고 있는 이때, 책을 내는 게 얼마나 가치 있는 일일까 하는 회의도 했지만 진작 계획했던 일이라 용기를 냈습니다.

책을 내면서 1995년에 처음 발행했던 월간 〈작은책〉을 찾아봤습니다. 64쪽짜리에, 가운데를 스테이플러로 찍은 책입니다. 그 얇은 책 안에는 공장 노동자들이 쓴 글들이 많았습니다. 차광주 발행인이 쓴 글을 보면 '일하는 사람들'이 쓴 글을 실은 책이 과연 월간지로서 살아남을 수 있을까, 걱정하는 분들이 많았다고 합니다.

그리고 25년이 지났습니다. 〈작은책〉은 그동안 노동자들의 생활 글쓰기를 선도해 왔습니다. '일하는 사람들이 글을 써야 세상이 바뀐다'는 고 이오덕 선생님의 말씀을 길잡이 삼아 평범한 사람들이 글을 쓸 수 있도록 모임도 만들고 노동자들이 쓴 글을 찾아 실었습니다. 지금까지 〈작은책〉에 실렸던 생활글을 다시 읽어 보면 서민들의 역사가 담겨 있습니다.

'일하는 사람들의 글쓰기' 시리즈 4권, 《서로 안고 크니까 그렇지》는 2010년부터 2014년까지 〈작은책〉에 실렸던 글입니다. 마트 노동자, 일용직 택배 노동자, 철물점 노동자, 도시가스 점검원 등 다양한 노동자들이 쓴 글이 있습니다. 2011년 9월에 최만선 씨가 쓴 글을 보면, 강원도에서 감자 농사를 짓는 누나와 10년 만에 전화통화를 하고는 어릴 적에 자신을 키워 줬던 누나를 회상합니다. 최만선 씨는 2020년 3월호 '작은책이 만난 사람'에서 인터뷰한 독자입니다. 현재 삼표레미콘 서부공장에서 차주회 회장, 노동조합으로 말하면 위원장 역할을 하고 있습니다.

택시 운전을 하다가 만난 여자 손님과 결혼한 이야기도 있습니다. 이 손님은 차비가 없다고, 다음에 준다고 하면서 택시 기사에게 삐삐 번호를 알려 줍니다. 그 택시 기사는 나중에 버스 기사가 되고 부산버스노동자협의회 회원으로 '노조 민주화 추진' 활동을 열심히 합니다.

2010년에 '하루에 열 시간만 일하고 싶어요'라는 글도 눈길이 다시 갑니다. 대체 얼마나 일을 하기에 '열 시간만 하고 싶다'고 할까요. 숙박업 노동자가 쓴 글입니다. 당시에는 월차도 없고, 명절 때 연차도 쓸 수 없다고 했습니다. 세상은 그때와 달라졌을까요?

'일하는 사람들의 글쓰기' 시리즈 5권, 《이만하면 잘 살고 있는 걸까?》는 2015년부터 2019년까지 〈작은책〉에 실렸던 글 중에서 뽑은 글입니다. 뜻밖에 귀농한 분들이 쓴 글도 많이 보입니다.

〈작은책〉 글쓰기 모임에 자주 나왔던 최성희, 최상천 부부는 어떻게 살고 있을까요? 최상천 씨는 퇴사하고 부인과 함께 캠핑카로 전국을 떠돌며 살고 있습니다. 지금은 제주도에 머물고 있죠. 가끔 카카오톡에 올라오는 사진을 보면 엄청 행복해 보입니다.

또 마트 노동자, 맥도날드 알바 노동자가 쓴 글도 있습니다. 이분들은 여전히 현장에서 일을 하고 있습니다. 그때는 과연 어떠했을지, 꼭 한번 읽어 보시기 바랍니다.

좋은 글이란 먼저 감동이 있어야 하고, 살아가는 데 도움이 되고 지혜를 얻을 수 있어야 합니다. '지금 알고 있는 것을 그때도 알았더라면' 하고 뉘우치는 것은 이제 그만! 우리 이웃들이 살아온 발자취를 되돌아보면 어떻게 살아가야 하는지 길을 찾을 수 있겠지요.

이 글을 쓰는 오늘은 2020년 4월 16일, 세월호 참사 6주기입니다. 어제는 21대 국회의원 선거일입니다. 참사 6주기를 맞이했지만 아직도 배가 침몰한 진실이 밝혀지지 않았지요. 세월호 참사의 진실을 은폐하고, 조사·수사를 방해하고, 유가족에게 막말을 했던 후보들이 또 당선되는지 궁금하더군요. 선거 결과는 민주당의 압승입니다. 세월호 참사 막말 후보들이 많이 떨어졌네요. 사필귀정이란 말이 떠오릅니다. 그런데 올해는 세월호 참사의 진상이 밝혀질까요?

여기에 실린 글은 글쓴이들에게 일일이 허락을 구하지 못했습니다. 혹시나 여기 실린 글이 거북하시다면 〈작은책〉에 연락해 주시기 바랍니다. 고맙습니다.

월간 〈작은책〉 발행인 안건모

| 차례 |

글모음 셋 **내가 잘리면 니들이 책임지니?**

글모음 넷   **옷핀으로 자지를 찌르는 용기**

글모음 다섯 **부엉이 우는 사연**

그 돼지는 저 돼지와 달라

자급자족 생활
2년째

    나는 아내와 아홉 살 아들과 장기 캠핑을 하고 있다. 2년이 지났다. 그동안 자리도 옮기고 6개월은 캠핑을 하지 않았다. 처음엔 텐트로 시작했으나 지금은 방을 만들었다. 방은 한 칸이고 폭이 2미터, 길이가 3미터로 벽과 지붕은 비닐하우스이고 비닐을 이중으로 하고 그 사이에 30센티미터 볏짚을 채워서 단열을 했다. 약 5~6인용 텐트 크기 정도다. 요즘같이 추울 때는 방에 사각 깡통으로 만든 나무 난로를 사용한다. 짐 들여놓을 공간이 충분치 않아서 폭 3미터, 길이 4미터로 새로운 방을 만들고 있는 중이다. 습기가 차면 안 되는 짐들은 방에 놓는 것이 효율적으로 습기를 방지한다. 방은 잠자는 용도로만 쓰기 때문에 따로 비닐하우스를 만들었다. 폭이 6미터, 길이가 14미터이고 마루를 만들어서 거실처럼 사용하고 주방도 있고 창고도 겸한다. 겨울엔 햇빛만 있으면 매우 따뜻해서 오히려 그늘을 만들었다.

식사 준비는 나무 화덕으로 하다가 반년 전부터는 80세인 어머니가 와 계실 때 가끔 혼자 계셔서 직접 식사 준비를 하실 때 불편하실까 봐 가스레인지를 놓은 이후로 계속 사용하고 있다. 언제라도 따뜻하게 지내게 하기 위해 전기를 끌어들여 전기장판을 사용했다. 그 후로 전기를 사용하고 있어서 밥은 전기밥통에 하고 있다. 세탁기와 냉장고는 사용하지 않는다. 어머니께서 사용하시는 방은 14살 조카가 자기 방으로 만든 거라서 폭이 1.2미터에 길이 3미터다. 지금은 해체하고 그 자리에 우리 방을 만들고 있다. 어머니와 조카는 지금은 없다. 물은 작은 계곡에서 흐르는 물을 쓴다. 화장실은 생태 화장실을 사용한다. 통에 변을 보되 소변이 대변에 섞이지 않도록 하고 뒤를 본 후 왕겨를 덮어 준다. 대변이 통에 차면 거름 더미에 부어 준다.

주변에 놀고 있는 땅을 빌려서 조금씩 농사를 지어서 먹을거리를 마련한다. 올해는 150평 정도의 벼농사를 지었는데 300킬로그램 정도의 벼를 수확했다. 우리 가족 1년 먹을 양은 될 듯하다. 농약과 비료는 쓰지 않았다. 심을 때 손으로 심고 수확할 때 반은 홀태로 반은 와롱기로 타작을 했다.

이곳에 살기 전 산속에서 6개월 동안 천막을 치고 지냈다. 그곳은 전기를 끌어올 수도 없고 자전거가 다닐 수 있을 정도의 길조차도 없었다. 약초꾼만 드물게 다니는 분명치 않은 길뿐이었다. 지식과 경험이 거의 없었기 때문에 스마트폰으로 정보를 찾고 방법을 고민해 가며 지냈다. 먹고 자고 빨래하고 불 때는 일로 하루 종일 바빴다. 여유를 부렸다가는 더럽고 추웠다. 그때의 경험으로 이곳에서는 좀 더 개선된 방법으로 지내고 있어서 더 따뜻하고 편하고 여유도 갖게 되었다. 산에서는 안정감이 없었으나 여기에서는 안정감을 느낀다.

산에서 지낼 때 늘 바빴고 그런 생활을 계속 이어 갈 수 없을 것처럼 느껴지기는 했지만, 한편으로 명확하게 설명하기 어려운 좋은 정서를 느꼈다. 세 식구가 공통적으로 느꼈다. 그 느낌이 좋아서 우리는 자주 그것에 대해 이야기했다. 밥맛은 어찌나 좋은지 아들은 자꾸 더 먹겠다고 해서 자주 말렸다. 산에서는 단 한 끼도 입맛이 없이 먹어 본 기억이 없다. 지금 이곳에서도 밥맛이 좋지만 산에서의 밥맛이 더 맛있었다.

그렇게 살기가 쉽지는 않지만 나름 만족스런 생활을 사람들에게 소개해 주고 싶었다. 그래서 기회가 되면 우리 가족이 느끼는 것을 소개했는데 이상하게 믿지 않는 것이었다. 처음에는 내가 거짓말한다는 듯해서 감정이 상했다. 차츰 여러 사람과 이야기를 하면서 믿지 못하는 것이 당연하다는 생각이 들게 되었다. 일단 보통 사람들이 행복한 길이라고 믿고 열심히 추구하는 삶과 거의 정반대의 삶이다. 심리 조사 결과를 보면 사람들은 행복감이 물질이 풍요할수록, 다른 사람들의 인정을 받을수록, 안락할수록 크게 느껴진다고 생각한다. 나도 마찬가지였다. 그러나 성경 사상은 반대로 이 세 가지를 버리지 않고는 행복할 수 없다고 한다. 다시 말하면 그 세 가지에 대한 욕망이 클수록 불행이 커진다는 것이다. 산에서 생활하면서 이 사상을 어렴풋이 이해할 수 있었다.

우리 가족이 이런 장기 캠핑을 선택하게 된 동기 중에 가장 큰 것은 아들의 교육이었다. 대중 매체와 주변 사람들의 가치관으로부터 영향을 차단할 수가 없었다. 주변의 영향이 차단되지 않은 상태에서 부모의 교훈은 거의 아무런 효력이 없었다. 백마디의 부모 말보다 인생을 모르는 어린 친구의 한마디가 더 영향력이 컸다. 자연 속에서 자급자족을 위한 활동들을 통해서 육체와 정신과 마음이 적절하게 발달할 수 있다는 것을 이론으로 알고 있었다.

시작하기 전에 두려움이 있었다. 절대 없어서는 안 되는 최소한의 도구만을 가지고 생활하는 게 원칙이었다.

상상했던 것과 실제 결과는 많이 달랐다. 생활은 훨씬 바쁘고 힘들었다. 그러나 마음은 기대보다 좋았다. 아들은 관심을 빼앗는 거리가 없으니 부모에게 밀착하여 종일 대화를 했다. 같이 일하고 생각을 공유했다. 해 보지 않고는 이런 생활에서 얻는 유익을 알 수 없겠구나 하는 생각이 들었다. 이 글을 쓰면서도 말 그대로 믿을까? 얼마나 이해할까? 하는 생각을 한다.

이런 삶에서 느끼는 것 중 하나가 자유다. 이런 게 자유구나 하는 생각을 자주 하게 된다. 그동안 살아오면서 내가 자유롭지 못한 존재라는 생각은 안 했다. 그러나 지금 느끼는 자유를 느껴 보지는 못했다. 과거의 삶을 생각해 보면 열심히 살았지만 뭔가 참 많은 것들에 얽매여 살았다는 생각이 든다. 이 자유를 우리 아이에게 꼭 유산으로 물려주고 싶다. 오늘날의 생활은 옛날 왕들이 누리던 것보다 더 풍요하고 더 편리하고 안락하다는 말에 전적으로 동의한다. 우리 아이가 만족하는 법을 배운다면 자유를 가질 것이다.

이곳으로 오게 된 이유는 소박한 삶을 자발적으로 선택한 사람들이 있기 때문이었다. 한 사람은 대기업 임원으로 월급 천오백만 원씩 받았던 분인데 제실지기를 하며 농사지으며 지낸다. 1년 수입이 한 달 월급도 안 되는 칠백만 원에 매우 만족하고 오히려 내년부터는 수입을 반으로 줄이고 봉사하려고 하고 있다. 또 한 사람은 재일 교포 3세인데 일본 릿쿄대 법대를 나온 실력자다. 돈도 꽤 벌었고 일본에 물려받은 재산도 있는 분인데 자급자족을 목표로 뭐든지 스스로 해결하고자 열심히 노력 중이다. 이분이 하는 말 중에, 먹을거리를 생산하는 농촌 사람이 먹고살기 힘들다 하는 것은 이상하다는 것이다. 필요를 채우는 것에 만족하려고 하지 않기 때문에 힘들게 느낀다고 한다. 이분들과 함께 지내면서 사상적으로 많이 배우고 있다.

이런 생활을 일단은 3년을 목표로 하고 있다. 처음엔 먹을거리를 전적으로 사다가 해결했다. 이제는 먹을거리는 최대한 자급하고 수입과 지출을 최소한으로 줄이는 것을 원칙으로 하려고 한다. 할 수 있는 한 모든 것을 자급하되 능력 밖의 것만 돈에 의존한다. 교육은 모든 일을 아이와 함께하면서 각각의 일을 대하는 마음의 자세와 지식과 경험을 나눈다. 아이가 재능 있는 분야는 오히려 나보다 더 잘하므로 가르칠 것은 별로 없고 다만 마음의 자세와 생활 속에서 활용할 수 있는 기회를 최대한 마련해 준다. 다른 사람들의 일을 돕되 돈을 벌기 위해서는 하지 않는다. 살아 보니 돕기 위해서 일을 하면 생각지 않게 수입이 생긴다. 아마도 3년이 지나도 계속 이렇게 살 것 같다. 자급자족하는 기술이 점점 나아질 것이다.

| **김준규** 장수에서 자급자족하는 생활을 꾸리는 중, 2015년 1월 |

같이
못 살겠다

"일어나. 밥 먹고 또 자."

고등학생인 첫째는 아무리 깨워도 소용이 없다. 입만 아프다.

"식구들이랑 일주일에 딱 한 끼 같이 먹는데 그것도 같이 안
먹냐?"

열 번쯤 말하면 간신히 하는 말은 "엄마, 나 배 안 고파요"라는
대답이다. 토요일 12시가 넘어도 자느라 꼼짝을 안 한다. 화장
실도 안 가고 12시간을 내리 자는 것을 보면 오줌보 안 터지나
신기할 정도다.

식구들이 아침 다 먹고 치우면 한두 시쯤 방에서 기어 나온
다. 그런데 이때 절대로 똑바로 걷는 일은 없다. 키가 큰 아이가
잠에 취한 얼굴로 비틀거리며 주방으로 간다. 들어가서는 냄비

랑 냉장실, 냉동실, 찬장을 하나씩 열고 한참을 들여다본다. 자기 먹을 게 뭐가 있는지 천천히 샅샅이 훑는다. 빵이랑 우유, 과자가 있으면 그것부터 먹어 치운다. 밥부터 먹는 일은 절대 없다. 내가 해 놓은 것을 조금 먹거나 방에 사다 둔 라면을 해 먹는다. 그러고는 자기 방으로 기어 들어간다.

내가 뭐 좀 사 오라고 시키면 "머리를 안 감아서 못 나가요"라고 한다. 밥은 안 먹어도 머리는 감아야 나갈 수 있단다. 그리고 서너 시가 되면 방에서 나온다. 갈아입을 속옷을 챙겨서 천천히 화장실로 간다. 뜨거운 물을 한가득 욕조에 받아서 샤워하고 머리를 감는다. 어두워지면 친구들의 연락을 받고 축구 시합 한다고 나간다. 물론 학원에 가기도 한다. 일이 없으면 거실에서 컴퓨터 게임을 한다. 그러면 동생들은 의자 갖다 놓고 열심히 구경한다. 진짜 보기 싫은 장면이다.

사랑스러웠던 아이가 자라면서 왜 자꾸 갈등이 생길까? 첫째는 자라면서 내가 만들어 놓은 우리 집 규칙을 조금씩 깼다. 가장 먼저 치약에 불만을 터트렸다. 둘째는 아토피가 심했다. 그래서 친환경 먹을거리를 공급하는 '한살림'에 가입을 했다. 한살림은 먹을거리뿐 아니라 치약이나 샴푸까지 공급했다. 우리 식구 모두 한살림 치약을 썼는데 아이가 중학생이 되었을 즈음 치약에 반기를 들었다.

"엄마, 나 다른 건 몰라도 한살림 치약은 도저히 못 쓰겠어."

"다른 치약에는 계면 활성제가 들어 있어서 몸에 들어가면…."

"싫어. 토할 거 같아."

결국 첫째는 다른 치약을 사용했다. 곧 둘째와 셋째도 그 치약을 사용한다. 그리고 다음엔 샴푸에 반기를 들었다.

"엄마, 나 샴푸 다른 걸로 사 줘. 오후만 되면 머리에 기름이 껴서 안 감은 거 같아."

그래서 다른 샴푸를 사 주었다. 결국 남편과 둘째도 그걸 쓴다. 나는 아이와 갈등이 '한살림' 물품을 써서 생기는 문제인가 싶었다.

그리고 아이가 고등학생이 된 어느 날, 양말을 찾다가 버럭 화를 냈다.

"엄마, 이제 이딴 양말은 사지도 마."

나는 내가 큰 잘못을 했나 싶어서 "알았어, 알았어" 하고 냉큼 대답했다. 그리고 생각하니 화가 났다. 그래서 물었다.

"그런데 이딴 양말이 어떤 양말이야?"

"똑같은 양말 사지 말라고. 그리고 흰 양말 사."

"왜 똑같은 거 사면 안 되는데? 짝 찾기 좋잖아."

"어떻게 사람이 매일 똑같은 양말을 신어?"

숨이 턱 막혔다. 아이는 정말 나와는 다른 세대였다. 매일 똑같은 양말을 신는 것이 이상한 일인 줄 생각지도 못했다.

그리고 아이는 자기 용돈을 아껴서 라면이니 음료니 과자를 사들이기 시작했다. 아이가 학교에 가고 나면 방바닥과 책장 틈에서 빵 봉지랑 과자 봉지, 음료수 캔이 나왔다. 처음에는 집에 사 들고 오지 말라고 화도 냈지만, 소용이 없었다. 막을 방법이 없었다. 아예 방에 자기 냉장고를 들여놓을 기세로 사들이며 먹었다. 그리고 옷 냄새가 싫다며 페브리즈를 사 왔다.

그러던 어느 날 대학생 아이를 둔 선배 엄마를 만났다. 우리 아이가 이러이러한데 어쩌면 좋겠어요 하고 물었다. 선배 엄마가 막 웃었다.

"우리 첫째도 똑같이 그랬어요. 저는 그냥 뒀어요. 그리고 동생한테 그러죠. 너도 고등학생 되면 그렇게 하라고."

그 말을 듣고 마음이 편해졌다. 이것도 자라는 과정이구나 싶었다. 내가 그간 힘들게 쌓아 놓은 규칙들이 하나하나 허물어져 간다. 그게 섭섭하기도 했지만, 또 아이가 그만큼 자기 세계를 만들면서 잘 자란다는 반증이라 생각했다.

하지만 그렇게 생각하다가도 아이가 하는 행동을 보면 속이 뒤집힐 때가 많다. 어느 날은 아침에 일어나 보니 아이 방에 불이 켜져 있었다. 혹시 아침에 일찍 일어나서 공부라도 하는 건가 하고 "일어났니?" 물으며 방에 들어가 보면, 불도 안 끄고 안경도 안 벗고 맨바닥에서 자고 있다. 머리맡에는 하드 봉지랑 막대가 그대로 있고 과자 봉지도 발 아래 널브러져 있다. 그리고 얼굴 가까이에 스마트폰이 놓여 있다.

"야, 불은 끄고 자야 할 거 아니야. 전기료 아깝지도 않아?"

내가 소리를 질러도 아이는 꿈쩍도 안 한다.

깨어났을 때도 비슷하다. "과자 봉지들 좀 치워"라고 하면 아이는 "알았어, 알았어" 하고 느릿느릿 대답만 할 뿐 치우지 않는다. 내가 목소리를 더 높이면 자기도 "알았다고! 알았다니까?" 하며 소리만 높일 뿐 역시 치우지는 않는다. 화가 나서 등짝이라도 때릴라치면 첫째는 절대 피하지 않고 그냥 맞는다. 그러면서 하는 말이, "왜 때리는데?"다. 헐~.

말하면 입만 아프고 때리면 손만 아프다. 키도 180센티미터가 넘으니 거실에 있으면 큰 나무 하나가 턱 하고 자리 잡은 기분이다. 솔직히 이렇게 큰 자식을 데리고 사는 게 버겁다. 나도 친정 엄마를 힘들게 했을까?

기억나는 건 작은언니가 결혼하기 직전 일이다. 엄마가 주말마다 언니한테 시집가라고 엄청나게 구박했다. 그 모습을 보면서 언니가 불쌍했다. 그리고 엄마가 왜 저렇게 언니를 달달 볶나 이해가 안 됐다. 그런데 지금은 엄마의 심정이 다 이해가 된다. 진짜 엄마가 언니를 그때까지 데리고 사느라 얼마나 고생이 많았을까 싶다. 나도 우리 엄마처럼 자식이 스물에닐곱 먹도록 데리고 살아야 하나? 요즘 세태처럼 서른까지 내가 데리고 살아야 한다면 나는 못 버틸 거 같다. 우리 아이들은 고등학교 졸업하면 군대든 기숙사든 자취든 어디든 나가서 살았으면 좋겠다. 그래서 가끔 만나는 사이가 되면 정말 더 반갑고 더 좋을 거 같다.

"아들, 고등학교만 졸업하면 독립하는 거야! 알았지? 엄마의 소원 한 번만 들어주라."

| **강정민** 세 아이의 엄마, 2015년 3월 |

나 만만한
아빠 아니다!

"오늘은 어버이날! 늦기 전에 선수 칩니다."

이게 지난 5월 8일 오후 1시 1분에 내 휴대폰에 찍힌 문자다. 발신자가 큰아들이다. 작년에는 퇴근 무렵에 포스트잇으로 '셀프' 카네이션을 만들어 붙였다. 사진으로 찍어서 "나는 절대 네 전화를 기다리지 않는다"라는 문자와 함께 아들에게 보냈다. 그제야 종일 바빴느니 어쨌느니 하면서 말을 둘러대던 놈.

이번에는 내가 그러기 전에 문자를 보냈다는 건데, '어라? 선수를 치려면(어버이날에 아들이 먼저 문자 보내는 게 선수 치는 거야?) 뭔 내용이 있어야지, 이게 다야? 무슨 카네이션이나 선물 사진을 뒤에 같이 붙여 보내지 않았을까, 계속 휴대폰을 내려 봤지만 아무것도 없었다. 이게 다다.

이런 무심한 놈. 서운이 하늘을 찔러서 답장도 안 하고 있는

데, 오후 4시 25분에 문자가 왔다.

"어버이날이네요! 감사합니다. ^^ 건강하세요~~."

내가 '며늘'이라고 부르는 그의 동거녀가 보낸 거였다. 그래도 '감사'와 '건강'이라는, 영혼은 없지만 생각은 있는 단어 두 개가 끼어 있었다. 아들은 빠른 스물넷, 며늘은 스물다섯, 이들은 8년 전에 전국 최초 대안 학교라는 산청 간디학교에서 만났다.

학교 다니는 동안은 각자 다른 애인이 있었고, 졸업하고 나서 아들이 아이쿱생협 활동가로 있을 때, 그리고 며늘이 한예종 연희과에서 꽹과리를 치고 있을 때 둘은 다시 만났다. 아들은 제도를 싫어한다. 수능일에 시험장 대신 세종로 정부 청사 앞에서 수능 거부 1인 시위를 했고, 한동안은 양심적 병역 거부를 하겠다며 여기저기 알아보고 다녔다. 그러더니 이제 결혼 제도가 싫다고 동거를 시작했다. 아직 군대도 안 갔다 온, 스물네 살 고졸이 뭐가 좋은지 며늘의 부모는, 그러니까 '사돈'은 이뻐 죽겠는 눈치다.

아들이 그런다.

"결혼이나 동거나 뭐가 다르다고…"

"야, 결혼은 특별한 일 없으면 계속 같이 살겠다는 거고, 동거는 서로 안 맞으면 언제든지 헤어지겠다는 건데 뭐가 같아? 그리고 너한테는 같을지 몰라도, 나한테는 며늘도 없고 사돈도 없는 건데 하나도 안 같다. 아 몰라, 너 숨어서 살겠다는 거 아니고 결혼 같은 동거 하겠다는 거니까, 이제부터 난 며늘이라 부르고 사돈이라 부를 거야."

"네, 그래서도 돼요."

그때부터 가끔 술을 먹으면(맨정신에는 못 하겠고) 며늘하고 사돈한테 문자를 보낸다.

"며늘, 요즘 어때? 잘 지내?"

"네, 아버님~. 짱 잘 지내고 있어요. 아버님도 건강하세요~. ㅎㅎ"

"사돈, 갑자기 사돈이 보고 싶네요. 잘 지내시죠? 안사돈한테도 안부 전해 주시고요."

"네, 잘 지내고 있습니다. 5월에 저희 속초 갈 일 있는데 한번 들를게요. 사돈~. ㅋㅋ"

이러고 노는데, 그래도 서운한 건 어쩔 수 없다. 왜 결혼을 하지 않고 어정쩡하게 동거를 하냔 말이다. 결혼해서 살다 싫으면 헤어지면 되지 그게 뭐 대수라고. 결혼을 해야 여기저기 알리기도 하고, 축하도 받고, 어디 가서 자랑도 할 텐데, '이런 순, 지들만 아는 놈들 같으니라고.' 괘씸해 죽겠는데 뭐가 이쁘다고 이딴 문자나 보내고 말이야.

그러다 마침 어디서 이런 글귀가 적힌 사진을 발견하고는 내 페북 담벼락에 올렸다.

"꽃으로 퉁칠 생각하지 마라 -우리 엄마"

조으다! "'꽃'을 '문자'로 바꿔서 너에게 보내고 싶다. 아니, '무성의한 문자'로…"라고 써서 같이 올렸다. 곧 아들과 며늘이 볼 것이다. 둘 다 내 페친이니까.

착각하지 마라. 나 만만한 아빠 아니다!

| 박지호 금융업 노동자, 2015년 6월 |

이제는
말하고 싶다

"선배, 빨리 일어나! 아버지 지금 오신대!"

정신이 번쩍 들었다. 시계를 보니 오전 6시 30분. 미리 알았지만, 이렇게 일찍 오실 줄이야. 정말 어르신들은 아침잠이 없나 보다. 세수도 하지 않고 후다닥 집을 나섰다. 조금이라도 지체하면 큰일이다.

당신 딸이 나이 36살이 되도록 연애 한 번 못 하고, 여전히 독신으로 사는 줄 아는 아버지. 그 어르신에게 '빤스'만 입은 채 딸 침대에 누워 있는 산적 같은 나의 모습을 어떻게 보여 준단 말인가. 만에 하나 들키면 내 '다리몽댕이'의 안전은 물론이고, 충격을 받을 어르신의 건강도 장담할 수 없다.

길은 없다. 무조건, 최대한 빨리, 눈썹이 휘날리도록 뛰어나

가야 한다. 다행히 동거인 자두(가명) 아버님과 마주치지 않았다. 때는 추석 바로 다음 날인 2014년 9월 9일 아침이었다. 이른 아침, 그것도 추석 다음 날 아닌가. 도대체 어디로 가란 말인가!

갈 곳도, 오라는 곳도 없었다. 하염없이 동네를 걸었다. 돌고 또 돌았다. 어르신은 추석 때 집에 오지 않은 딸과 오래 있고 싶었을 터. 그 딸이 부모 몰래 동거하는 남자와 강원도 여행을 다녀온 줄도 모르고 "얼마나 바쁘면 추석에도 집에 못 오느냐"며 안쓰러운 말을 건넸을 거다.

'그 나이 먹도록 연애 한 번 못 한 딸'로 감쪽같이 위장한 채 살아온 딸은 아버님에게 귀한 능이버섯을, 그것도 라면 박스에 한가득 채워 안겨 드렸다. 사실 그 아침에 아버님이 딸 집을 전격 방문한 건 그 버섯 때문이다. 전날 자두는 집에 전화를 걸었다.

"일이 있어서 추석 때 못 갔는데, 강원도에서 능이버섯을 구해 왔어요. 빨리 드시는 게 좋을 텐데…. 어떡하죠?"

어떡하긴. 능이버섯 때문이었는지, 아니면 딸이 보고 싶었는지, 아버님이 그 새벽에 직접 달려오시지 않았나. 아버님은 능이버섯을 고이 들고 가셨다. 한 시간 넘게 동네를 헤맨 뒤에야 나는 집으로 돌아갔다. 침대에 누워 잃어버린 아침잠을 다시 청했다. 침대에서 생각했다.

'언제까지 이렇게 살아야 하나. 게다가 그 능이버섯은 내가 따 온 건데….'

사실이다. 그 능이버섯, 내가 강원도 산골에서 사흘을 헤매 따 왔다. 물론 동거인 자두 부모님께 드리기 위해서 말이다. 버섯은 잘 전달됐으나, 자두는 부모님께 차마 말하지 못했다.

"아버지, 그 능이버섯… 저랑 동거하는 남자가 따 왔어요."

나도 당당히 외치고 싶다.

"그 버섯 제가 땄습니다!"

훗날 '능이버섯의 진실'을 자두 부모님께 사실대로 말할 기회가 올까? 글쎄, 미래는 아무도 모르는 법. 장담하기 어렵다. 자두 부모님께서 딸의 동거를 과연 어떻게 받아들일지 알 수 없다. 능이버섯은커녕 산삼 한 박스로도 진정할 수 없는 분노가 가슴 밑바닥에서 올라올 수도 있다.

자두는 왜 부모님께 동거를 말하지 않을까. 왜 우리는 이런 아슬아슬한 동거 상태를 유지할까. 원래 거짓말쟁이어서? 아니다. 결혼이든 동거든, 자기 삶에 책임질 수 있는 성인이면 누구나 취향과 가치관에 따라 자유롭게 선택할 수 있는 문제 아닌가. 판단 기준은 옳고 그름이 아니다. 어떤 방식이 우리에게 맞고, 무엇을 해야 행복한지가 기준이었다. 우리는 행복하게 살고자 동거를 선택했을 뿐이다.

오늘날 동거 가족은 특이하지도, 별난 사람들의 독특한 삶의 방식도 아니다. 동거에 대한 인식은 바뀌었다. 가만히 살펴보면 동거 가족은 의외로 많다. 내 주변만 해도 그렇다. 알고 보니 동거 생활 3년 차인 나는 막내 수준이었다.

직업 기자로 살 때 친하게 지낸 P기자(여성). 내가 순진(?)했는지 최근에야 알았다. 그녀의 동거 생활이 무려 6년 넘게 이어지고 있다는 걸 말이다. 시골에 계시는 그녀의 부모님 역시 이 사실을 모르신다. 부모님은 서울에 오시면 며칠씩 그녀의 집에 머물렀지만 단 한 번도 그녀의 동거를 의심하지 않았단다.

최근 등단한 K작가. 그녀의 '이중생활'은 더 기구하다. 경남의 시골에 사시는 부모님은 그녀가 대학 입학 후 10년 넘게 연애도 하지 않고 문학에만 정진한 줄 아신다. 그렇게 한눈팔지 않고 한길을 걸었기에 작가가 된 거라고 생각하신다.

언젠가 부모님이 서울에 오셔서 그녀의 집에 잠시 머물렀다. 동거인 남자는 사전에 정보를 입수하고 다른 곳으로 피신했다. 말끔하게 청소한다고 했지만, 인삼주를 냉장고에서 치우지 못했다. K작가는 술을 못 마신다. 아버님께서 물었다.

"냉장고에 인삼주는 도대체 왜 있는 거냐? 이거 누구 거야?"

"왜긴, 아버지 올라온다기에 미리 준비해 놨지!"

K작가의 상상력이 빛을 발했다. 그날 밤 K작가 아버님은 딸의 효심에 감동해, 동거남의 인삼주를 한 방울도 남기지 않고 다 비우셨다.

정확히 통계 내기는 어렵겠지만, 나를 비롯해 주변 동거 가족들에게는 한 가지 특징이 있다. 남자는 부모님에게 동거 사실을 알렸지만, 여자들은 모두 비밀로 한다는 것. 동거하는 여성을 바라보는 사회의 왜곡된 인식과 차별이 반영된 결과이지 싶다.

동거 사실을 주변에 알리는 사람은 늘어나는 추세다. 사회 분위기도 확실히 많이 달라졌다. 부모님의 벽, 특히 여성 쪽 부모님의 인식도 곧 우호적으로 변할 거라고 본다. 그나저나 자두 부모님은 정말 딸이 동거하는 걸 모르실까? 아니면 모르는 척하시는 걸까? 언젠가 자두 부모님이 집에 다녀가셨다. 며칠 뒤 어머니가 딸에게 전화를 하셨다.

"자두야, 신발장에 등산화 있던데…. 그거 네 거 맞니? 많이 크던데."

자두는 선배 신발이라며 적당히 얼버무렸다. 자두는 위기를 잘 넘겼다고 흡족해했다. 혹시 그 순간, 자두 어머니는 '그래, 내가 모른 척해 주마. 누구는 뭐 왕년에 연애 안 해 봤니?' 생각하신 건 아닐까? P기자의 부모님, 동거남의 인삼주를 다 비운 K작가의 아버님 역시 마찬가지 아닐까? 이런 생각을 하니, 갑자기 등골이 서늘하다.

세상에 비밀은 없다고 한다. 또 누구나 자기만의 비밀을 간직한 채 살아간다. 문득 궁금하다. 도대체 누가 누구를 속이고 있는 걸까?

| **박상규** 백수 기자, 2015년 7월 |

풀은
악의 축

　우리 동네에서 내 이름은 '풀사모' 회장이다. 악의 없는 비아냥과 뼈 있는 농담이 버무려진 별명이다. 밭은 풀이 작물이랑 경쟁 중이고, 마당은 여기저기 고구마, 오이, 고추, 땅콩, 호박, 옥수수가 고루 자라고 있는데, 마을 사람들 눈엔 개망초꽃을 비롯해서 여러 들꽃과 풀들만 보이나 보다.

　시골에서는 풀보다 비닐과 생활 쓰레기에 관대하다. 풀은 농사를 망치는 주범이고 비닐과 쓰레기는 그냥 버리고 태우면 된다고 생각한다. '전업농'은 한 해 농사 망치면 3년을 빚으로 살아야 하니 풀에 대한 적대감이 공감은 된다.

　마을에 모기가 끓어도, 옆 밭에 잡초가 많아도 우리 마당과 밭에서 날아온 풀씨 때문이라 할 때는 억울하기도 하다. 집도

논밭도 빌린 것이니 그나마 가끔 예취기도 돌리고 낫질도 하지만 만족스러울 수 있을까.

촌에서는 '잡초'란 말 거의 안 쓴다. 아마 풀약(제초제) 때문인가 싶다. 얼마나 풀이 웬수 같았으면 뿌리를 죽이는 '근사미'라는 제초제가 있었을까. 제초제라는 극단적 방법 이전에 비닐이나 부직포, 짚으로 덮어 더디 자라도록 하든지 베어서 눕혀 '풀멀칭'을 하는 방법으로 공생할 수밖에 없다.

1960년대부터 50여 년 동안 농촌은 풀과의 전쟁을 치르고 있다. 풀은 악이라는 정부 정책은 농업 기술 센터와 읍면동 사무소, 농협과 농약 회사들이 한통속으로 이장과 새마을 지도자, 정기적인 관민 회의를 통해 끈덕지게 하달한 결과 제초제와 비료를 듬뿍 팔아먹고 풀 한 포기 없이 삐쩍 마른 농촌이 대형 유통 시스템에 목맬 수밖에 없도록 만든 것이다.

이곳 상주로 내려온 첫 해, 조금이지만 고추 농사를 까만 비닐과 추가적인 외부 영양 공급 없이 이른바 '유기농 태양초'를 길러 말렸다. 우리에게 있는 건 오직 하늘님과 햇님뿐인지라 삐질삐질 티격태격 아웅다웅 남편이랑 따고 닦고 널고 말렸다.

황금빛 고추 꼭지가 바로 태양초라는 방앗간 사장님의 인증을 받고 뿌듯해하며 빻아 놓은 빠알간 고춧가루 빛깔을 보고 우와~ 감탄사를 연발하며 사진 찍고 포장하고 부치고 했던 기억이 새롭다.

어머님들은 '그 집 고추는 무공해야' 하며 인증해 주셨는데 두 해쯤 지켜보시더니 비닐 깔아라 노래하시면서 말씀이 갈수록 세진다. 풀 농사 짓는다느니 다른 사람 밭에 풀씨 날아온다느니 마을 대청소 할 게 아니라 마당 풀이나 깎으라는 등…. 귀로 듣고 콧등으로 흘리고 뒤통수로 막아도 맘속에 섭섭함과 오기가 차곡차곡 쌓여 자존감에도 이상 징후가 온다.

풀과 함께 사는 우리 집은 조금 큰 것 빼고는 내 이상형에 가까운 집이다. 그런데도 마을 어른들은 우리 집을 가끔 폐가 취급하시곤 한다.

"이런 집에서 어떻게 살아."

"예쁜 새댁이 생고생한다."

동네 분들이 생각하는 이상적인 집은 어떨까. 아마 깨끗한 기와에 앞창이 큼직한 널찍한 집과 깨끗한 수세식 화장실이 있고 마당엔 고른 잔디가 깔려 있고 가장자리에는 작은 텃밭이 있는, 텔레비전 프로그램 〈삼시세끼〉에 나오는 그 집과 우리 동네 전 부녀회장님 댁처럼 딱 그런 집을 원할 것 같다. 감, 밤, 대추나무 등 여러 과실수와 채마밭, 풀어놓은 닭들과 개 한 마리가 있으면 금상첨화일 것이고.

거기에 비해 연 50만 원짜리 우리 집은 옆집 총각의 고조할아버지께서 80년 전 지은 황토흙집이다. 넓은 마루와 작은 곳간이 딸린 방 세 개짜리 집. 마당은 자연스레 씨가 날려 자란 부추와

깻잎, 달래, 쑥 등 다양한 풀들이 얽혀 살고 있고 대추, 고욤, 배, 복숭아 등이 자란다. 과일나무와 꽃들이 내게도 과실을 나눠 준다. 욕심낼 게 없다. 겨울엔 웃풍은 있어도 뜨끈뜨끈한 구들방과 여름에는 작은방을 관통하는 바람이 마루를 돌아 나가고, 봄가을은 수확하느라 마루에 퍼질러 앉아 있을 시간이 없어 한스러운 이 집이 '주택'으로 변할 것 같아 두렵다. 마을 어른들 말씀으로도 우리 집은 마을에서 최고 잘 지은 집이란다. 이렇게 저렇게 창고, 뒷간 등 용도에 따른 구조와 햇볕을 허투루 낭비 않는 과학적 구조에 넓은 마당, 시골 살림의 꼼꼼한 정돈을 위해서 이곳저곳 수납의 정교함까지 돋보인다.

사실 내가 살기엔 좀 아까운 집이다. 좀 더 깔끔하고 정갈하고 바지런한 사람이면 좋겠지만 한편으로 나 같은 사람이니 이집의 참된 가치를 알아보는 거 아닐까 싶은데 깔끔을 떨어도 본질까지 바꿀 수는 없는 일이다. 도시 생활의 편리함을 동경하는 귀농인이나 원주민이 이 흙집을 갖게 된다면 일단 지붕의 슬레이트는 지자체에서 공짜로 걷어 내고 돈 들여 경량 기와나 다른 재료를 덧씌울 것이고, 불편한 옛날 '부엌'을 개조된 '주방'으로 바꾸고, 방문이나 마루 기둥, 전체 외관도 탈바꿈하거나 수리 중에 허물어질지도 모르는 일이기에 아무쪼록 우리 마을 귀한 흙집이 오래오래 굳건히 이곳에 지탱해 주길 바란다.

풀은 농업의 적일는지 몰라도 농사의 적은 아니다. 풀들이 모여 살던 터에 낫과 예취기를 들이대며 침략한 것이 오히려 인간 아니던가. 풀을 사랑해서가 아니라 풀은 항상 제자리에 있었고 '풀사모' 회장 노릇하는 나는 그곳에 함께 사는 것뿐이다.

이제는 적극적인 오기를 펼쳐 숨겨 놨던 싸가지를 조금씩 드러내며 '항상성'을 유지하는 것, 마을에서 평온하게 사는 유일한 방법이다. 풀과 함께 살면서도 건강한 '무공해' 농작물을 나누고, 마을에 정착할 수 있게 다독거려 주신 은혜와 텃세 없이 품어 주신 것에 항상 감사드리며 최소한의 예를 지키며 고집스레 살면 된다.

병구완 겸 공기 좋은 곳에 집 떡하니 짓고 요양하는 팔자 좋은 귀농인, 가뭄이 잔뜩인데 스프링클러 돌리는 귀농인, 은퇴 후 퇴직금 갖고 남들 사는 아랫동네 지나 맑은 내가 흐르는 산 입구에 농사 핑계 겸 전기 들이고 대공(우물) 파고 수세식 변기 달아 도시적 삶을 그대로 옮겨 오는 귀농인, 오랜만에 육고기 먹는 촌 노인네들 향해 '생명 존중'만을 외치는 얼치기 귀농인들이 널렸지만, 돈 없고 게으르고 농사는 풀농사에 뭘 먹고 살지 걱정되는 나 같은 귀농인도 있는 것이다. 3년 귀농 생활에 배려하고 함께 사는 방법을 편견 없이 배우고 있지만, 일방적인 평가에 쫄지 않고 내 생활도 보여 주고 자연스럽게 매일매일을 살아 내는 것이 중요하지 않을까.

내공이 남다른 어떤 분의 말씀처럼 마당 풀이 수북해도 동네 사람들의 이목에서 자유로우려면 무위당 장일순 선생님 정도 돼야 한다는 말이 떠오른다. 그 말에 쓴맛을 다시는 대신 예취기를 둘러메고 오전 내 풀을 깎았다. 마당에선 풀 향기가 모깃불을 대신하고 있다.

| **장선희** 경북 상주에서 농사짓는 중, 2015년 9월 |

나만을 위한
병어 만찬

그이의 칠순 기념으로, 서울에 사는 아홉 명이 2박 3일 여행을 떠났다. 동해안을 따라, 땅끝마을을 거쳐 목포, 광주를 돌아오는 일정이란다. 부인들을 동반하지 않고 남자들끼리만 가기로 했단다. 그이는 떠나면서 모두 출가한 삼 남매와 며느리, 사위에게 카카오톡을 했다.

"3일 동안 엄마가 혼자 있다. 엄마 잘 챙겨라."

남편은 엄마에게 관심을 가지라며 떠났다. 카카오톡을 본 즉시 아이들에게 문자를 보냈다.

"엄마는 할 일이 많다. 걱정하지 말아라. 모두 자기 맡은 일에 충실해라. 오랜만에 나만의 시간이다. 도움이 필요하면 연락하마."

큰딸 사위한테서 문자가 왔다.

"저흰 첫 가족 캠핑을 갑니다. 어머님, 즐겁고 편안한 시간 보내세요."

둘째 딸한테서는

"엄마도 혼자만의 시간이 필요하지. 창작과 예술의 고뇌를 위해서 엄마만의 시간을 가져. 파이팅."

며느리에게서도

"어머님, 한글날 연휴에 아이들 데리고 돈암동에 갈까요?"

하고 문자가 왔다.

"어미야, 아니다. 내게 시간이 필요해. 오로지 나만의 시간 말이다. 무슨 뜻인지 알겠지? 조용히 밀린 과제도 하고 서예 연습도 해야 하고 그림도 그려야 하고."

그이가 집에 있으면 거실에서 텔레비전을 크게 켜 놓고 뉴스를 본다. 보고 또 보고 하루 종일 뉴스만 본다. 나는 그 반대다. 아주 가끔 본다. 그러니 얼마나 좋은 기회인가. 거실이 조용하다. 내 숨소리가 가까이 들린다. 별천지다. 새소리도 들리고 지금 이 글을 쓰고 있는 컴퓨터 자판 소리도 아름답고 좋다. 아, 얼마 만인가.

남편 없을 때 뭘 해 볼까? 냉장고에 병어가 세 마리 있다. 수요일 아파트 알뜰 장터에서 싱싱해서 샀다. 지금까지 세 남매, 딸 딸 아들을 모두 결혼시키고도, 가끔 반찬을 해 주곤 한다. 그런데 중요한 것은, 맛있는 것이 있으면 신랑 주고 큰딸 주고 둘째 주고 막내 손자 손녀가 어리니 거기 주고, 나는 제대로 먹어보지 못했다. 많이 사도 항상 모자랐다.

'조용히 차분히 앉아 병어를 프라이팬에 지글지글 맛있게 구워 먹어나 볼까.'

옛날 친정어머님 생각이 났다. 오 남매와 남편을 먼저 챙기고 자기는 그냥 매번 물에 밥을 말아 후루룩후루룩 잡수시던 그 모습이 떠올랐다.

'그래, 용기를 내어 맛있게 먹어 보자. 한 마리를 통째로 나 혼자서 오롯이 먹는 것으로 하자.'

병어가 맘에 든다. 살이 오동통했다. 소금이 적당히 알맞게 뿌려져 있는 병어. 마름모 형태를 하고 있는 병어. 하얗고 약간 푸르스름한 빛을 띤 병어를 프라이팬에 기름을 두르고 중간 불에 노르스름하게 구웠다. 구운 병어 한 마리를 하얗고 둥근 접시에 담아 식탁에 놓았다.

'이제 모든 것을 잊고 나만을 위해 병어 만찬을 하는 거야. 남편이 빨리 혼자 다 먹어 버릴 걱정도 없고, 손자 손녀 뜯어 줄 필요도 없고, 아들 며느리 딸 사위 줄 이유도 없고.'

우아하게 먹기 시작했다. 이것이 얼마 만인가. 태어나 65년만의 만찬이다. 나만의 세계가 이렇게 좋구나. 여기까지 오는데 긴 세월이 걸렸구나. 가족만을 위해 지금까지 살아온 나를 돌아보고 있었다. 이제는 나를 사랑하며 살아가자는 생각을 했다. 병어 한 마리를 알뜰하게 뜯고 있었다. 고소하고 짭조름하고 담백한 병어 한 마리를 게 눈 감추듯 다 먹어 버렸다. 토요일에 한 마리, 일요일 아침에 한 마리, 혼자서 다 먹을 것이다. 남편은 일요일 저녁 늦게 온다고 했다.

그래도 병어 한 마리는 남길까? 남겨야겠지? 아무리 생각해도 남편을 위해 병어 한 마리는 남겨야 할 것 같다.

| 김진순 꿈 많은 주부, 2015년 11월 |

"아빠랑 놀고 싶어요"

| 백남호 2016년 5월 |

아빠
이제 그만 좀!

근 2년간 내 신경을 긁는 아빠의 말버릇이 하나 있다. 그건 바로 "세상천지 이런 남편이 어디 있노"다. 아빠가 이 말을 한 건 최소 20년은 넘은 것 같은데, 아이러니하게도 지금은 내 신경을 박박 긁는 이 말을, 불과 2년 전까지는 나 스스로 굉장히 자랑스럽게 여겼었다.

일단, 대외적으로 우리 아빠는 '가정적'이다. 내가 군이 '대외적으로'라는 수식어를 붙이는 이유는, 아빠의 '가정적인' 이미지를 함께 사는 가족들은 전혀 인정하지 않기 때문이다.

그런데, 가족을 제외한 주변에서의 칭찬이 너무도 자자하니 언제부터인가 아빠는 자신이 정말로 다정하고 가정적인 남편임을 굳게 믿어 의심치 않는 것 같다. 거기에다 약간의 자부심

(?)까지 더해져서, 요즘은 뭐만 하면 끝도 없이 생색을 내기 바쁘니, 엄마는 혀를 차고 나와 동생은 얼굴을 찌푸리는 경우가 빈번하다.

최근 들어 새삼스레 깨달은 사실이 있는데, 시간이 흐를수록 점점 내가 아빠보다는 엄마의 생각에 공감하게 된다는 것이다. 솔직히 대학교에 다닐 때만 해도 나의 사고를 지배하는 사람은 엄마보다는 아빠였다. 엄마보다는 아빠와의 대화 시간이 더 많았고, 그래서 아빠의 입장에서, 아빠의 삶을 이해하는 데 더 익숙하다고 생각했다. 하지만, '딸은 엄마를 닮아 간다'는 말이 있는 것처럼, 어느 순간 내 눈과 마음은 아빠보다는 엄마에게로 향하고 있었다.

내 눈과 마음이 엄마에게로 향하게 된 결정적 순간은 언제였을까. 기억을 곱씹어 보면 엄마의 결혼 전 사진을 보게 된 시점부터가 아니었을까 싶다. 누구누구의 아내, 며느리, 엄마가 되기 전, 그냥 '미선이'로, '딸'이었던 시절 속 젊은 엄마의 모습을 보면서 조금은 낯섦을 느끼면서도 그게 더 좋아 보였다. 지금보다 훨씬 자유롭고 활기차고 꾸밈없는 웃음을 짓는 엄마가 보였으니까.

이렇게 엄마의 결혼 전 사진을 보는 것만으로도 내 마음이 흔들리는 게 참 신기하다. 솔직히 예전에는 엄마가 어떤 생각을 하며 사는지 잘 몰랐다. 그런데 정말 신기하게도 나이를 점점 먹을수록 엄마와 별다른 대화를 하지 않음에도 자연스레 엄마의 삶에 심적 공감을 하게 된다.

아무튼 우리 엄마의 삶은 늘 고생스러웠다. 엄마는 아빠랑 결혼한 후 지금까지 20년이 넘도록 아빠의 노동운동을 뒷바라지했다. 노동운동 때문에 얻은 생계의 어려움을 가장 직접적으로 겪어야 했고, 병원비가 없어 식물인간이 된 친할머니를 집에 모셔 직접 24시간 병수발을 해야 했다. 하지만 이렇게 말로만 들어도 고된 일들을 엄마는 '엄마니까', '아내니까', '며느리니까' 당연히 해야 했다.

이렇게 우리 가족 중 그 누구보다 많이 일하고 많이 아프고 가진 것이 없었지만 그 누구에게도 제대로 된 칭찬이나 위로를 받아 본 적이 없었다. 유독 엄마 앞에는 '누구누구의 (엄마, 아내, 며느리)니까'가 붙었다. 엄마 그 자체보다는 '누구누구의'와 같은 수식어가 붙어 엄마의 고생이 마치 당연한 것, 필연적인 것인 양 만들었다.

심지어 절친한 지인들을 비롯한 일가친척들조차 아빠의 고생은 알았지만, 엄마의 고생은 잘 몰랐다. 나 역시, 어느 자리에서든 '훌륭한 아버지 덕분에'라는 말을 들어 본 적은 참 많았지만, 엄마 칭찬을 들어 본 적은 극히 드물었다. 하지만 아빠는 집에서 청소를 조금만 '도와도' 칭찬을 받았고, 엄마에게 '우리 공주', '아침 이슬'이라고 부르는 것만으로도 다정한 남편이 되었다. 거기다 아빠가 노동운동을 하며 살아온 지난 삶까지 조명되어 옵션으로 붙는 순간, 세상에 아빠 같은 사람은 없는 것인 양 추켜세워졌다.

그런데 이런 양상이 집 안에서든 집 밖에서든 계속 반복되자 엄마도 내심 스트레스를 받았던 모양이다. 항상 묵묵하던 엄마가 처음으로 폭발했던 때가 기억난다.

내가 아직 고등학생이던 8년 전 어느 날이었다. 그날은 아빠와 절친한 노동운동가 동료 한 분이 우리 집에 놀러 오셨다. 치킨 두 마리에 맥주와 콜라가 차려진 상에서 아빠, 동료 삼촌과 술잔을 기울이던 엄마가 얘기 도중 갑자기 울음을 터뜨렸다. 엄마가 내 앞에서 그렇게 서럽게 울던 적이 많지 않았기 때문에 그 순간, 나는 적잖이 놀랐다. 눈시울이 붉어진 엄마는 아빠 동료 삼촌을 붙잡고 서러운 마음을 토로하기 시작했다.

"나는 소연이 아빠 해고 시절만 생각하면 너무 끔찍하고 싫은데, 그리고 내가 고생한 거 다른 사람들은 몰라도 소연이 아빠만이라도 좀 '고생'이라고 말해 줬으면 싶은데, 자꾸 그걸 '추억'이라고, '경험'이라고 얘기하니까 내 얘기, 내 고생은 누가 들어주고 알아주나 싶어 서러울 때가 많아요."

그 당시, 18살의 내가 서러운 엄마 마음을 온전히 이해한다는 건 그리 쉽지 않았던 것 같다. 정말 부끄럽지만 솔직히 그때 엉엉 울며 서러움을 토로하던 엄마의 모습을 보는 게 조금 멋쩍었다. 지금 같으면 엄마의 말에 맞장구도 쳐 주고 "아빠가 잘못했네"라고 얘기할 수 있을 텐데, 저 때만 해도 나 역시 다른 사람들과 크게 다르지 않았던 것이다. 아빠의 뒤에서 늘 묵묵해야 했던 엄마의 모습을 '엄마니까'라며 너무 당연하게 받아들였던 것이다.

나는 아빠를 좋아하고, 아빠가 칭찬받는 걸 싫어하지 않는다. 하지만 가족을 지키고 대의를 지키기 위해 엄마도, 아빠도 똑같이 고생했는데 아빠의 삶은 항상 능동적이고 앞서 있는 반면 엄마의 삶은 항상 아빠보다 조금 뒤에 서 있는 느낌이다. 그런데, 이렇게 아빠보다는 다소 수동적일 수밖에 없었던 엄마의 희생을 아는지 모르는지, 아빠는 일상의 사소한 순간에서도 누군가 아빠에게 칭찬을 해 주면 "세상에 이런 남편 어디 있노!"라며 의기양양(?)한 모습을 보인다. 그리고 아빠가 그럴 때마다 짜증이 솟구치는 나는 아빠에게 "아빠, 이제 그만 좀!"이라고 쏘아붙이게 된다.

그래도 '아빠로서'는 참 좋은 사람이라 생각했는데, 이제는 진지하게 다시 고민해 볼 필요가 있다는 생각이 든다. 그리고 무엇보다 지금 내게 가장 중요한 사람은 엄마다. 이제부터라도 엄마의 '명예 회복'을 위해 노력해야겠다는 마음이 간절해진다. 그러니 앞으로는 가족, 친구, 지인들과의 자리에서 틈날 때마다 말 많은 딸이 되어 말 없는 엄마 자랑과 고생담 좀 널리 알려야겠다. 언젠가는 아빠 입에서 "세상천지 이런 남편이 어디 있노!"
가 쏙 들어가게끔 말이다.

| **김소연** 사무직 노동자, 2016년 4월 |

뭐 어때,
모로 가도 장에만 가면 되지

그러니까 바야흐로 농한기다. 모는 그럭저럭 뿌리를 내렸으니 당분간은 잘 살겠지 싶고 감자는 보름 뒤면 수확할 예정이니 별일 있으려고. 사과원 풀이야 뒀다 베면 다 거름이니 그럭저럭 핑계 대기 좋고 고추가 문제인데 까짓 거 좀 덜 먹지 뭐.

그러니까 바야흐로 그럭저럭이다.

내려오던 첫 해. 5천 평에 고추를 심었다. 5천 평 고추 농사라는 게 여의도에서 잠실까지 오리걸음 치며 고추 모종을 심는 걸로 시작한다는 걸 진작 알았더라면 귀농쯤 기꺼이 포기했으리. 어쨌든 심었으니 돌봐야 하는데 기획서 오탈자 체크하듯 한 포기씩 돌보다가 덜컥 무릎이 고장 났다. 명아주 한 포기쯤, 쇠비름 한 움큼쯤 보고도 모른 척해야 한다는 걸 초보는 알 턱이 없어 새벽부터 한밤까지 전전긍긍 몸만 끙끙. 기신기신 가까스로 수확을 하고 보니 아뿔싸 태풍도 없는 풍년이로구나. 고추 한 근 팔아 우리 아들 짜장 한 그릇을 못 사 주는 시세에 별 수 없이 빚만 잔뜩 수확했다.

이듬해엔 당연히 고추는 꼴도 보기 싫어 조며 수수 따위 잡곡 농사를 지었다. 지었는데 얻은 건 서울 사람은 믿을 게 못 된다는 깨달음. 봄에는 당뇨에 좋다느니 고혈압에 최고라느니 하며 심기만 하면 다 사서 먹는다기에 판로 걱정은 안 했는데 가을 되니 백미만 먹더군. 팔 곳이 없어 농협 수매 넣고서야 서울로 되돌아가는 귀농인의 처지를 알겠더라.

서울살이 꼬박 30년. 마흔이 넘자 배터리가 자주 방전되었다. 죽자고 살고 있는데 사는 건 늘 고만고만하고 남들은 어떻게 사나 둘러보면 또 다들 죽자고 살고 있어서 "어어" 하다가 자빠지길 여러 번. 고만고만 사는 일이나마 감지덕지 살았는데 월급이 두어 달 밀리자 금방 생활이 불안해졌다. 얼굴 책임은커녕 밥벌이도 책임지지 못하는 마흔은 무참했다. 무참했으나 서울살이라는 게 원래 그러려니, 오늘은 간당간당 내일은 위태위태, 달음박질치면서 견디는 거겠거니, 버텨 보려 했는데, 아이가 아팠다. 아토피였다. 자고 나면 피와 진물로 옷과 베개가 얼룩졌다. 아이를 둘러싼 환경을 바꾸어야 했다. 서울을 다시 생각하게 되었다.

서울이라는 곳은 더 나은 내일을 위한 오늘의 희생을 연료 삼아 유지되는 공간은 아닐까. 내일의 더 넓은 아파트, 내일의 더 큰 차를 위해 오늘은 야근이 당연한 곳. 그런데 비껴 서서 생각해 보니 내일은 늘 내일이기만 하고 오늘은 늘 야근이더군. 스무 살엔 야근을 자청했고 서른엔 야근쯤 두렵지 않았으나 마흔에도 야근이 당연하고 보니 어쩐지 쭈욱 속으며 살고 있는 건 아닐까 싶은 의심. 성취에 대한 앞뒤 없는 몰입의 힘으로 노를 젓기는 하는데 방향은 사방팔방 목표는 오리무중인 유원지 나룻배에 타고 있는 건 아닐까 싶은 불안.

　　그래서 물었다. 흔들리는 배보다는 발 디딘 땅 위에서의 삶이 더 낫지 않겠냐고, 귀농에 대해 어떻게 생각하냐고. 회사 동료들은 '출퇴근 자유로운 직장'이라며 마냥 부러워했다. 용기백배해서 고향에 남아 20년째 사과 농사를 짓고 있는 동창에게도 물었다.

　　"농사지어 먹고살 만하냐?"

　　"농사짓기보다 주식이 나을걸. 농사보다야 천천히 망할 테니까."

　　일흔이 넘었으나 아직도 현역 농부인 아버지께도 물었다.

　　"금의환향 전에는 택도 없다."

　　금의환향이라면 급제를 해야 하는데 아버지, 사법 고시가 폐지되고 로스쿨로 바뀐다네요. 절박했으므로 아버지의 농지를 무단 점유하는 걸로 무단 귀농.

'까짓 농사, 회사 생활하듯 하면 안 될까 보냐. 출근을 하듯 밭에 나가고 영업을 하듯 작물을 돌보면 되겠지.'

했으나 회사 생활하듯 지은 고추 농사는 퇴직금도 없이 서리를 맞았다.

된서리를 맞아 폭삭 내려앉은 고추밭을 보면서 정리한 농사 짓는 요령. 하나, 출근하는 시간에 밭에 나가면 한여름 땡볕에 쪄 죽을 수 있다. 둘, 영업하듯 작물을 돌보면 어깨고 무릎이고 안 남아난다. 셋, 농사는 농부가 반 짓고 하늘이 반 짓는다. 그러니 안달복달 말 것.

농부의 몫은 때를 기다려 거름을 뿌리고 밭을 갈고 두둑을 짓고 씨를 심고 잡초를 뽑아 주는 일까지. 농부의 몫을 뺀 나머지, 바람이 불어 자두 꽃이 수정되고 봄비에 감자 싹이 나는 일, 더위에 옥수수수염이 마르고 따가운 볕에 사과가 붉어지는 건 모두 하늘의 몫. 농부는 그저 삽을 들고 물고랑을 내거나 논두렁을 고치면서 싹이 나고 자라고 꽃 피고 열매 맺는 그 곁을 가만히 지켜 주면 그뿐. '사람이 하는 일은 별게 아니구나'를 겸손하게 알아 가는 일이 농사의 시작이라는 걸 세 번째의 봄에서야 겨우 알았다.

오로지 수확만 바라보던 농사에서 눈을 돌리니 거기 찔레꽃이 있었다. 내 발 아래 망초 꽃이, 내 손 닿는 곳 애기똥풀 꽃이 이렇게 예뻤었나. 땅콩에도 꽃이 피는지 여태 몰랐었구나. 나는 여태껏 무슨 생각으로 농사를 지었담.

서울에는 서울 나름의, 이 골짜기에는 골짜기 나름의 질서와 리듬이 있다. 그 사람이 타는 차의 크기로 잽싸게 상대를 가늠하던 서울의 기준을 이곳으로 고스란히 가져왔으니 당연히 몸이 고달프고 마음이 가난할 밖에. 차가 무슨 소용이람. 고개 너머 논에 뿌릴 웃비료를 싣자면 차보다야 경운기지. 트랙터는 좀 비싼가. 바퀴만 팔아도 경찻값인 트랙터가 부지기수인데. 서울의 기준이 교통 카드라면 이곳의 기준은 1,300원짜리 스탬프가 찍힌 얇은 버스표. 경운기든 트랙터든 버스표든 모로 가도 장에만 가면 되지 굳이 교통 카드일 필요야.

그렇게 감자를 심었다. 심는 것까지는 내 몫, 나머지는 하늘이 하시겠지 하는 마음으로. 그렇게 사과 농사를 지었다. 적과만 끝내 놓으면 나머지는 바람과 볕이 알아서 하시겠지. 그랬더니 참으로 오묘하게 알아서 하시더라. 봄 가뭄에 감자 싹이 날 동 말 동 씨감잣값이나마 건질 동 말 동 해서 속이 시커멓게 타는 중에 참깨는 가물어 제 세상이라고 온 밭이 환하게 꽃을 피우더라. 수확 날 아침 폭우에 옥수수가 몽땅 쓰러져 이깟 농사 개나 주지 싶다가도 굳이 쓰러진 옥수수를 먹겠다 주문하는 사람들을 보면 그래도 내가 여태 헛살지는 않았구나 싶더라. 하늘이 하시는 뜻을 일개 농사꾼이 어찌 다 알까.

그러니까 이제는 잠시 허리를 펼 때. 고추 첫물 딸 때까진 설렁설렁. 아오리 딸 때까진 농한기. 때마침 장마라 비는 오고 아침부터 막걸리 추렴인데 뭐 어때 모로 가도 장에만 가면 되지.

바야흐로 농한기, 바야흐로 그럭저럭.

| **변우경** 한 줄 글보다 한 포기 고추가 훨씬 생에 유익하다고 믿는
저질 체력 농부, 2016년 8월 |

그 돼지는
저 돼지와 달라

며칠 전 아침. 닭장에 물을 갈아 주려고 문을 열었는데 발밑에 새까만 털의 병아리 한 마리가 죽어 있는 걸 발견했다. 3주가 조금 넘었다 싶을 정도로 알을 품고 있던 어미 닭을 보며 언제쯤 나오나 싶었는데 이렇게 시체를 먼저 본 것이다. 어제 깨진 달걀을 아내가 봤다고 그러던데 결국 시체로 나왔나 하는 안타까움에 아내를 불렀다. 달려온 아내는 "이게 병아리야?"라고 내게 되물었다. 왜 병아리 털이 노랗지 않느냐면서. 그러나 그것도 잠시. 산란실(?)에서 알을 품고 있는 어미 닭의 품에서 또다시 조그마한 병아리가 삐악거리며 나왔다. 와!! 갓 태어난 병아리 새끼를 보다니. 아내도 신기해서 아이들을 부르고 아이들도 달려왔다. 아이들은 어디? 어디? 하며 닭장 안을 기웃거렸지만 병아리는 이내 다시 어미 닭의 품속으로 들어가고 말았다. 거의 한 달간 식음을 전폐하다시피 하며 알을 품었던 결실을 드디어 본 것이다.

우리 집엔 까막돼지와 닭이 함께 산다. 물론 함께 산다는 것이 같은 우리에서 지낸다는 건 아니다. 철망을 옆에 두고 사이 좋게 축사 한 칸씩을 차지하고 있다. 여기서 잠깐! 흔히들 축사라고 하면 높고 넓은 축사를 떠올리겠지만 우리 집은 옛날 말로 돼지마구, 닭장 수준이다. 평수로 따져 봐야 9평이 조금 넘는 공간이니까.

그곳에 까막돼지가 들어온 건 5월 29일. 어미젖을 떼고 며칠 지나지 않은 포동포동한 놈들이었다. 불알을 깐 수놈 한 마리와 암놈 한 마리. 지역에서 건강하게 돼지를 키우는 형님에게서 받아 온 놈들이었다. 그리고 수탉 1마리와 암탉 4마리가 우리 집에 들어온 건 6월 6일. 이렇게 자그마한 동물 농장을 꾸리면서 살고 있다.

아침에 일어나면 제일 먼저 하는 일은 돼지 밥을 주는 것. 그리고 돼지가 밥을 맛있게 먹는 동안 돼지마구로 들어가 똥을 치워 닭장으로 던져 준다. 그러면 닭들은 돼지 똥을 발로 헤집으면서 돼지가 미처 소화시키지 못한 청치(현미에 섞인 푸른 빛깔의 덜 익은 쌀)나 파리가 깐 구더기를 쪼아 먹곤 한다.

닭과 돼지를 함께 키운 이유 중의 하나가 바로 이런 작은 순환 때문이었다. 집에서 나온 음식물 쓰레기와 함께 쌀겨, 보릿겨, 깻물, 발효한 청치를 섞어서 돼지 밥을 주고 돼지 똥은 다시 닭의 밥이 되고 닭똥은 다시 퇴비가 된다. 그리고 사시사철 나오는 지역의 농산물은 훌륭한 간식거리가 된다. 참외, 오이, 복숭아, 단호박, 포도 껍질 등등. 곶감을 깎고 난 감 껍질과 배추, 시래기 등이 끝나는 11월 말까지는 다양한 농산물 또한 버리지 않고 돼지와 닭의 밥으로 사용한다. 이런 순환 농업을 시작하게 된 건 지역에 내려와서 지역의 형님(?)들을 만나면서 이런 농사를 알게 되었고, 단순하게 아이들에게 건강한 고기를 주고 싶었고, 또 조금이나마 동물들에게 쾌적한 환경을 주고 싶었기 때문이다. 그리고 농작물을 키우는 것과는 다르게 동물을 키우면서 얻는 교감과 정서적 만족은 덤을 넘어서 가장 훌륭한 교육의 장이기도 해서다.

그 같은 생각으로 시작한 동물 기르기의 원칙은 간단하다. 정말로 키울 수 있을 만큼만. 그리고 내가 먹고 남는 것은 팔기보다 이웃과 지인들과 나눌 수 있을 만큼만 기른다는 것. 그리고 공장식 사료가 아닌 집에서 나는 것과 지역에서 나는 것으로만 만드는 자가 사료를 먹이는 것. 그래야만 또다시 자본의 논리에 휘둘리지 않기 때문이다. 그리고 앞서 말한 것처럼 돼지들과 닭들 또한 공장식 밀식 사육이 아닌 조금이나마 더 나은 환경에서 키우기 위해 흙바닥에서 충분히 흙을 파고 놀 수 있게 해 두었고, 사방은 뚫려 있어 환기가 잘되고 햇빛과 그늘을 적절히 선택할 수 있게 지붕재를 골랐다. 닭들은 아침이 오기가 무섭게 풀어놓고 따로 모이를 주진 않는다. 해 질 녘이 되어서야 닭장 안으로 들어가면 그때 청치와 쌀겨, 깻묵을 조금 섞어 준다.

이처럼 작은 동물 농장이지만 집 안에 이런 것들이 있어서 정말 농장 같다는 생각이 든다. 그런데 아침마다 돼지 똥을 치우는 일은 어렵진 않지만 귀찮은 일이다. 닭을 함께 기르는 것도 그런 이유 중의 하나다. 달걀을 자급하는 것도 있지만 돼지우리에 꼬이는 파리 떼를 청소해 주기를 바라는 마음에서다. 돼지우리 바로 옆에 있는 닭장의 문을 열면 닭들이 돼지우리로 갈 수 있게 해 놓았다. 그리고 닭들을 조금씩 몰아서 돼지우리에 넣었다. 그러면 닭들은 왕겨 훈탄이 깔린 돼지 똥자리(다들 아시겠지만 돼지는 잠자리와 똥자리를 확실히 구분한다.)를 헤집으며 구더기를 쪼아 먹는다. 그런데 이 돼지란 놈들이 심심해서 우리에 들어온 닭들을 막 쫓아다닌다. 그러면 닭들은 도망치다가 잠잠해지면 다시 똥자리를 헤집고….

지난 6월 말의 어느 날. 그날도 그렇게 돼지우리 쪽으로 닭장 문을 열어 닭들을 몰아넣고 나왔다. 그런데 오후 4시쯤인가? 아내가 심각한 목소리로 전화를 했다.

"돼지우리 안에 닭이 죽어 있어."

달려가 보니 닭 한 마리가 죽어 있었고 목은 이미 사라지고 없었다. 돼지가 자꾸 쫓아오고 괴롭히니까 달아나려다가 창살에 머리를 부딪혀 뇌진탕(?)으로 죽은 것으로 추측된다. 그렇게 쓰러진 닭의 머리를 돼지들이 뜯어 먹었으리라 생각하니 맘이 착잡했다.

동료 닭을 떠나보낸 후유증인지 한 마리 암탉이 다음 날부터 알을 품기 시작했다. 아내에게 말했다. 전쟁 통에 자식을 많이 낳은 것이나 흥부네가 자식들을 많이 낳은 것이랑 비슷하지 않냐고. 죽음을 가까이서 본 녀석들이 필시 번식의 유전자를 발동하여 알을 품기 시작한 것이라고. 아내는 무슨 뚱딴지같은 소리냐고 했지만 어쨌든 내 맘대로 추측이라 검증받을 이유도 없었고 자연계의 누구라도 그렇게 했으리라 생각한다. 그렇게 닭은 알을 품기 시작했다. 다른 녀석들이 낳은 알도 자기 품속에 넣어 오랜 시간 식음을 전폐하며 새끼를 깐 것이다.

그런데 처음으로 새끼들을 키우다 보니 당연히 실수가 생겼다. 알을 품으며 중간중간 다른 녀석들이 낳은 알까지 가로채서 품다 보니 어느 것이 처음 것이고 어느 것이 나중에 섞여 들어간 것인지 분간도 할 수 없었다. 그래서 처음에 나온 병아리는 병아리대로, 아직까지 품고 있는 달걀은 달걀대로 어미 닭은 어느 것에도 잘 집중할 수 없는 듯했다. 물론 어미 닭은 병아리가 위험에 처하면 철저히 알은 버리는 것 같았다. 그렇지만 병아리가 삐악거리며 돌아다니고 있을 때 다른 암컷이 콕콕 쪼아 대고 물어 가거나 그러다가 결국 다른 닭들에 밟혀 '돌아가시고' 말았다. 세상에 나온 지 얼마 되지 않은 병아리는 그렇게 하늘로 가시고 그 후로 어미 닭은 남은 달걀도 포기하고 너른 닭장 밖의 풀들에 심취해 버렸다. 결국 먹지도 못하고 부화가 되다 만 달걀은 또다시 돼지들의 먹이가 되어 순환의 경제를 이뤘지만 말이다.

혼히들 집에서 동물을 키우면 집에 매이기 때문에 여간 번거롭고 성가신 게 아니라고들 한다. 맞는 말이다. 외박을 하는 일은 큰맘을 먹어야 하고 끼니때가 되면 밥을 챙기고 똥자리를 보고 문도 확인하고. 그만큼 신경 쓰는 일이 없기도 하지만 실제로 농사일에 비하면 들어가는 시간은 얼마 되지 않는다. 그리고 무엇보다 자식을 키우는 듯한 또 다른 묘한 만족감이 있다. 우리 집 까막돼지는 우리 안에 들어가서 등이나 옆구리를 쓰다듬어 주면 벌렁 드러누워 눈을 감고 아주 편한 자세를 취하는데, 그걸 보고 있으면 자식들이 곤히 잠들어 있는 것을 보는 것 같다. 그리고 돼지의 쌍꺼풀은 어쩌나 예쁘던지….

하지만 결국 저 녀석들은 언젠가 내 배 속으로 들어갈 것이다. 돼지를 키워서 잡아먹을 거라고 하니 큰딸 다경이가 말했다.

"아빠 돼지 잡아먹을 거면 우리 집에서 먹이지 마."

"왜? 너도 돈가스도 먹고 고기도 먹잖아."

그러자 다경이 왈,

"그 돼지랑 저 돼지는 다르잖아."

아내 역시도 정성스럽게 애지중지 키운 돼지를 잡아야 한다는 것에 벌써부터 걱정이 크다. 나도 다른 사람들의 돼지를 잡으러 몇 번을 따라다녀 봤지만 그때마다 주인장들의 애처로움이 보였는데 나도 그럴 테지?

그치만, 그치만 말이다. 그렇게 내 손으로 키우고 잡고 그러다 보면 조금이라도 더 고기를 줄이지 않을까? 우리 그렇게 살 수 있지 않을까 생각해 본다. 그렇게 조금씩 내 손으로 할 수 있는, 자급의 영역들을 넓혀 가고자 한다. 먹을거리부터 생활 기술, 문화, 교육 등으로. 시간은 걸리겠지만 모든 인간은 자립할 수 있는 능력을 가졌다 믿는다. 나도 다른 사람들도 그렇게 고만고만하게 굶어 죽지 않게 벌며 일하면 좋겠다.

| **황성윤** 5살과 3살 두 아이의 아빠이자 까막돼지 2마리와
닭 5마리의 아빠, 2016년 9월 |

저는 오빠만 있음 됩니다.
그건 뻥이다!

올 초에 자다가 오른쪽 어깨가 갑자기 아프더니 만성 통증이 됐다. 어깨가 굳어진다는 일명 동결견이 왔다. 내 장롱 물리 치료 면허에 의하면 어깨 근육에 석회염이 온 거다. 통증을 이겨내며 운동을 해야 한다. 절대 쉽게 낫는 병이 아니다.

나는 병원에 꾸준히 다닐 형편도 아니고 그냥 통증이 어느 정도 가라앉고 나면 운동해야지 하다가 그만 어깨가 많이 굳어 버렸다. 몸이 점점 내 통제를 벗어나니 마음도 점점 내 뜻대로 움직이지 않는다.

남편과 내가 캠핑카에서 산 지 두 달이 넘었다. 우리 캠핑카는 벙커까지 더하면 다섯 평이 될까 말까 하지만, 크게 다섯 평이라 하자. 남편과 나는 체격이 비슷한데 키는 170센티보다 작고 몸무게는 60킬로그램 근처(내가 스트레스로 살이 좀 쪘다고)다. 둘이 누우면 딱 맞는 침대와 성인 혼자 겨우 볼일 보고 씻을 수 있는 화장실. 화장실도 편하게 이용하지 못한다. 지금까지 차에서는 대변을 본 적이 없다. 나는 그 공간에 나를 맞추면서 어깨가 굳어져 간다고 생각했다. 사실, 어깨보다 더 큰 문제는 내가 잠을 제대로 못 잔다는 거다. 청각이 너무 예민해져 아주 작은 소리에도 내 심장이 쫀다.

이러저러한 불편을 감수하고 사는 건, 내가 세상에서 제일 사랑하는 남편이 살고 싶은 삶이기 때문이다. 남편은 명퇴를 하고 자기 하고 싶은 대로 산다. 바보 남편은 자기 꿈이 내 꿈인 줄 안다. 그래서 여러 번 강조해서 말했다. 이건 내 꿈이 아니다. 다만 난 당신 꿈을 지지해서 같이 캠핑카에서 사는 거라고 했다.

한번은 내가 몸도 마음도 너무 힘들다고 하소연을 하니 남편이 말했다.

"나는 무엇을 원하는지 명료해. 당신은 자기가 뭘 원하는지 몰라. 그러니 이리저리 휘둘리고, 사는 걸 힘들어하지. 당신이 유튜브로 법륜 스님의 즉문즉설이나 심리학을 많이 들으면 뭐해. 나는 그거 하나 듣지 않아도 마음을 비우니 고통이 없잖아. 마음을 비우라고."

남편은 내 고통을 전혀 공감하지 못한다.

"나는 내가 뭘 원하는지 알아. 그런데 그걸 할 수 없기 때문에 힘든 거야."

눈물부터 나왔다.

"전에도 말했지만, 캠핑카의 꿈은 오빠 꿈이지 내 꿈이 아니라고. 난 초등학교를 네 군데를 다녔어. 아버지가 군인도 아니고 택시 기사인데 말이야. 이사를 엄청 다녔다고. 대학도 이곳저곳 많이 다녔지만, 난 내가 하고 싶은 공부를 선택한 것이 아니라고 했지. 내가 벌어서 대학 공부를 했고, 나는 내 노동이 적절하게 대우받는 일을 원했을 뿐이야. 그런데 그것도 쉽지 않았어. 지금까지 내 인생을 돌아보면 내가 노력해서 얻은 건, 유일하게 오빠랑 결혼한 거야. 내 떠돌이 인생에서 오빠랑 결혼해서 겨우 서울에 정착을 하나 싶었는데, 결국 또 이렇게 떠돌아다녀. 난 정착 생활을 하고 싶어. 내겐 집이 필요해. 그리고 그 집에서 오빠와 같이 살아야 행복하다는 거야."

남편은 내가 더 이상 캠핑카 생활이 힘들어 한곳에 머무르고 싶다면 캠핑카 빼고 전 재산을 나에게 줄 수 있다고 한다. 캠핑카는 절대 줄 수 없단다. 우리 부부는 작은 합의를 봤다. 양양 동생네 휴가 기간, 나는 동생 집에서 머물기로 했다. 동생 집에서 보내는 일주일간 정말 잠을 잘 잤다. 집이 주는 안정감과 편안함에 감동했다. 그러나 그 시간도 잠깐, 또다시 나의 캠핑카 적응 시간이 왔다. 우리는 죽도로 출발했다. 양양 동생 집에서 30분 거리다. 나는 요 며칠 동생 집에서 잘 자다가 이제 또 캠핑카에서 잘 생각을 하니 두려움이 밀려왔다. 더군다나 생리가 시작됐다. 더운 바닷가에서 생리하는 여자는 너무 슬프다. 그래서 여차하면 동생 집으로 도망을 갈 생각을 했다.

죽도 옆 인구항 주차장에 주차를 했다가 탐색(차가 커서 주차 장소를 찾는 것이 쉽지 않다. 그래서 여유로운 곳에 주차하고 자전거나 도보로 더 좋은 자리를 찾는다.)을 하고 죽도에서 괜찮은 주차장을 찾았다. 침실의 넓은 창으로 바다가 들어왔다. 나는 여기가 마음에 들었다. 왠지 오늘 밤은 잘 잘 수 있을 거 같다는 생각을 했다. 바다가 보이는 곳에는 장애인 구역을 제외하고 일곱 대가 주차를 할 수 있었다. 주인 없이 장기 주차하고 있는 캠핑카, 차박(일반 승용차에서 자는 일), 우리 캠핑카, 늦게 와서 우리 차에 바짝 붙인 스타렉스 캠핑카, 버스 개조 캠핑카 등 일곱 대가 나란히 이웃이 됐다. 처음에는 문제가 없었다.

스타렉스 캠핑카 가족이 늦게까지 밖에서 이야기하고 놀아도 괜찮았다. 그런데 내가 살짝 잠이 들었다가 자동차 엔진 소리와 매연에 잠을 깼다. 옆 스타렉스 캠핑카가 에어컨을 틀기 위해 자동차 시동을 건 거다. 정말 짜증이 났다. 바다를 직접 볼 수 없는 텅 빈 주차 공간은 많았다. 오늘 밤엔 매미의 사랑 소리가 아니라 자동차 시동으로 잘 수 없다는 생각을 하니 참을 수가 없었다. 그냥 밤바다의 별이라도 봐야겠다는 생각으로 나갔다. 내가 나가니 남편이 깼다. 캠핑카의 특성상 조금만 움직여도 큰 흔들림이 생기고, 현관문을 열면 정말 더 큰 흔들림이 생긴다. 남편에게 미안했지만, 나도 살아야 했다.

나와서 산책을 하려고 보니 해변 시계가 12시 35분을 알려 준다. 스타렉스 아줌마는 다른 주차 공간에 자리를 깔고 누워서 딸과 이야기를 나누고 있었다. 내가 엔진은 언제까지 켜 놓을지 물었다. "아, 시끄럽죠. 그 집은 창을 열고 자는데 말이죠. 너무 더워서요. 그냥 우리가 차를 뺄게요." 말하기 무섭게 일어나서 자는 그 집 남편을 깨워 짐을 정리한다. 나는 혼자 해변을 걸었다. 곧 버스 개조 아저씨가 시동을 꺼 달라고 소리를 친다. 버스 개조 아저씨는 초저녁에 발전기를 한 시간 돌리면서 주변에 발전기 소음에 대해 양해를 구했다.

캠핑카 옆에 붙어 자는 건 처음이라 나만 예민해서 그런가 마음이 많이 불편했는데, 버스 개조 아저씨 소리에 기분이 한결 편해졌다. 엔진 소리 요란한 차가 빠지고 우리 차에 가니 남편이 나와서 나를 기다리고 있었다. 버스 개조 아저씨의 목소리라고 생각한 건 치아 보호대를 착용한 남편의 목소리였다. 괜히 나 때문에 우리만 예민한 사람이 된 것 같았다. 그 차 말고 다른 차들의 사람들은 에어컨을 틀지 않고 조용히 자고 있었다. 새벽 1시, 술집의 요란한 음악 소리도 꺼졌다. 이제 모두 조용해졌다고 생각하고 잠자리에 다시 누웠다.

술집을 나온 젊은 사람들이 밤바다를 걷는 소리, 파도 소리,

멀리 차가 달리는 소리가 들린다. 자동차 엔진 소리가 먹었던 소리들이 다시 토해져 나온다. 다행히 오늘은 귀신 같은 것들의 소곤거림은 없다(믿거나 말거나 나는 들었다). 그나마 다시 잠들 수 있겠다고 생각했다. 평소와 달리 남편 코고는 소리가 들리지 않는다. 남편은 정말 누우면 잠드는 사람이다. 오늘 밤은 남편이 나보다 더 잠을 못 잘 것 같다. 남편은 요즘 내 눈치를 많이 본다. 예민한 사람과 산다는 것은 결코 쉬운 일이 아니다. 나는 남편의 꿈을 지지해 주면서도 한편으로 남편에게 내 예민함으로 협박을 한다. 미안하지만 어쩔 수 없다.

남편이 명퇴 전 일을 할 때, 나는 남편과 톡을 주고받으면서 마무리로 항상 "저는 오빠만 있음 됩니다. 사랑해요"라고 했다. 그런데 요즘 캠핑카에서 남편과 계속 살다 보니 남편에게 전화나 톡을 하는 경우도 드물고 마무리 멘트도 사라졌다.

만약 내가 지금도 "저는 오빠만 있음 됩니다. 사랑해요"라고 한다면 그건 뻥이다. 난 집도 남편도 필요하다.

| **최성희** 페미니스트가 되고 싶은 현처양처, 2019년 9월 |

생생 할머니 토크

꼭 뭐가
되어야만 할까

"네가 커서 뭐가 될지 정말 궁금하다, 얘~."

이 말은 내가 중고등학생 시절에 들은 말이 아니다. 내 나이 서른 하고도 셋. 두 살 된 딸아이까지 키우고 있는 마당에 직장 선배에게 이런 말을 들으니 기분이 요상하다. 엉겁결에 대꾸한 다는 것이 그만 "지금껏 아무것도 안 됐는데, 얼마나 더 커야 뭐가 될 수 있나요?"라며 쓸쓸한 웃음만 남기고 말았다.

딸을 집 근처 어린이집에 보내고 파트타임으로 사무 보조 일을 시작한 지 석 달이 되었다. 원래는 아이 키우며 나도 내 장래를 위해 뭔가를 준비하는 시간을 갖고 싶었는데, 물류 센터에서 오전에만 일하는 남편의 급여로는 살아갈 재간이 없기도 하고, 또 워낙 일하는 것을 좋아해 다시 일을 시작했다. 직장 선배는 나의 첫 직장인 출판사에서 만난 선배인데, 시아버지 회사에서 일하며 동시에 일인 출판을 하고 있다. 그 두 가지 일을 두루두루 도와줄 사람을 찾던 중 나와 연이 닿은 것이다.

이곳에서 나는 '정 대리'로 불린다. 파트타임으로 일하는 내게 '대리'를 붙여 주는 이 회사는 참 좋은 회사다. 시급도 만 원이다. 원래는 8천 원이었는데 재고 정리 한번 싹 해 놓고 나니 만 원이 되었다. 게다가 4대 보험에 주휴 수당까지 알아서 챙겨 준다. 점심 식사는 가끔 근처 사장님 댁에 가서 사모님이 만들어 주신 집밥을 먹는다. 또 3시가 되면 알람처럼 "퇴근해야죠?" 하는 사장님 목소리가 들린다. 무엇보다 일이 많지 않아 이렇게 업무 시간에 글을 쓰는 딴짓도 기꺼이 허락된다.

이렇게만 보면 나와 비슷한 조건에 있는 아기 엄마들은 다 부러워할 만한 '꿀직장'인데, 선배의 말 한마디로 마음속에 먹구름이 몰려온다.

'난 아직 아무것도 되지 못한 건가? 언제쯤이면 뭐가 될 수 있지? 뭐가 되려면 어떻게 해야 하지? 아니 근데, 꼭 뭐가 되어야만 하나?'

나의 첫 직장은 출판사였고 그곳에서 4년을 버티지 못했다. '버티지 못했다'는 표현이 맞다. 인턴부터 시작해 계약직을 거쳐 정규직이 되었지만, 정규직이 된 지 6개월 만에 사직서를 냈다. 방대한 지식의 세계에서 잘 알지도 못하는 단어들과 씨름하는 것도 괴로웠고, 한 권의 책을 만들기 위해 진두지휘해야 하는 편집자의 자리가 솔직히 버거웠다. 완전히 지친 나는 좀 더 단순하고, 머리보다 몸을 움직이며, 글자보다 사람 만나는 일을 해 보고 싶었다.

퇴사 후 쉬는 동안 보육 교사 자격증을 준비했다. 때마침 친 언니가 어린이집을 개원했고, 그곳에서 선생님이라는 낯선 이름으로 동심의 세계에 첫발을 들였다. 네 살 아이들과 함께하는 생활은 생각보다 재미있고 활력이 넘쳤다. 끊임없이 말하고 움직였고, 똑똑해지거나 아는 척해야 한다는 부담 없이 어린아이처럼 노래하고 춤출 수 있어서 좋았다. 그러다 임신을 했고, 만삭까지 일을 했고, 아이를 낳았고, 얼마간 몸조리를 한 후 다시 출근하여 학기를 마무리하고 퇴사했다.

다시 일을 한다면 출판사가 될까, 어린이집이 될까, 고민을 하긴 했지만 애써 그쪽 일을 구하기보다 내가 처한 상황에서 할 수 있을 만한 일을 선택하기로 했다. 그곳이 지금의 회사, 전혀 생소한 제조 건설 쪽 회사의 사무 보조였던 것이다. 직장 선배도 나도 이 일이 임시직임을 알고 있다. 그렇다면 이후엔 또 어떤 일을 하게 될까, 이런저런 얘기를 나누던 중 "커서 뭐가 될지" 하는 재미난 표현이 나온 것이다.

편집자로 15년 넘게 살아가고 있는 선배의 눈에는 내가 아직 아무것도 되지 않은 아이로 보였나 싶어, 순간 삐딱한 마음이

들었던 게 사실이다. 하긴 내가 봐도 이도 저도 아닌 내 모습이 맘에 들지 않을 때가 많다. 한 우물을 파지 못하고, 쉽게 지쳐 다른 일을 기웃거리는 오랜 습성. 요즘 같은 세상엔 한 우물만 줄곧 파도 뭐가 될까 말까인데, 이러다가 결국 아무것도 되지 못하는 게 아닐까? 남들 앞에 버젓이 '무엇'이라고 소개할 만한 이름을 갖기 위해, 지금이라도 경력엔 도움도 안 될 사무 보조는 그만두고 출판사든 어린이집이든 경력을 이어 가야 하는 게 아닐까? 그도 아니면 제3의 길을 부지런히 찾아 준비해야 하는 게 아닐까?

사실 잘 모르겠다. 꼭 무엇이 되어야 하는지. 무엇이 되어야만 잘 산 인생인지. 친정 엄마만 봐도 우리 셋을 키우며 전업 주부에서 백화점 장사, 대리 운전, 버스 운전, 보육 교사까지 여러 일을 하고 지금은 육십 이후의 진로를 또 고민 중이시다. 더 연로하신 시어머니는 젊었을 적에 안 해 본 일이 없다고 하는데, 얼마 전부터 파출부, 공공 근로, 요양 보호사를 하다가 지금은 지하철 역사 매점에서 일하고 계신다.

아이를 키우는 여자로서 나의 미래는 이들과 얼마나 다를까? 이들은 끝끝내 아무것도 되지 못한 사람일까? 특별한 재주도 없고, 경력 단절을 고민할 만큼 꾸준히 해 온 일도 없으며, 사회적으로 성공하고 싶다는 열망도 크지 않은 내가 '이렇게 살면 안 되지 않나' 하는 불안감에 휩싸일 때면, 나의 '어머니들'을 반

면교사 삼아 더 늦기 전에 뭔가가 되어야 할 것 같은 압박을 느낀다. 엄마처럼 살지 않기 위해, 더 안정적이고 폼 나는 노년기를 위해.

생각이 여기까지 이르니, 선배의 유머에 냉소로 반응했던 내가 좀 오버한 듯싶다. "꼭 뭐가 되어야만 하나요?" 하고 발끈하면서도 속으로 그 틀과 기준에서 자유롭지 못했기 때문이다. 앞으로도 내 삶은 잘 만들어진 한 편의 이야기처럼 흘러가지 않을 것이다. 또 누군가에게 내보이고 인정받을 만큼 무언가를 이루지 못할 수도 있다. 아무렴 어떠랴. 최악은, 그렇게 살아온 자신을 초라하다 여기며 자격지심에 잔뜩 웅크린 사람이 되는 것이리라.

고민은 고민이고, 어김없이 새 하루는 찾아온다. 오늘도 나는 아이를 먹이고 씻기고 입혀 어린이집에 보내고, 젖은 머리에 스킨 하나 바르지 않은 민낯으로 지하철에 오른다. 지각만 면하면 다행이라는 생각으로 연신 핸드폰을 확인하며 오늘 해야 할 자질구레한 일들을 떠올린다. 그러다 잠시 생각의 미로에 빠져 '불행한 미래의 예고편'을 상상하기도 하지만, 현실로 돌아오면 지금도 꽤 만족스럽다. 단란한 세 식구, 주위에 좋은 친구들, 짧은 시간 좋은 조건에서 일할 수 있는 직장. 이 정도면 괜찮은 삶 아닌가? 마음을 다잡고 스스로 토닥인다.

나는 커서 뭐가 될까? 내 나이 사십, 오십이 되면 어떤 모습일까? 이는 생각하기에 따라 즐거운 상상이기도 하다. 내 미래를 기대(?)해 주는 선배가 있으니 이 또한 기쁜 일이지 아니한가? 뭐가 되지 않아도 행복할 수 있는 삶의 자세를 연습하듯, 어제 처럼 오늘처럼 내일도 작은 사무실 한구석에서 열심히 나의 이 야기를 써 내려갈 것이다.

| **정현주** 시간제 노동자, 2015년 8월 |

공중전화기가 꼭
있어야 하나요?

은평구, 마포구, 일산 세 지역을 다 합쳐야 500여 대. 개인이 소유한 공중전화기 숫자입니다.

은평구 갈현동에서 조그만 구멍가게를 15년째 운영하는 저는 올해 들어 고장이 잦은 공중전화기를 10여 차례 A/S를 요청한 끝에야 얼마 전 수리를 마쳤습니다. 환갑이 가까운 나이의 직원이 오셨는데요. 전화기를 보시곤 멋쩍은 듯 나를 쳐다보시며, "꼭 수리하셔야 합니까? 쓰는 사람 있어요? 전화기 구하기 힘든데…"라고 귀찮은 듯 지나가는 말로 구시렁거립니다. 전화 요금은 한 달에 만 원 안팎, 하루 이용객 두세 명.

"꼭 있어야 하나요?"

"글쎄요. 고장이 나서 고치긴 하는데…. 없으면 제가 너무 허전할 것 같습니다."

잠시 땀을 닦던 직원은 무슨 생각을 했는지 5층 옥상 문을 열어 달라고 합니다. 잠시 후 옥상에서 새 전화선이 내려오고 낡은 선이 잘려져 떨어졌습니다. 날 조수 삼아 잘려진 낡은 선을 걷어 내게 하고, 내려와서는 새 선을 전화기에 연결합니다. 그동안 괴롭혔던 잡음, 충전기 미작동, 동전 걸림 등 불편했던 점들이 한 번에 해결되었죠.

"오래 쓰시고 고장 나면 또 연락하세요."

거친 숨을 내쉬며 옥상을 오르락내리락 수고하신 형님 같은 A/S 직원. 처음에 무뚝뚝하게만 보이던 분이, 자신도 정년퇴직 후 일하는 계약 직원이라 관리하는 공중전화기가 줄어드는 것이 안타깝다고, 자신과 무관하지 않다고 하시며 전화기 내부 먼지까지 털어 주셨습니다. 고맙기도 하면서 쓸쓸하기도 합니다.

케이블 텔레비전이 집마다 자리 잡고 텔레비전 홈쇼핑이 파고들면서 기저귀, 분유 같은 아기용품이 구멍가게 진열대에서 사라졌습니다. 동네 비디오 가게도 문 닫은 지 오래죠. 대형 마트뿐 아니라 중형 마트가 동네에 파고들면서 구멍가게에는 채소, 과일도 사라졌어요. 길가에 있던 조그만 가게들이 거의 다 편의점으로 바뀌었습니다. 골목에 있던 작은 가게들이 빈 채로 남아 있고, 간판의 불도 꺼져 있어 골목은 점점 어둡습니다.

아침 8시 30분 출근. 가게 문을 열고 먼지를 털고 바닥을 쓸고

15년 된 커피 자판기를 점검하고, 전화기에 100원짜리 동전을 넣어 고장 유무를 확인하고 그렇게 하루를 시작합니다. 도시락으로 세 끼를 해결하고 150여 명의 손님을 맞이한 후 자정이 되면 다음 날 주문할 물품을 체크한 후 하루 일과를 정리합니다.

작년에는 태어나 처음으로 한 달 동안 입원을 했는데 아내가 많이 힘들었습니다. 그동안 경제적으로 많은 부담을 짊어진 아내가 장사를 그만했으면 하더군요. 그럴 때마다 전 아내에게 지켜지지 않는 말만 반복하죠. "알았어. 조금만 더 기다려 줄래?"

사람들이 묻습니다.

"꼭 공중전화기가 있어야 하나요?"

"장사도 잘 안되는데 건강 해치면서까지 꼭 해야 돼?"

대답하기 참 어렵습니다. 글쎄요. 잘은 모르겠는데… 없으면 안 될 것 같아서요. 지금 사람들이 필요하지 않다고 불필요한 건 아니잖아요. 단지 힘들게 그 자리를 지켜 온 만큼 사람들이 잘 찾지 않을 뿐이죠. 언제까지 이 가게를 할지 확답을 할 수 없지만, 문 닫기 전까진 공중전화기, 커피 자판기는 함께할 것 같습니다. 그리고 골목에서 오랫동안 묵묵히 가게를 지키고 있는 이웃도 함께해야겠죠.

"참, 알려 드릴게요. 공중전화 기본요금은 70원입니다."

| **한결** 자영업자, 2015년 11월 |

생생
할머니 토크

가을 햇살이 좋은 날이다. 오랜만에 엄마를 모시고 야외에 나가 점심을 하려고 전화를 했다.

"엄마, 어디야? 노인당이야? 오늘 날씨 참 좋네. 내가 지금 모시러 갈 테니까 기다리고 있어요. 같이 드라이브도 하고 맛있는 점심도 먹게. 노인당에서 엄마랑 친한 할머니 계시면 같이 가도 좋고. 내가 맛난 거 사 드릴게."

"아이고, 내 새끼, 그럴랑가~. 안 그래도 된디."

엄마와 친구 두 분을 모시고 맛집을 찾아 출발했다. 할머니 세 분은 뒷좌석에 나란히 앉아 열심히 수다를 떠신다. 유난히 목청이 큰 할머니가 말씀하셨다.

"어이, 이번에 새로 들어온 젊은 것은 어째 통 움직이딜 않고 궁뎅이가 무겁드만."

"그랑께 말이여. 젊은 것이 그라믄 못쓰제. 아, 늙은 우리가 쓸고 닦고 해야것써."

안경을 낀 뚱뚱한 할머니는 맞장구를 치셨다. 우리 엄마도 한 마디 거드신다.

"아, 우리는 그 나이 때 안 그래째. 한창일 땐디."

대화를 듣던 나는 궁금했다. 엄마는 여든하나이신데 도대체 그 '젊은 것'은 몇 살인 걸까?

"엄마, 그 젊은 할머니는 몇 살이신데?"

"웅, 젊디젊어. 고것이 칠십다섯일 것이다. 글제?"

"그려, 맞을 것이네. 아직 색시제."

헐~ 운전대를 잡고 눈물이 날 만큼 웃었다. 엄마와 할머니들은 뭐가 그리 웃기냐며 의아해하셨다. 칠십오나 팔십일이나 같이 늙어 가는 똑같은 할머니 아닌가.

"에이, 엄마 그건 아니지. 그 할머니도 나이 많이 드셨고만. 텃세 부리는 거 아니야?"

"뭔 텃세야. 그건 아니지만 그려도 위아래는 지켜야제."

세 할머니는 합창하듯 말씀하셨다.

마당 있는 한정식집에서 보리밥에 영광굴비를 시켰다. 세 할머니는 요새 통 입맛이 없다고 하셨다. 머리도 지근지근 아프고, 팔다리도 쑤시고, 소화도 안되고, 허리가 아파 걷기도 힘들단다. 서로 자기가 제일 아프다고 우기시더니 마지막 나온 숭늉까지 남김없이 다 드셨다. 수정과를 따라 드리며 말했다.

"제가 보기에 다른 건 몰라도 세 분 모두 입은 아주 건강하신 것 같아요. 말씀을 쉬지 않고 하시는 걸 보면요. ㅎㅎ"

"홍홍~ 헹헹~ 맞어, 다 죽것는디 요놈의 주둥이만 살았당께. ㅎㅎ"

깔깔거리며 웃고 떠드는 모습이 마치 여고생 같다. 노인당에 수업 오는 요가 선생님 이야기를 한다.

"요가 선생 입은 옷 곱고 이쁘드만. 색도 뺄게 가꼬."

"화순댁 영감이 입원했다든디, 다들 가 봐야제."

"들었는가? 그 영감이 젊었을 때 그렇게 바람을 피워 가꼬 화순댁 속을 숯댕이로 만들었다 글더만."

"아이고, 그랬당가. 젊어서는 계집질해서 속 태우고 늙어서는 병치레해서 또 애멕이구만. 망할 놈의 영감탱이네그려."

"그랑께 말이여, 우리는 신경 쓸 영감 없응께 얼매나 편하고 좋은가."

"낄낄~ 글제. 글고 보믄 우리 영감들이 착허그만, 우리 편하라고 먼저들 가 주고."

자지러지게 웃으며 수다를 떠는가 싶더니 진지한 모습으로 대화를 나누신다. 주로 노인당에 관한 이야기다.

"이번 달 회비들은 다 잘 냈당가? 안 낸 할망구는 누구여?"

"단풍놀이 가는 거 다시 회의해야제. 그때 결정을 못 했는가."

"다 모여서 투표해 가꼬 날짜랑 장소를 정해야제. 그래야 난중에 말이 안 나."

진지함이 대기업 회의 못지않다. 조용히 들어 보니 내가 생각한 노인당이 아니었다. 편하게 들러서 텔레비전도 보고 가끔 식사도 하고 심심하면 화투 한 판 치는 곳이라 생각했는데 그곳에도 규율이 있었다. 학교처럼 회장도 뽑고 한 달에 한 번 회의도 한다. 인기 있는 할머니도 있고 왕따인 할머니도 있다. 자연스럽게 파가 나누어진다. 학창 시절 엄마가 반에 피자를 돌리면 어깨가 으쓱해지는 것처럼 자식들이 노인당에 한턱내면 기가 산다고 한다. 얼마 전에 엄마도 언니에게 말씀하셨다.

"101호 할머니 딸이 떡이랑 식혜랑 해 와서 잘 먹었다."

"응, 엄마, 내가 맛있는 거 많이 가지고 다음 주에 갈게."

"아이고, 아니여, 뭐하러 와야. 안 와도 돼야~ 너 오라고 한 말 아니여."

언니와 나는 조용히 말했다.

"오란 말이여, 오지 말라는 말이여. 아, 할머니들이 더 무서워."

엄마가 초등학교에 다니는 것 같다. 오후에 전화를 하면 나도 모르게 물어보게 된다.

"엄마, 오늘도 노인당 잘 다녀왔어? 요가는 잘 배웠고? 할머니들이랑 잘 지내지?"

"웅, 맨날 똑같지 뭐 별거 있따냐. 요가는 오늘 새로운 거 하나 배웠다."

"괜히 무리해서 허리 삐긋하지 말고 조심해서 천천히 해."

"그러제. 그래도 내가 허리 잘 돌린다고 칭찬도 받았다."

어린 시절 선생님에게 칭찬받았다고 자랑하던 나처럼 엄마가 내게 자랑을 한다. 엄마는 할머니들과 보내는 시간을 좋아하신다. 혹시 노인당에 안 가면 당신을 걱정하고 찾아 주는 늙은 친구들의 전화를 반가워하신다. 함께 나란히 늙어 간다는 게 의지가 되고 위안이 되나 보다.

엄마가 오래도록 노인당에 잘 다니셨으면 좋겠다.

"엄마, 아프지 말고 건강해서 내년에는 엄마가 회장도 해. 내가 회장 턱 크게 쏠게!"

| 이선례 2016년 1월 |

왕년과
지금

중학생 딸은 시험공부를 하지 않는다. '평소 자기 실력을 측정하는 것이 시험인데 벼락공부는 반칙이다'라는 신념을 가진 아이다. 심지어 최적의 컨디션으로 시험을 봐야 한다며 전날 9시면 불 끄고 눕는다.

그런 딸을 보며 불안해하는 사람은 가족 중 아빠뿐이다. 녀석의 배짱과 넉살은 아빠에게 받은 것이 아닌 듯하다.

15년째 '마음이 아픈' 사람들을 만나고 있다. 얼마 전, 이혼하기 전 맏며느리였던 한 50대 여성을 상담한 적이 있다. 십수 년이 지났지만 전 시아버지 제삿날이 다가오면 초조하고 불안해진단다. 내게는 충분히 공감이 되고도 남는 일이었다.

나 또한 그랬다. 학교 시험, 학력고사, 운전면허, 여러 자격시험, 논문 심사 등등 익숙해질 만도 하지만 매번 불안과 초조는 단골손님이었다. 호흡은 가빠졌고 천둥 같은 내 심장 박동 소리를 선명하게 들었다. 그러고 나면 머릿속은 진공관이 되었다. 이제 지천명을 바라보지만 여전히 남들에게 평가받는 자리에 서는 것이 싫다.

우리 세대에게 있어 평가와 체벌은 동의어였다. 과목별로 담당 선생님께 맞고, 총점으로 담임 선생님께 맞고, 반 등수가 하위권이면 단체로 맞고, 어쨌든 대여섯 번은 맞았던 것 같다. 뭐 맞는 게 다반사인 시절이라 맞고도 바로 기분이 풀어져서 도시락 까먹으며 시시덕거리던 시절이었다. 그것이 끝은 아니었다. 집에 돌아가면 아버지의 회초리와 다른 친구와의 '비교 견적 내기'가 또 기다리고 있었다. 두세 달에 한 번 꼴로 반복되는 일이었다.

이렇듯 부모님과 선생님 앞에서 늘 평가받고 비교되며 자랐다. 타인과의 경쟁에서 이기고 살아남으라고 배웠다. 지는 것은 낙오자이며 패배자라고 배웠다. 남보다 더 나아야 했고 남 보기에 그럴듯하고 완벽한 결과를 만들어 내야 했다. 지는 것은 스스로에게 부끄러운 일이며, 부모님과 선생님을 욕보이는 나쁜 일이라고 배웠다. 성적이 떨어지는 것은 쓸모없는 인간으로 전락하는 일이었다.

그런데 어른들은 '쉼 없이 열심히 해라!'라는 격언 외에 그토록 당신들이 원하시는 결과를 찾아가는 방법은 우리들에게 가르쳐 주지 않으셨다. 그 과정을 함께하지도 않으셨다. 그분들은 항상 결과를 심판하고, 체벌하는 자리에 계셨다. 아마도 그분들 또한 우리와 같은 학생 시절을 보내셨을 것이다.

내가 공부를 꼭 해야 하는 동기도 없었다. 동기가 없으니 그곳에 즐거움이 있을 리 없었다. 다만 어른들의 평가와 체벌이 두려워서 공부했다. 수단과 방법을 가리지 않고 다른 친구들을 밟고 올라가야 했다. 평가하는 사람들에게 좋은 결과를 보여 주는 것이 인정받고 사랑받는 방법이며 사람답게 사는 길이라 생각했다.

그렇게 어른이 되었다. 이제 평가하는 위치에 서게 된 것이다. 그런데 천지개벽이 일어났다. 순식간에 시대가 바뀌었다. 배운 대로 어른 노릇을 좀 시작하려니 이제 세상은 심판하고, 평가하고, 체벌하는 자리에 서는 것은 '나쁜 일'이라고 말한다. 미래를 위해 참고 인내하는 것은 어리석은 일이라고들 한다. 당황스럽다.

대신 그 시절엔 배부른 짓, 일탈, 낙오자의 길이라고 배웠던 일들이 지금은 가장 '좋은 일'이 되어 있다. 텔레비전을 켜면 먹고 마시고 노래 부르고 춤추는 사람들이 점령군처럼 진지를 구축하고 있다.

솔직히 우리 세대는 '노는' 일들은 어떻게 해야 하는지 배운 적이 없다. 듣지도 보지도 못한 세계의 일이다. 자꾸 바꾸고 변하라고 하지만 우리는 그 방법을 알지 못한다. 알려 주어도 어색하고 쑥스럽다. 퇴근 기피 증상. 나만 섬이 되어 가는 집이 귀찮고, 짜증 나고, 화가 난다.

동창회가 필요한 시기다. 만나자마자 사고는 20~30년 전으로 타임머신이 이동하고 너무나 편안한 동질감으로 빠져든다. 그런데 그것도 잠시, 거기에도 불편함은 있다. 어떤 친구들에게 동창회는 학창 시절 낮았던 서열을 재배치하기 위한 자리다. 혹은 옛 시절의 영화를 재확인하고 싶은 자리다. 늘어 가는 재산이나, 승진, 자식의 성적, 골프, 유흥에 대한 무용담도 쏟아진다. 그것을 자기 것으로 만들기 위해 수단과 방법을 가리지 않고 온 열정을 쏟은 것이 미담처럼 회자된다. 은밀하게 내가 가지지 못한 것들에 대한 정보를 얻는다. 자신의 전투가 틀리지 않았다며 스스로에게 동기 부여 하는 자리 같기도 하다.

과거에 잘나갔던 친구들은 '왕년에'를 외친다. 지금 잘나가는 친구들은 '내가 지금은'을 연발한다. 결국 과거와 현재는 충돌한다. 여전히 어중간한 친구들은 '내가 지금은'의 편을 든다. '왕년에'는 퇴출되고 서열이 재정리된다.

그런데 더욱 안타까운 것이 있다. 그렇게 어렵게 얻었다는 것들을 어떻게 사용하고 즐겨야 하는지에 대해서 이야기되지 않는 것이다. 습관적으로 모으고 또 모으는 것. 이유도 모르고 올라가고 또 올라가는 것뿐이다. 마치 죽는 날까지 가을만 사는 다람쥐 같다.

지식과 돈, 권력은 있는데 함께 즐길 친구와 가족이 없는 스크루지 영감의 길로 가고 있다. 이렇게 살다 보면 인생의 황혼에 이르기 전에 괴물이 되거나 외로움과 허무함이 유일한 친구로 남을 수밖에 없다. 하지만 노는 쪽과 일하는 쪽 어느 편에 서기에도 애매한 세대다.

〈쇼생크 탈출〉을 생각한다. 사실 방법은 너무나 간단하다. 우선 남의 시선으로부터 자유로워져야 한다. 남들과 비교하며 순서를 매기는 것보다 스스로 즐거운 삶을 선택해야 한다. 이기거나 지는 곳에서 즐겁고 즐겁지 않은 곳으로 이사를 떠나는 것이다. 그리고 내가 평가받는 것이 싫었다면 나 또한 남을 평가하고 체벌하지 않으면 되는 것이다. 설사 그것이 내 가족이라도 말이다.

그리고 과정이 즐거우면 결과 따위는 중요하지 않다는 것을 배워야 한다. 아이들에게도 알려 줘야 한다. 아이와 가족들에게 존경심과 순종을 강요할 것이 아니라 그 과정을 함께 즐기면 된다. 우선 내가 즐겁고, 그 마음으로 가족을 대하면 모두가 시나브로 행복해지기 마련이다.

내가 아팠던 모든 일들은 과거의 일이며, 내가 걱정하는 모든 일들은 미래의 일이다. 따라서 실재하지 않는 내 마음속의 상상

일 뿐이다. 이미 지나가 버리고 오지 않은 것들로 스스로와 타인의 삶을 소모시키는 삶은 그만 멈추자. 다시 돌아오지 않을 오늘을 즐기는 삶이 유일한 해결의 방법이다. 언제부터? 이 글을 읽고 있는 바로 지금 이 순간부터 말이다.

| 김대호 전남 무안군 승달산에 다율재를 짓고
창작 활동을 하고 있는 작가, 2017년 3월 |

평상

가벼운 목례와 웃음으로
노인들 옆에 가만히 앉습니다.
나는 한때 그냥 지나던 젊은이였습니다.

이들 틈에 앉습니다.
이야기는 시간을 따라 잠잠해지고, 무료한 표정으로
드문드문 지나는 이들을 구경합니다.

길에서 바라보던 평상은 추억으로 다가왔고
평상에서 바라보는 길은 현재의 세상을 일깨웁니다.

노년이 된 나의 모습을 생각합니다.

나의 평상이 없군요. 산들바람도 없고
아름드리 그늘의 나무도 없군요. 바라볼 사이도 없군요.

평상을 만들 수 있을까 생각해 봅니다.

동네를 따라 시간을 따라 관계 속에 온존되고 깊어지는
그런 우리들의 조그만 평상 말입니다.

광장이 되기도 하는.

| 김기식 마을 활동가, 2015년 8월 |

그때 목욕탕이
그립다

"지현아, 목욕 가자."

일요일 오전 여섯 시쯤 되면 언제나 엄마가 방 앞에서 나를 깨웠다. 어둠이 채 가시지 않은 시간, 아직 찬기가 남아 있는 욕탕 안 뜨끈한 물에 몸을 담그고 있으면 주중의 피로가 한 번에 다 풀리는 듯했다. 나의 주말은 20여 년 넘은 작은 동네 목욕탕을 다녀오는 일로 시작됐다.

집에서도 항상 보는 엄마지만, 목욕탕에서 목욕을 하며 둘만 나누게 되는 이야기의 재미는 꽤 쏠쏠했다. 둘이서 감식초 하나를 시켜 놓고 나눠 마시면서 집안의 대소사뿐 아니라 동네 사람들의 안부를 나눴다. 솔직히 안부보다는 뒷담화였다. 그러다 보면 정작 나는 동네에서 많은 시간을 보내지 못함에도 그들과 가까운 느낌이 들었다. 그 작은 욕탕에서는 작은 소리도 크게 울렸다. 어쩌다 예기치 않은 이웃을 만나 반가운 웃음을 주고받으면 그 웃음소리가 가득 차 메아리쳤다.

명절 즈음이 되면 자주 못 보던 이웃 동네 사람을 만나기도 했다. 오랜만에 서로의 안부와 소식을 나누고, 음료수 한 병을 서로 계산하겠다며 실랑이를 벌이기도 했다. 동네 목욕탕의 장점 중 하나는 미처 챙겨 오지 못한 목욕용품을 빌려 쓸 수 있었다는 점이다. 마침 샴푸가 떨어졌더라도 옆 사람에게 빌리는 것이 어렵지 않았다.

동네 목욕탕은 단순히 몸만 씻는 공간이 아니었다. 시장과 같이 동네 사람들의 만남과 소통의 장이였다. 사람 몇 명 들어가 앉기도 버거운 작은 욕탕이었지만 따로 오더라도 그곳에서 만나 서로의 등을 밀어 주며 안부를 묻고, 서로의 비누를 나눠 쓰며 이웃 소식을 나누던, 사람을 만날 수 있는 공간이었다. 그곳에 있으면 내가 동네 주민이라는 생각이 자연스레 들었다. 가끔 혼자 오신 어르신들의 등을 밀어 드리곤 했다. 등을 밀다 보면 때수건 너머로 상대의 기운이 느껴진다. 어르신 등에 손을 대고 있노라면 돌아가신 할머니를 다시 느낄 수 있어서 좋았고, 목욕 후 고맙다고 건네주시는 시원한 요구르트가 좋았다.

결혼을 하고 인천에서 서울로 옮겨 오면서 혼자 목욕탕을 찾았다. 하지만 서울에서 찾은 목욕탕은 나에게 낯선 공간이었다. 그 이유 중 하나는 등을 밀어 줄 상대가 없다는 점이다. 옆 사람에게 함께 등을 밀자 물어보려다가도 누가 쳐다보기라도 할까 목욕에 몰두하고 있는 모습을 보면 엄두가 나지 않았다. 하기사 대부분의 시간을 주거 공간이 아닌 일터에서 보내면서 같은 아파트 이웃과도 마주할 기회가 없으니 목욕탕을 간다 한들 아는 사람이 있을 리 없었다.

게다가 대부분 24시간의 커다란 찜질방으로 변화하면서, 일상의 공간이기보다는 씻거나 비싼 숙박을 대신할 공간으로 변한 것 같다. 말 그대로 지금의 찜질방은 개인 편의를 위한 목욕과 찜질이 가능한 기능적 공간이 되었다. 다양한 기능과 먹거리들이 늘었고 그곳을 찾는 사람들의 수는 늘었지만 낯설고 어색한 공간이 되었다. 나는 결국 목욕탕 다니는 것을 그만뒀다.

서울에서 목욕탕을 다니기 전까지는 그 공간에 대해 특별하게 생각한 적이 없었다. 하지만 그 작은 목욕탕이 나에게는 따뜻한 사람들의 정을 느끼게 해 준 곳이라는 것을 새삼 느끼게 됐다. 한쪽 벽에 슨 곰팡이를 보며 주인에게 싫은 소리를 하면서도 옮기지 않았던, 혼자 들어가도 때밀이 아주머니가 "딸~ 왔어" 하며 반겨 주던, '형님~'이라는 호칭이 자연스러웠던 그 포근한 익숙함이 그립다.

| 한지현 성동근로자복지센터 활동가, 2017년 3월 |

가장 잘한 일
세 가지

    가끔 살아온 날들을 돌아보게 된다. '그때 이렇게 할걸' 혹은 '다시 생각해도 그러길 참 잘했다' 곱씹어 보기도 하는데 지금 생각해 보니 내가 살아오면서 가장 잘한 일이 세 가지가 있다. 작은딸을 낳은 것, 죽지 않고 살아 낸 것, 작은딸을 스물셋에 결혼시킨 것.

    살아오면서 각자 나름대로 굴곡 없는 삶이 있을까마는 내게도 힘든 시절이 있었다. 서른하나 늦은 나이에 결혼하여 이듬해 딸을 얻었다. 사랑해서 결혼했지만 알고 보니 남편은 경제관념이 부족한 사람이었다. 술을 좋아하는 남편의 수입보다 많은 카드 빚으로 우리의 살림은 첫아이 돌 때부터 허덕이기 시작했다.

    백지장도 맞들면 낫겠다 싶어 6개월밖에 안 된 딸을 어린이

집에 맡기고 보험 설계사로서 직업 전선에 뛰어들었다. 다행히 사태 수습은 할 수 있었지만 남편의 습관은 고쳐지지 않았다. 하나를 겨우 수습하고 나면 또 새로운 사건이 들이닥쳤다. 그야말로 밑 빠진 독에 물 붓기였다. 그런 와중에 둘째가 생겼다. 고민스러웠다. 키울 생각을 하니 암담하고, 안 낳자니 이 다음에 큰애 혼자 살아 낼 앞날이 걱정되었다. 결국 아이를 낳았고 이번에도 딸이었다. 다행스럽게도 딸들은 내가 남편과 사니 안 사니 지지고 볶는 사이에도 서로 의지하며 잘 자라 주었다.

내가 힘들게 살아가는 모습을 본 동생이 "언니 빨리 형부랑 헤어져라" 했지만 난 어리석었다. 아직 어린 아이들을 아빠 없이 키울 용기도 없었고 한편으론 아이들이 커 가는 걸 보면서 조금은 달라지겠지 싶은 생각도 있었다. 설상가상으로 남편이 회사를 그만두고 실직자가 되었다. 오래 쉬다가 다시 취업을 했지만 남편은 돈을 갖다 주지 않았다. 그저 제 앞가림만으로도 허덕대는 인간이었다.

나는 실질적인 가장이 된 지 오래였다. 살얼음 위를 걷는 듯 조마조마한 날들을 이어 가다가 급기야는 사채까지 쓰고는 감당 못해 잠적해 버린 남편 대신 사채업자들에게 시도 때도 없는 시달림을 받아야 했다. 어떤 날은 어린 딸 둘만 있는 반지하 방에 빨간 글씨로 쓴 빚 독촉 협박문을 붙여 두고 가기도 했다.

드디어 결단을 해야만 했다. 이렇게 계속 살다간 도미노처럼 딸들의 삶조차도 무너질 게 뻔했다. 결국 13년 만에 결혼 생활의 종지부를 찍었다. 그래도 저대로 두면 심약한 애들 아빠가 죽을지도 모른다는 생각에 남편 손을 붙잡고 다니며 예닐곱 군데의 사채를 청산해 주고는 큰딸의 초등학교 졸업식을 끝으로 헤어졌다.

이듬해 여름 친정 식구들과 태안의 섬으로 여름휴가를 떠났다. 민박집에 짐을 풀고 저녁을 먹은 뒤 혼자 바닷가로 산책을 나갔다. 아까 섬에 들어올 때 계단이 드러나 있던 방파제 쪽엔 어느새 바닷물이 가득 들어와 출렁거리고 있었다. 방파제에 앉아 반짝이는 바다의 수면을 하염없이 바라보던 내게, 순간 삶의 고단함이 파도처럼 밀려들었다. 죽고 싶었다. '계속 이렇게 힘들게 살면 뭐 해. 그냥 죽어 버리자.'

일어나서 바닷물에 잠긴 계단 속으로 한 발 한 발 내딛었다. 일몰 즈음의 시커먼 바닷물이 허리를 감싸자 와락 겁이 났다. 수영을 할 줄 몰랐으므로 여기서 한 발만 더 내딛으면 난 끝인 거였다. 그런데 하필 그 순간 딸들의 얼굴이 번뜩 떠올랐다. 아빠도 엄마도 없는 우리 딸들…. 순간 번개처럼 바닷물을 박차고 뛰어나왔다. 그러고는 오가는 사람 없는 방파제 앞 도로에 퍼질러 앉아 펑펑 울었다. 낮 동안 후끈 달궈진 도로 위에서 한 시간쯤 울고 나니 어느새 옷이 말라 있었다.

어쨌든 살아야 했다. 난 엄마니까. 중1, 초등 4학년인 두 딸을 바라보고 있으면 '쟤들이 언제나 크나. 사람도 강냉이처럼 뻥 튀길 수 있으면 좋겠다' 하는 생각이 들곤 했다. 정신없이 살다가 어느 휴일이었다. 누워서 뒹굴다 보니 엉덩이가 말만 한 년들 둘이 내 옆에 누워 있는 게 아닌가. '어느새 다 컸구나.' 저절로 히죽히죽 웃음이 나왔다.

늘 친구같이 엄마를 살펴 주는 수더분한 큰딸은 대학생이 되었다. 작은딸은 "엄마. 나처럼 공부하기 싫어하는 사람이 대학에 가는 건 개인적인 낭비요 국가적인 손실이야. 난 빨리 돈 벌 거야"라며 취직을 했다.

예쁘장한 작은딸은 친구들과 놀기를 좋아해서 늘 늦은 귀가로 나의 마음을 애태웠다. 그러더니 스물세 살에 "엄마. 나 시집가면 안 돼?"라며 말을 꺼냈다. 엉? 이렇게 예쁘고 한창인 나이에 벌써 결혼? 아깝기도 하고 준비된 것도 없었으므로 순간 당황스러웠다. 한편으로는 아빠 없이 자라서 누군가의 그늘이 필요한가 싶기도 했다.

결국 결혼을 시켰다. 이듬해에 예쁜 손녀가 태어났다. 젊은 탓인지 딸은 유난히 젖이 많아 젖몸살이 심했다. 모유 수유를 하면서도 수시로 젖을 짜내야만 했다.

한 달 후 어버이날, 작은딸은 날 의자에 앉혀 놓고 세족식을 거행하였다. 냉동실 가득 팩에 저장해 두었던 모유를 대야에 담고는 정성스레 발마사지를 해 주었다. "엄마, 낳아 주고 키워 주서서 감사합니다." 아아, 이런 날이 올 줄 생각이나 했을까….
나도 모르게 눈물이 핑 돌았다.

그러더니 이내 둘째가 생겨 이번엔 손자를 안겨 주었다. 한
놈이 병원에 가거나 해서 일손이 필요할라치면 바쁜 나 대신
큰딸이 더 자주 동생을 도와주러 간다. 세상 둘도 없이 우애 있
는 딸들이다. 게다가 작은딸은 어찌나 야무진지 연년생인 두아
이를 키우면서도 외려 가끔 내게 반찬을 싸 보내곤 한다.

가끔 생각한다.

'에구, 그때 저 딸 안 낳았으면 큰놈 혼자 외로워서 어쩔 뻔했
어. 보배 같은 딸인데. 그때 안 죽길 잘했지, 암만. 저렇게 밝은
애들에게 하마터면 그늘을 만들어 줄 뻔했지 뭐야. 일찍 결혼시
키길 잘했지. 벌써 애 둘 낳아 애국자 되고 이렇게 예쁜 손녀 손
자가 날 행복하게 하니. 그래, 참 잘했다, 잘했어.'

| 박경희 숲해설가·산림치유지도사, 2017년 10월 |

아이가 빵점 맞은
까닭

올해 아이가 초등학생이 되었습니다. 유별난 구석이 있어서 유치원 때도 엄마 마음을 조마조마하게 하더니 본격적인 집단생활이 시작되는 초등학교에서는 거의 하루도 빠지지 않고 크고 작은 사건이 있는데, 오늘도 집에 돌아와 보니 아내가 또 한숨을 쉬고 있습니다. 수학 시간에 단원 평가를 봤는데, 친구에게 답을 보여 줬나 봅니다. 시험 전에 선생님이 주신 주의 사항을 어긴 거죠. 그래서 0점 처리가 되었다는 거예요.

왜 그랬니, 아이에게 물어보니, 친구가 모른다며 물어보기에 도와줬다고 대수롭지 않게 답합니다. 오히려 기특합니다. 별일도 아니네, 너무 걱정하지 말아요 하고 아내를 달래면서도, 어려운 친구를 도와주는 건 잘한 일인데 시험은 그렇게 하면 안 된다는 걸 어떻게 이해시켜야 하나 생각하던 차에 문득 미 대륙의 인디언 이야기가 떠올랐습니다.

서부 개척 시대를 거치면서 원주민이었던 인디언들은 자신의 고향에서 강제로 쫓겨났습니다. 그 아이들은 교화라는 명목으로 정규 학교에 보내졌지요. 그런데 그 아이들에게 시험을 치게 하니 다 같이 모여서 문제를 어떻게 풀까 의논하더라는 거예요. 선생님이 의논하지 말고 각자 해결하라 하니, "우리 부모님은 어려운 문제가 있으면 힘을 합쳐 풀어야 한다고 하셨는데요" 하더랍니다. 사회 발전의 원동력이 개인 간의 경쟁이냐, 공동체 안의 협동이냐 하는 아주 중요한 관점의 차이를 보여 주는 일화입니다.

사람들은 다윈이 진화론에서 주장한 '적자생존'을 근거로 경쟁이 자연의 섭리인 듯 불가피성을 옹호합니다. 그러나 적자생존은 자연의 변화에 적응하기 위한 개체의 내적 변화를 설명한 것이었지, 타 개체를 경쟁의 대상으로 보고 내가 살기 위해 남을 도태시키라는 것이 아닙니다. 사자처럼 날카로운 이빨도, 말처럼 잘 달리는 다리도, 코끼리처럼 거대한 몸집도 가지지 못한, 개체로서는 보잘것없는 인간을 지금의 자리에 올려놓은 힘은 개인 간의 경쟁이 아닌 공동체 안의 협동이었습니다. 우리가 아무렇지 않게 사용하는 모든 물건들이 장대한 역사 속에서 집단 지성이 만들어 낸 결과물이라는 것, 혼자 힘으로는 컴퓨터는 고사하고 돌도끼 하나 만들기가 쉽지 않다는 것입니다.

지금은 아이에게 시험 시간에 친구와 이야기해서는 안 된다고 말해 줄 수밖에 없을 겁니다. 그러나 그 아이가 자라서 또 아빠가 될 세상은 그저 남들 위에 설 수 있는 또 하나의 경쟁력을 위한 처세술의 도구로서 어려운 친구를 도와주어야 한다고 가르치는, 그런 위선적인 세상이 아니기를 바랍니다. 그리고 그런 날을 위해, 아이가 조금 더 커서 아빠의 이야기를 이해할 수 있는 나이가 되면 말해 줘야겠습니다. 그날이 기다려집니다.

| 김용진 수출입은행 노동조합 위원장 · 《돈의 진실》 저자, 2018년 1월 |

인생

한글을 배우고 나니 글 쓸 게 많다.
마루문을 열고 보면 꽃이 예쁘게 피어났다.
예쁜 꽃이 떨어지고 잎이 파랗게 나고 나면
조금 있으면 예쁜 단풍이 든다.
예쁜 단풍도 다 떨구고
앙상한 가지만 추운 겨울을 날 생각을 하니
쓸쓸해 보인다.
쓸쓸함도 잠깐,
봄이 오면 또 꽃이 피어나겠지
인생도 꽃과 같다.

흰 머리카락이 휘날리는 나이에 큰손녀가 색연필과 그림책을 사다 주었다. 처음 그려 보는 그림. 손은 벌벌 떨리고 가슴은 콩닥콩닥 뛰고 무엇을 어떻게 할 줄 몰랐다. 못해도 그려 보기로 했다. 그렸다 지우고를 반복하면서 꽃잎과 꽃을 그렸다.

청평 한글 교실에서 가평군에다 자기가 배운 글로 아들딸에게 편지도 쓰고 시도 써내라고 선생님께서 말씀하셨다.

나는 큰손녀가 사다 준 그림책, 색연필에 대한 글귀를 몇 자 적어서 냈다.

우리 교실에서 여러 분이 내셨는데 두 사람 당선돼서 나갔다. 경기도에서 장려상을 탔다. 난생처음 경기도청에서 상도 받고 꽃다발도 받았다. 나는 상이 중요한 게 아니라 내가 글을 써낸 것에 행복하게 생각하고 있다.

아무것도 모르는 나에게 이런 큰 행운이 찾아올 줄은 생각도 못해 봤다.

| 김복순 1938년에 태어난 가평 소녀, 2018년 4월 |

촌말
서울말

"사투리가 심하네요."

살면서 참 자주 듣는 말이다. 심지어 아이들조차 "엄마는 왜 사투리를 써?"라고 물어보니 말 다 했다. 경상도 사람이 경상도 말을 하는 게 당연한 일인데 왜 '심하다'는 표현을 들어야 하는 걸까? 사람이 하는 말을 어떤 기준과 잣대로 재는 것 자체가 뭔가 이상했다. 경남 마산에서 오래 살았지만 지금 나는 경기도에 살고 있으므로, 표준어를 쓰는 사람들 속에 속해 있으므로 당연히 그런 노력을 해야 하는 것일까.

사실 나도 마음만 먹으면 표준어를 충분히 쓸 수 있다. (아…닌가? ^^;;) 하지만 군이 그럴 이유와 필요를 느끼지 못했고 분명한 건, 나는 내가 하는 말을 좋아한다는 사실이다.

그런데 희한한 일은 고향에 내려가서도 그런 얘기를 듣는다는 것이다. 친구들이 "니는 아직도 사투리를 쓰노? 아니, 우째 갈수록 더 심해지는 거 같노. 올라간 지 십 년도 넘었구만. 서울말 쫌 배아바라 쫌. 으이구 참말로…"라고 하면 "어허이 야들이 머시라카노. 내가 느그 만난다꼬 이카는기지. 내 서울말 함 해보까? 어이?"라고 되지도 않는 큰소리를 뺑뺑 쳐 본다.

고장 말은 몸으로 스며든 말이기 때문에 잊으려 해도 잊을 수 없을뿐더러, 만약 내가 표준어를 꽤 잘 쓴다 해도 고향 내려가 친구들을 만날 때는 고장 말이 나오는 게 당연할 텐데, 서울 올라가면 으레 '고쳐야 한다'라는 생각을 하게 되는 걸까? (뭔 말인지 다 알아듣는 느그들하고 사투리로 실컷 얘기하고 싶어서 내려간다꼬 이 가시나들아~)

국어사전을 찾아보면 사투리는 단지 '표준어가 아닌 말'로, 표준어는 '교양 있는 사람들이 두루 쓰는 현대 서울말'이라고 쓰여 있다. 아하, 말에도 높고 낮음이 있다고 여기도록 나라에서 정해 놓았구나.

초등학교 6학년 때 서울에서 전학 온 아이가 생각난다. 그 아이는 모습부터 '갱상도 촌놈'들과 확연히 달랐다. 금테 안경을 쓴 그 아이는 늘 깔끔한 마이 차림에 게다가 '서울말'을 썼다. 귓가에서 간질간질하는 그 말투를 들을 때마다 나는 참 좋았다. 봄도 아닌데 어데서 이래 봄바람이 불어오는고 했다. 그 아이가 아이들 사이에서 무척 인기가 많았던 데는 '서울말'이 크게 한몫했으리라.

돌이켜 보면 우리가 쓰는 말을 언젠가 '고쳐야 할 말', 혹은 '고치면 좋을 말'로 여기게 된 데는 교육 탓이 컸다. 일기를 쓸 때도 평소 쓰는 사투리가 나오는 게 당연한데 그때마다 선생님은 부지런히 빨간 줄을 그어 표준어로 고쳐 주셨으므로. 교과서에 나온 모든 글은 물론이고, 숙제나 글짓기 등 써내야 하는 글도 모조리 표준어로 표현해야 했으므로. 아무도 '내가 쓰는 사투리가 부끄럽다'라고 대놓고 얘기한 적은 없지만 알게 모르게 그렇게 느낄 수밖에 없는 사회 환경 속에서 나는 쭈욱 자랐다.

고3 때 같은 반 친구였던 식이는 친구들 사이에서 인기가 많았다. 별명이 '원숭이'인 데다가 일자 단발머리에 커다란 핀 하나를 항상 옆으로 꽂고 다녔던 식이는 우리 중에서도 가장 '촌말'을 맛있게 썼다. 찰지고 푸근한 그 친구 말을 들으면 이유 없이 마음속 빗장이 풀어지곤 했다. 한창 입시 스트레스로 힘든 우리들을 몇 마디 촌말로 다 쓰러지게 만들었던 친구. 그랬던 식이가 스무 살 넘어 서울 올라간 지 6개월 만에 말씨를 싹 고쳐 내려왔을 때, 친구들 앞에서 시종일관 어설픈 서울말을 뽐내던 식이를 보며 내가 느꼈던 서운함은 차라리 상실감에 가까웠다. 식이에게 사투리는, 말은 무엇이었을까?

사투리가 좋고 표준어가 나쁘다는 얘기가 아니다. 적어도 말로 높낮음을 가르는 일을 말자는 것이다. 표준어로는 도무지 표현할 수 없는… 각 고장마다 전해 내려오는 오랜 사투리들은 얼마나 정다운가?

대학 졸업하고 잠깐 서울에서 하숙하며 지내던 때가 있었다. 당시 하숙집에는 전국 팔도에서 온 사람들이 고루 묵었다. 우리는 밤이면 한자리에 모여 수다를 떨곤 했는데 나는 각기 다 다른 그 말들을 들을 때마다 마치 싱그러운 노랫소리 같다는 느낌을 받곤 했다. 나는 전라도 친구랑 가장 친하게 지냈는데, 그 친구가 쓰는 '암시랑토, 우째야쓰까' 같은 말들… 뜻을 다 알진 못해도 하루 동안 애썼다며 나를 다독이고 챙기던 그 따숩고 살가운 말을 들으면 서울살이하며 쌓인 피로가 그냥 녹아내리곤 했다. 어느 날 하숙집 주인아주머니와 한창 침 튀기며 신나게 얘기하고 있는데 싸움 난 거 아니냐며 2층에서 사람들이 우르르 내려왔던 일도 기억나지만. 하숙집 아주머니는 토박이 대구 사람이었다.

'갱상도' 특유의 쎈 억양 때문에 이런 오해를 받기도 하지만 그 덕에 엉터리 일본말 흉내를 기막히게 잘 내어 아이들이 우러러볼(?) 때도 있다.

"엄마는 어쩜 그렇게 일본말을 잘해?"

"내가 쫌 한다아이가. 으하하하!"

나는 오히려 각 고장마다 달라서 좋은, 살아 있는 사투리들이 차츰 잊혀질까 두렵다. 빠른 정보화 사회 속에 살며 날마다 보고 듣는 것들이 갈수록 더 비슷해져 가는 우리들이 생각도 말도 다 똑같아지면 얼마나 심심하고 재미없는 세상이 될까?

태어나 지금껏 쭈욱 표준어로만 글을 써 온 시간들. 자고 나믄 벨벨일 다 일~나는 대한민국이란 나라에서 쎄빠지게 욕보며 살아오는 동안 내 말과 글은 여직 한 번도 간극을 좁히지 몬했다. 아… 이 답답함이여. 하기사, 사투리로 글을 쓴다꼬 뭐 큰일이야 나겠나. 이기 뭔 말이고 머시라카노 하고 말긋지. 몬 알아듣는 사람들 천지빼까리긋지만 한 번은 꽉 마 그리 해삐고 싶은 욕망이 내 안에서 늘 꿈틀거린다. 니나 내나 다를끼 뭐시 그래 있다꼬. 사투리가 심하고 자시고…. 사람 사는 데 진짜로 중요한 거는 그런 기 아인기라!

| 박소영 '서재도서관 책읽는 베짱이' 관장, 2018년 4월 |

포장마차의
추억

고등학교 1학년 말이던가. 내가 처음 술을 배운 곳이 포장마차다. 기억 속에 정확히 자리 잡고 있진 않지만, 그 이전에라도 맥주 한 모금 정도야 안 했겠냐마는, 주종에 상관없이 한 병 이상을 제대로 된 안주거리를 앞에 두고 마신 것은 이날이 처음이었다.

지금까지 만남을 유지하고 있는 친구들과 몰려다니던 시절, 술 영역에서는 이미 앞서 나가고 있는 놈들 몇몇을 앞장세워 무슨 의식이라도 치르듯 각자 소주 한 병씩을 앞에 두고 마시기 시작했다. 한 번의 건배에 한 잔씩, 안주 한 젓가락씩 몇 순배 돌고 나니 한 병씩을 비웠고 한 병 이후부터는 한 명씩 떨어져 나가면서 서열이 매겨졌다. 그때의 내 주량은 두 병. 상위권이다.

지금까지도 소주를 즐겨 마시고 주량이 두 병 정도이며 술잔을 한 번에 털어 넣는 것을 보면, 처음 배운 술버릇이 계속된다는 말이 거짓은 아닌 것 같다.

본격적으로 술 세계로 빠져든 20대에는 주로 2, 3차에 포장마차를 찾았다. 늦게까지 영업을 하기도 했고 그때까지는 포장마차의 안주가 비교적 저렴하기도 했지만, 그보다도 왠지 포장마차의 분위기가 좋았다. 천막으로 가려져 있지만 바깥의 공간이라 술맛이 좋았고 그 공간 안에서는 모두가 평등해지는 느낌이었다. 홍합이나 오뎅 국물 서비스 또한 포장마차를 찾게 되는 이유 중의 하나였다. 돈이 풍족하지 않던 시절, 국물과 오이 리필만으로 몇 병은 더 마실 수 있었기 때문이다. 비록 밤새도록 나눈 진지한 이야기와 고민들이 다음 날 연기처럼 흩어져 뿌옇게 될지언정 당시의 느낌만으로도 술잔을 주고받은 친구와의 진한 일체감은 사라지지 않았다.

결혼을 하고 아이를 키우면서 갈등이 잦았던 30대, 주로 집 근처 우이천 다리에 즐비하던 포장마차를 홀로 찾았다. 많은 포장마차 중에 이름이 맘에 들어 '쉬어 가는 곳'이란 곳만 들르다 보니 주인아주머니와도 인사를 나누는 정도가 되었다. 야외에서 술 마시기 딱 좋은 늦봄부터 초가을까지는 하루가 멀다 하고 다녔던 것 같다. 특히, 비 내리는 여름밤이면 발정난 개처럼 그곳으로 달려가고 싶어 어쩔 줄을 몰랐다. 그 시절 또 하나의 재미는 동틀 무렵이 되면 주인아주머니와 마지막까지 남아 있는 손님들과 각자 남아 있는 술과 안주를 한 테이블에 모아 놓고 나누는 '사는 얘기'였다. 한 사람, 한 사람 이야기를 듣다 보면 모두가 사는 이유가 있었고 살아가면서 힘든 일들이 있었다. 그 이야기들 속에서 '내가 지금 힘든 것은 아무것도 아니구나' 하는 생각을 하며 위로를 받기도 하고 평범한 이웃들의 삶 속에서 사회적인 문제들을 발견하곤 했다.

언제부터인가 포장마차에서 술 마시는 경우가 현저하게 줄어들었다. 포장마차의 숫자가 급격히 줄어들기도 했지만 주로 술 마시는 장소가 고깃집, 횟집, 곱창집 등이었다. 포장마차의 분위기보다는 좋은 안주를 찾아다녔고 싼 안주보다는 맛있는 먹거리에 끌렸다. 그러면서도 포장마차가 주는 낭만에 대해서는 항상 그리워하고 있었다.

그러던 어느 날, 동네 버스 정류장 길가의 작은 포장마차가 눈에 들어왔다. 떡볶이와 순대, 오뎅 등을 파는 곳이긴 한데 할머니 뒤편으로 빈 술병이 보이는 게 아닌가. '아하, 술도 파는구먼!!' 이내 알아차린 나는 평상시의 그리움과 약간의 호기심을 갖고 들어갔다. 포장마차 측면에 놓인 간이 테이블에 자리를 잡고 순대 1인분을 시켰다. 소주도 있냐고 여쭈었더니 어딘가로 가서 두 병을 가져오셨다. 허름한 천막과 술집 같지 않은 묘한 느낌이 주는 쾌감이 술맛을 더해 주었다.

반 정도를 비웠을 때 옆 테이블에 아저씨 두 분이 오셔서 잔치국수를 주문하셨다. 포장마차 옆 길거리에서 목도리며 머리핀 등을 파시는 분이었다. 국수는 이미 삶아졌기에 불어 있었는데 오뎅 국물을 붓고 유부며 파, 김 가루, 고춧가루 등을 얹으니 그런대로 먹음직스러웠다. 추운 날 장사를 하시다가 국수 한 그릇으로 끼니를 때우시는 것이 조금은 안쓰럽기도 하고 왠지 몇마디라도 나누고픈 마음에 술잔을 권했다. 잠시 거절하시다가 이내 술잔을 받으셨다. 두세 잔 술잔이 오가고 나니 아저씨 중동생뻘 되시는 분의 말문이 트였다. 근처에서 막노동 일을 하는데 돈을 못 받은 얘기, 경기가 안 좋다는 얘기 등을 하시다가 또다른 아저씨가 그만 일하러 가자는 손짓에 아쉬워하시면서 인사를 나누었다.

'그만 나갈까' 하는데 20대로 보이는 젊은 남자 둘이 들어왔다. 술도 어느 정도 마셨겠다 더 나아가 보자는 생각이 들었다. 젊은 두 친구들에게도 술을 권하니 기대도 안 했다는 듯 약간 놀랐지만 싫지는 않은 기색이었다. 둘 중에 형으로 보이는 친구가 동생을 만나러 이 동네에 들렀다고 했다. 둘 다 취업을 하지 못하고 근근이 알바로 용돈 정도만 벌고 있다고 했다. 얼마 안되지만 떡볶이도 내가 샀다고 호기를 부리며 술 한 병을 더시켰다. 둘이서 뭔가를 해 보려고 고민을 많이 하고 있지만 사업 자금도 없는 상태라 이러지도 저러지도 못하는 것 같았다.

낯선 사람들과의 만남을 뒤로하고 집으로 걸어가는 짧은 시간에 참으로 많은 생각이 스쳐 지나갔다.

'그래, 예전엔 내가 포장마차를 자주 찾았었는데…. 처음 보는 사람과도 말을 섞으며 사는 얘기하는 걸 좋아했는데, 언제부터 사람을 가리게 되고 새로운 만남을 거부하게 되었지?'

아마도 그동안 많은 사람들을 만나면서 그 사람들 때문에 힘들기도 하고 실망도 하면서 지금의 내 모습이 되어 버린 것 같다.

얼마 전 포장마차에서의 흥미로운 경험으로 내 속에 잠재되어 있던 무언가가 꿈틀거리는 것 같았다. 술을 처음 배운 포장마차, 밤새 친구들과 우정을 나누었던 포장마차, 평범한 사람들과 만나 우리 사회의 내일을 고민했던 포장마차, 내게 낭만 그 자체인 포장마차. 앞으로 종종 정류장 앞 포장마차를 들러 낯선 사람들과 '사는 이야기'를 나눌 것 같은 기분 좋은 예감이 든다.

| **차재혁** 수유리 한량 '여우', 2019년 5월 |

오싹한
드라이브

"드라이브하러 나가게 준비하고 있어요."

친구 소개로 몇 번 만나던 남자한테서 온 전화였다. 나는 그가 매번 알아서 데이트 코스를 척척 짜내는 게 정말 맘에 들었다. 길을 잘 몰랐던 나는 그가 운전해 가는 대로 어디든 좋았다. 시간이 많이 걸려도 드라이브하면서 얘기 나누는 데이트는 꽤 짜릿하고 매력적이었다.

한 시간쯤 지나자 구불구불한 오르막길이 나오기 시작했고 경사는 점점 심해지는 듯했다.

"으~! 그만 올라가고 어서 다시 돌아가요. 지금 당장!"

그는 갑작스런 내 말에 당황해하며 말했다.

"차선이 하나라 차를 돌릴 수도 없는데…."

심장이 뛰고 머리가 어지러웠지만 어쩔 수 없었다. 나는 30여 분을 눈을 꼭 감고 두 손으로 손잡이를 꽉 부여잡은 채로 버텼다. 그리고 드디어 오르락내리락 구불구불한 길이 끝이 났다. 갑작스런 내 행동에 놀라고 당황했을 그에게 나는 3년 전의 끔찍한 기억을 되살려 이야기를 해 주었다.

나는 운전면허를 따고 중고차를 사서 그 복잡한 도로를 기어다니다시피 했다. 2년쯤 지나 운전에 점점 익숙해진 나는 어디든 갈 수 있을 것 같은 자신감이 생겼다.

여름휴가 때 나는 부모님과 언니, 조카 둘과 함께 더위를 피해 시원한 계곡으로 향했다. 휴가철이라 그런지 오가는 차들이 너무 많아 계속 브레이크를 밟으며 조금씩 움직여 갔다. 겨우 도착한 계곡에서 우리는 배부르고 시원한 시간을 보냈다.

돌아오는 길에도 차들이 밀려 거의 줄지어 서서 브레이크만 밟고 있기도 했다. 경사가 심한 길이라 차가 조금씩 움직일 때는 천천히 브레이크를 밟으며 내려올 수밖에 없었다. 뜨거운 햇살에 익어 버린 아스팔트인 데다가 경사가 심한 길을 계속 오르락내리락해서 그런지 타이어가 타는 듯한 냄새가 났다.

내려오는 중간에 쉼터에서 우리는 아이스크림을 하나씩 사 먹고 다시 출발했다. 차를 타고 몇 초쯤 지났을까? 내리막길에서 브레이크를 밟았는데 조금 전까지 잘 들던 브레이크가 작동되질 않았다. 반대편 차선으로는 차들이 계속 올라오고 있었고,

내 앞에도 차들이 줄지어 가고 있었다. 또 도로 양옆은 경사가 심한 낭떠러지였다. 순간 머릿속이 하얘지면서 아무 생각도 나지 않았다. 어찌해야 할지 몰라 무섭고 막막하고 겁이 났다. 가족들 모두 이대로 낭떠러지로 떨어져 죽겠구나 하는 생각만 들었다.

"어떡해! 어떡해! 큰일 났어! 브레이크가 안 들어! 모두 벨트 잘 매고 손잡이 꽉 붙잡아요!"

몇 미터 앞 반대편 차선을 보니 작은 건물이 보였다. 그 순간 '아, 저 건물 쪽으로 핸들을 돌려 건물에 부딪치면 낭떠러지로는 떨어지지 않겠구나'라는 판단이 섰다. 그쪽으로 급히 핸들을 틀었다. 신기하게도 그렇게 많이 오가던 차들이 그 순간엔 보이질 않았다. 그래서 다행히 다른 차량과는 아무런 충돌 없이 건물에 바로 부딪칠 수 있었다.

사고 후 너무 놀라 어찌할 바를 모르고 울고만 있었다. 차 안에 가족들은 울고불고 더 난리였다. 건물 안에 있던 사람들이 놀라서 뛰어나왔다. 나중에 알고 보니 그곳은 지리산 국립 공원 관리 사무소였다. 직원들은 다들 크게 다치진 않은 것 같으니 안심하라며 119를 불러 주었다. 나는 너무나 놀라고 정신이 없어서 어떻게 119에 실려 병원에 갔는지 기억이 나질 않는다.

천만다행으로 언니만 이마에 몇 바늘 꿰맸을 뿐, 다른 가족들은 아무런 이상이 없었다. 나는 브레이크가 갑자기 밟히지 않은 순간부터 '우리 가족 모두 낭떠러지로 떨어지겠구나' 하고 생각했다. 그런데 우리는 기적처럼 모두 다시 살아났다. 우리는 부둥켜안고 울었다.

나는 그 후로 한동안 운전을 하지 않았다. 한참 지나 다시 핸들을 잡기는 했으나 구불구불한 오르막, 내리막은 아무리 경치가 좋더라도 스스로 운전해서는 절대 가지 않는다.

여름휴가에 관한 오싹한 이야기를 듣고 난 남자 친구는 그 후로는 데이트 코스에 드라이브를 절대 넣지 않았다. 그 당시 난 이 사람이 참 배려가 많은 사람이구나 생각했다. 하지만 15년 동안 같이 살아 보니 원래 드라이브 같은 거 전혀 좋아하지 않는 그런 사람이었다.

| **이남림** 완주 글쓰기 모임 회원, 2019년 9월 |

똥 앞에서
한 점 부끄럼 없기를

아침을 거른 적은 없다. 어느 순간부터 내 장은 튼튼하고 건강해져 일을 열심히 잘한다. 아침을 거른다면, 속이 더부룩하고 너무 불편해 오전 중에 꼭 일을 치르게 된다. 어쩔 수 없이 쉬는 시간에, 틈을 봐서 허겁지겁 5분 정도 만에 끝내야 한다. 나는 진득하게 오래 누는 버릇이 있어서 그 짧은 시간 안에 해결하기는 너무 버겁다. 하지만 허겁지겁, 되는 만큼 후다닥, 마무리하고 나온다. 아무리 내 똥이 급해도, 수업은 해야 하지 않는가. 급한 불은 껐으니.

첫 문단과 제목만 봐도 알겠지만, 그래, 똥 얘기다. 나는 똥 얘기 하는 걸 좋아한다. 사실 똥 얘기, 더 하고 싶어 입이 근질근질하다. 어릴 때는 똥을 지금처럼 잘 누지 않아 일주일에 한 번 정도밖에 안 눴던 이야기, 술 먹고 난 다음 날은 하루에 다섯 번 넘게 누기도 했던 이야기 등등. 그러나 이 자리가 내 똥 눈 이야기를 풀어놓는 자리는 아니니까, 여기서 그치련다.

앞에서 말했듯이 나는 똥 얘기 하는 걸 좋아한다. 똥 얘기는 사람들의 가면을 벗겨 주니까. 더러워하면서도, 사람들을 천진하게 웃게 해 주니까. 금기의 아슬아슬한 영역을 똥이 건드려, 시원하게 해 주니까.

그렇다고 무슨 내가 똥 얘기만 하고 사는 건 아니다. 똥 얘기가 사람들을 불편하게 하는 자리라고 여겨진다면, 당연히 애초에 꺼내지 않는다. 사람들과 어느 정도 친해지고 나서, 혹은 똥 얘기 꺼내면 감정의 벽이 확 무너질 것 같다고 판단되면 꺼낸다. 그마저도 수줍은 나의 성격 탓에 상황을 보고 또 본 후, 내 몸이 시킬 때 꺼낸다. 벌써 똥 얘기만 네 문단째다. 불편한 분이 계시다면 죄송하지만 그냥 넘기시길 권한다. 앞으로도 계속 똥 얘기만 할 것이므로.

학교에서도 물론 나는 아이들에게 자주 똥 얘기를 한다. 어른들에게 똥 얘기는 조금 조심스럽지만 아이들에겐 상대적으로 덜하다. 아이들은 백이면 백 똥 얘기를 좋아한다. "똥" 단어만 나와도 아주 자지러지고 죽으려고 그런다. 그렇게 좋아하는 아이들을 두고 내 어찌 똥 얘길 안 할 수 있겠는가. 아이들과 똥 얘기는 일상이다.

"선생님, 어디 가세요?"

"응, 똥 싸러."

"(까르르 웃으며) 또 똥 싸러 가세요?"

"응, 당연하지!"

"(또 배시시 웃으며) 선생님, 즐똥 하세요!"

"그래, 고마워. 즐똥 할게!"

급식실에서 급식을 마치고 나오면, 언제나 나를 맞아 주는 네 명 정도의 4학년 우리 반 여자아이들이 있다. 나를 졸졸졸 따라온다. 그러면 나도 뒤돌아 그 아이들 뒤를 졸졸졸 따라가면서 서로 장난을 주고받는다. 그러는 사이 어느새 목적지에 다다른다. 교사용 화장실. 위 대화는 내가 화장실을 가기 전에 이 아이들과 항상, 매일 주고받는 대화다. 물론 실제 점심시간에 교사용 화장실에서 똥을 누진 않는다. (물론 아주 가끔은…) 그저 소변 보고, 손을 닦고 할 뿐이다. 그러나 저렇게 똥 얘기를 농담 삼아 섞으니 분위기가 얼마나 화기애애하고 즐겁고 유쾌한가.

그 유쾌함을 위해 다소 도발적으로 나가기도 한다. 이전 학교에서는 교실에서 급식을 했는데, 밥 먹는 동안 플래시 노래를 많이 틀어 줬다. 이번엔 어떤 노래를 틀까 목록을 컴퓨터로 보고 있는데, 아이들이 꽂힌 제목이 있었다. 바로 '내 똥꼬'. "선생님, 저거 틀어요!"라는 말을 나는 놓치지 않고 잡아챘다.

내 똥꼬

박진하 시/ 백창우 곡

똥 누러 뒷간에 가면
똥은 뿌지직 잘도 나온다
끙 끙 끄응
조금만 힘줘도 잘도 나온다
자랑스런 내 똥꼬

플래시 영상엔 똥 누는 장면, 똥 장면들이 그려져 있다. 또 틀자 해서 또 틀었다. 그래, 원하는 만큼 틀어 주마. 처음엔 재밌어 하던 아이들도 밥 먹으며 똥 노래를 계속 보고 들으니 거북했는지, 몇몇 아이들은 고만 보자 한다. 그렇지만 장난기 많은 친구들 몇몇은 또 보자 한다. 그래서 꿋꿋이 또 틀었다. 힘든 아이들이 늘어 갔다. 너무했나. 그러나 나는 간사하게 속으로 낄낄대며 웃었다.

그래서 벌을 받았나. 어떤 아이가 똥을 지렸다. 누군지는 모른다. 대변기가 있는 두 번째 칸. 똥은 대변기 뚜껑, 대변기 모서리, 양옆 벽, 벽 뒤 등등 산발적으로 묻어 있었다. 그 아이는 똥으로 그림을 그린 게 틀림없었다. 같은 학년 선생님들은 모두 고민했다. 그날은 금요일이었는데, 냄새는 심했고, 이 상태로 주말을 맞을 학교를 떠나기엔, 똥의 자태와 냄새가 너무 추악했다. 행정실에 전화해 보니 청소하시는 여사님(학교에서 이 직종에 일하시는 분의 호칭을 고작 '여사님'으로밖에 표현 못하는 건 문제라고 생각한다. 그러나 마땅히 더 나은 호칭을 찾지 못해 부끄럽게도 부득이 이 단어를 쓴다.)은 이미 퇴근하신 후였다. 어찌해야 하나, 어찌해야 하나, 머리를 맞대도 답은 나오지 않았다. 그런데 군대 가기 전 발령받은, 그리고 군대를 전역하고 얼마 전 다시 발령받은, 그 당시 신규였던 승현(가명) 샘은 대수롭지 않게 얘기했다.

"제가 치울게요."

마지못해서 하는 얘기가 아니었다. 그게 뭐 그리 큰일이냐는 듯, 당연히 우리가 해야 하는 것 아니냐는 듯. 승현 샘은 바로 양말을 벗고, 바지를 걷어 올렸으며 걸레를 찾아 나섰다. 나도 뒤따라가 양말을 벗고, 바지를 걷어 올렸으며 걸레를 찾아 나섰다. 이내 화장실에서 호스를 꽂고 두 번째 칸에 물을 뿌리기 시작했다. 호스의 물과 걸레로 똥의 그악스러운 자태는 생각보다 금세 사라졌다. 승현 샘이 주도적으로 했고, 나는 뒤처리만 살짝 했다. 승현 샘 이전엔, 누구도 똥을 직접 닦고 치울 생각을 하지 않았다.

교사들은 그렇게 고상하지 않다. 아이들이 통으로 엎은 반찬 찌꺼기들을 치워야 하고, 속이 안 좋아 게워 낸 아이들의 토를 치워야 하고, 교실에 들어온 벌과 사투를 벌여야 한다. 그렇지만 똥은 아니었다. 똥을 치우지 않을 만큼은, 고상했다. 그리고 그 정도 고상함을 가진 것은 문제가 되지 않는다고 생각한다. 그러니까, 교사들이 똥을 직접 닦고 치울 생각을 하지 않은 것이, 욕먹을 일은 결코 아니라고 생각한다.

그럼에도 나는 왠지 부끄러웠다. 똥을 좋아한다던 내가, 결국 현실의 똥 앞에서 주저하다니. 똥에 대한 사랑이 부족함을 깨달았다. 글을 쓰면서 나를 되돌아보게 된다. 나는 앞으로 똥 얘기를 부끄럼 없이 할 수 있을까. 똥 앞에서 한 점 부끄럼 없기를.

| 곽노근 고양 상탄초등학교 교사, 2019년 9월 |

절대 자식을 위해 살지 마세요

인연을 이어 오던 동네 작은도서관에서 올해부터 책임을 맡게 되었다. 주민들이 십시일반 돈을 모아 도서관을 세웠고, 월세를 근근이 만드느라 자원봉사 인력에 의지하여 도서관을 가동한다. 우리에게 도움을 주는 기관 중에 대한노인회가 있는데, 여기에 소속된 시니어 봉사자 세 분이 하루 또는 이틀씩 오셔서 도서관 정리 정돈을 해 주신다. 그중엔 연세도 제일 많고, 가장 정갈하고, 스스로 '많이 배웠다'고 자랑하시는 이 선생님이 계신다. '노인들에게 일자리를 주고 소액이라도 돈을 주는 게 얼마나 큰 복지인지, 늘 나라에 감사한다'는 시니어 선생님.

팔순이 넘었는데 그 시절에 여고를 졸업하고 여대를 다녔다며, 말씀하시는 구절엔 꼭 영어 단어 하나씩을 넣어서 자신이 배운 사람이라고 티를 내신다. 그럴 때마다 귀여워서 속으로 큭 큭 웃었다. 비록 취직하느라고 대학 졸업은 못했지만 명문 여대를 나온 것을 강조하신다. 그리고 못 배운(?) 주변 할머니들을 늘 흉보신다.

"5분만 말해 보면 저 할머니가 얼마나 배운 사람인지 나는 금방 알 수 있어요. 못 배운 사람은 표가 나거든요."

어려운 시절에 남들보다 많이 배웠다는 시니어 선생님은 누가 더 많이 배운 사람인지 감별하고 품평하느라 이야기가 길다.

그런데 선생님 얼굴에 근심이 가득 찼다. 미국에 사는 딸과 카카오 보이스톡으로 통화하며 언성도 높이신다. 집엔 며느리가 있어서 하고 싶은 말을 제대로 못 한다며 도서관에 오면 와이파이도 터지겠다, 속내를 얘기하시느라 주변을 의식하지 않는다.

"내가 5천만 원 갖고 있는 줄 다 아는데 어떻게 안 주니? 전셋돈을 빼 줘야 한다는데 어떻게 안 주니?"

선생님의 딸은 '엄마의 마지막 남은 재산 5천만 원을 아들과 며느리한테 절대 뺏기지 말라'고 신신당부하는 것 같고, 선생님은 '아들한테 얹혀사는 주제에 돈이 급하다는데 어떻게 안 주고 버티냐'며 언성을 높인다.

몇 주 동안 딸과 전화를 주고받으며 근심 걱정이 가득하시더니 어느 날 차분하게 말씀을 들려주신다.

"다시 태어나면 절대 이렇게 살지 않을 거예요. 자식 위하는 것도 다 소용없어요."

마지막 남은 5천만 원을 아들한테 건네고서 상황이 종결됐나 보다. 많이 배운 할머니에게서 쏟아져 나오는 푸념과 신세 한탄을 듣느라 두 시간이 속절없이 간다. 이 할머니의 이야기를 듣는 것은 고역이지만 나이 들어 자식에게 종속된 경제적 관계를 생각하게 한다.

"집에 가만있으면 누가 돈 한 푼 줘요? 이렇게 나와서 뭐라도 하니까 얼마라도 받죠."

"근데 저 이런 데 와서 일하는 거 아무도 몰라요. 누가 알면 돈독 올랐다고 욕할 거예요."

일찍 남편과 사별했지만 '많이 배운 덕'에 직장 생활을 할 수 있었고, 재력도 적지 않았는데 손녀가 유학 간다고 해서 몇 번 도와주다 보니 이젠 수중에 돈 한 푼 안 남았다고 자책하신다. 그래서 몇 년 전부터 시니어 일자리를 얻어서 연중 10개월은 이렇게 일을 할 수 있어 좋지만, 혹시 누가 알까 봐 창피하다며 조마조마해 하신다. 나도 적잖은 나이가 되니 경제생활에 대한 고민이 많아져 이분의 푸념이 남의 일 같지 않다.

자식에게 의존하지 않으려고 평생 돈을 벌었는데 자식들을 도와줘야 할 상황에 부딪혔고, 자꾸 도와주다 보니 이젠 수중에 돈이 없다고. 시니어 일자리마저 없었으면 할머니는 구겨진 자존감을 살릴 방안도 없었을 것이다. 고령에 일할 수 있는 것도 자랑이라면 자랑일 텐데 할머니는 누가 알까 봐, 들킬까 싶어 조심조심 작은 발걸음을 옮기신다. 혹여 나이 많다고 내년엔 기회를 안 줄까 봐 도서관에 오실 때마다 인생의 회한을 자꾸 토해 내신다.

할머니의 근심에 공감하면서 나의 우울 지수가 높아져 간다.

'저 모습이 나의 미래, 우리의 나중 모습이 아닐까.'

할머니를 보며 50대 나이의 도서관 봉사자들은 깊은 한숨을 나눴다. 우리가 노인으로 보내야 하는 시간은 최소 30~40년인데 그 긴 시간을 무엇을 하며 보내야 할까.

50대인 우리들은 일하고 싶어도 일자리가 딱히 없다. 노인들은 복지 제도라도 있지, 우리는 새로운 일을 할 수도 없고 자격이 안 되는 경우가 허다하다. 할 수 있는 일이라곤 단순 노무직이거나 취업 구제책으로 나오는 단발성 일이다. 할 수 있는 일도 많지 않고, 그렇다고 놀기도 어쭙잖은 나이다. 지금까지 살아온 날만큼 앞으로 더 살아야 한다는데 뭣을 하며 노년을 보내야 할까. 소일은 노인들에게나 해당되는 용어였는데 그 '소일'해야 할 시기가 우리에게 닥치고 있다. 기본 소득이 보장되면 최소한의 생계는 걱정하지 않을지 몰라도 내가 주도할 '소일'이 없다면 인생의 의미가 작아질 것이다. 노인으로 보내야 할 시간이 다가오고 있다. '할 일'이 없으면 많이 배운 노인이라도 뒷모습은 허전하다. '돈'까지 떨어지면 비참함으로 얼룩진다.

"다시 태어나면 절대 자식만 위해서 살지 않을 거예요."

많이 배웠다고 자랑하시는 할머니의 등 뒤엔 외로움도 겹쳐 있었다. 허무하게도 후회만 남은 어느 할머니에게서 노인의 시간을 걱정하게 된 나, 괜한 걱정이었으면 좋겠다.

| **정설경** 작은도서관 운영자, 2019년 10월 |

7천 원 때문에
헤맨 사연

아내 해옥 이야기

얼마 전 지인 몇 사람과 가까운 곳으로 나들이를 다녀온 다음 나는 크게 당황했다. 모임의 총무라서 정산을 해야 하는데 계산을 어찌해야 할지 난감했다. 이 모임에서는 모든 경비를 내가 지출한 다음 나중에 정산을 한다. 그날 우리가 쓴 경비는 총 5만 2천 원. 참가 인원은 다섯 명이었다. 차 마신 비용이 1만 5천 원, 차를 가지고 나온 사람에게 지급하는 차량비 3만 원, 주차비 7천 원. 점심은 일행 중 한 명이 샀다.

몇 개 안 되는 숫자를 가지고 나는 헤매기 시작했다. 점심을 산 사람에게도 회비를 받아야 하나? 전에도 몇 번 샀는데…. 본인이 사겠다고는 했지만 액수가 커서 미안하니 그냥 회비로 처리해야 하는 거 아닐까? 한참 고민하다가 그리하면 밥을 산 사람의 마음을 무시하는 게 되니 그 사람에게도 회비를 받기로 했다. 그 다음 난관은 주차비였다. 내가 돈을 냈어야 했는데 차량 소유주가 먼저 지불을 해 버렸다. 이걸 어쩌지? 총액을 n분의 1한 다음 회원들이 모두 내 통장으로 돈을 보내면 거기에서 차량비와 주차비를 주는 건데, 그럼 차를 가져온 사람은 돈을 이중으로 내는 건가? 그럼 안 되는데…. 내 돈으로 7천 원을 준 다음에 정산해야 하나? 아니, 뭔가 이상한데….

갈팡질팡하다가 남편에게 물어봤다.

"어떻게 계산해야 돼?"

남편은 질문에 대한 답은 쏙 뺀 채 길게 말했다.

"무슨 일이든 하기 전에 항상, 언제나 원칙을 딱 정해 놓고 해. 그럼 헤맬 일이 없잖아. 일 처리를 왜 그렇게 하는데? 사람들이랑 의논해서 원칙부터 정해. 그리고 더 근본적인 문제는 당신이 총무라는 거야. 숫자에 어두운 사람이 왜 총무를 하는 거야? 당장 그만둬."

필요한 답이 나올까 해서 열심히 들었더니 생각을 좀 하고 살라는 둥 원칙이 중요하다는 둥, 실제적인 도움은 조금도 안 되는 말만 늘어놓았다. 내가 궁금한 7천 원의 처리 방법에 대해서는 끝내 한마디도 없었다.

남편은 종종 이런 식으로 대화를 한다. 7천 원을 어떻게 처리

해야 하는가'처럼 사소하고 구체적인 문제에 대해 말을 꺼내면 인생이 어떻고, 원칙이 어떻고, 방향성이 어떻고 등등 추상적이고 거창하게 말을 한다. 그런 거 안 물어봤고 안 궁금하다. 듣고 싶지도 않다. 묻는 말에 대한 직접적인 답은 쏙 빼고 말을 하니 듣고 싶을 리가 있나. 원칙은 당연히 중요하다. 하지만 모임에 그런 게 없다면 그럴 만한 내부 사정이 있는 것이다. 당면 현안인 7천 원부터 해결한 다음에 원칙이 나와도 나와야 하는 거 아닌가? 왜 구체적인 사안을 보편이고 추상적인 문제로 만드는 걸까? 왜 문제 해결의 시작점이 '7천 원'이 아니고 모임 내부의 원칙일까?

여전히 해결되지 않은 문제를 안고 지방에서 따로 살고 있는 아들에게 전화를 했다.

"그냥 총액을 인원수로 나누세요."

"7천 원은?"

"전부 다 경비에 포함시키면 됩니다."

"아~ 그렇구나."

그런데 잠시 후 다시 헷갈렸다.

"근데, 혹시 그렇게 되면 차주가 이중 부담하고 내가 돈을 더 받는 거 아니야?"

"아닙니다."

아들은 가만히 한숨을 쉬더니 상냥한 목소리로 말했다.

"엄마는 하루라도 빨리 총무를 그만두세요."

아들도 남편과 같은 결론에 도달했다. 명쾌하고 군더더기 없는 결론. 실제적인 대답부터 내주고 조용한 목소리로 할 말을 하니 수긍하지 않을 수가 없다. 나도 안다. 이렇게 간단한 산수도 어려워하는 사람이 돈 계산 하면 안 된다는 것을. 다만 모임에 보탬이 되고 싶어 자원했는데, 하다 보니 제법 귀찮고도 어려운 일이라 누군가에게 선뜻 넘기지를 못하고 있을 뿐이다. 아무래도 조만간 그만두긴 해야 할 거 같다.

남편 동수 이야기

답답하고 환장할 일이다! 여느 때와 같이 '아점'을 먹는 자리. 아내가 진지한 표정으로 질문을 했다.

"있잖아~, 엊그제 모임에서 유적지 답사를 갔다 왔는데~."

"응."

"경비 계산을 해야 하는데, 주차비를 차주가 내는 바람에 이걸 어떻게 처리해야 할지 모르겠어~."

"엉? 총무 그만두지 않았어?"

"아, 한문 공부 모임은 그만뒀는데…. 이건 답사 모임…."

아내는 논어 공부를 10여 년째 하고 있다. 한문 실력이 제법이다. 어느 날 바람 쐬듯 나갔다 오더니 가볍게 합격하고 온 한자 1급 자격증 보유자다. 그러나! 아내는 계산에는 젬병이다.

만 단위 이하의 돈 계산도 틀리는 분이다. 계산기로 두드려도 틀리는 신묘한 능력자다. 그런데 모임의 총무라니? 짜증이 밀려왔다. 한숨이 나왔다. 부아가 치밀어 올랐다. 도대체 왜 이렇게 감당할 수 없는 일을 맡아서 여러 사람들을 귀찮게 하고 힘들게 하냔 말이다.

짜증이 사라지기 전 목소리가 그만 내 입에서 나갔다.

"그 모임에 기준이 있을 거 아냐? 그거대로 처리하면 되지."

"아, 차를 가지고 온 사람에게는 3만 원을 경비로 줬는데 주차비를 낸 경우는 처음이라…."

"그러면 그걸 전체로 비용 처리 해 가지고 사람들 수로 나누면 되지."

"아, 그러면 7천 원은 낸 사람한테 보내 주고?"

"그렇지."

"그런가? 이런 경우는 처음이라 어떻게 처리를 해야 할지 모르겠네…."

"아니, 그게 뭐가 문제야? 모임 사람들한테 물어봐서 처리하면 간단한 일인데. 주유비도 그날 모임의 경비인 거잖아? 그러니까 그냥 주차비 보내 주고 전체 비용을 인원수로 나누면 되는 거라고~!"

"응? 그게 무슨 말이야?"

아…, 가르쳐 줘도 이해를 못하는 그녀다. 가라앉던 짜증이 또다시 슬금슬금 올라온다.

"도대체 왜 당신이 총무를 맡은 거냐고~!"

목소리가 높아졌다.

"알았어! 됐어~! 그까짓 거 알려 주는 게 뭐 어려운 일이라고 목소리를 높이냐?"

이런 적반하장이 있나! 아내는 오히려 내게 화를 내며 자리를 차고 일어났다. 그녀는 늘 이런 식이다. 사람이 서투를 수도 있고, 실수할 수도 있다. 그러나 다음에는 그런 실수를 하지 않도록 노력하는 모습을 보여야 하는 것이 아닌가? 그럴 때마다 가르쳐 줘도 자존심은 있어서 화를 내거나 삐진다. 내 입장에서는 아내가 다시 실수를 되풀이하지 않으려 노력하거나, 배우려 하질 않으니 나는 매번 고구마 백 개를 한꺼번에 먹은 기분이다. 껵, 껵….

스마트폰의 앱도 그렇다. 은행 앱이나 메모장 앱 정도는 사용을 하면 유익하니 그걸 깔아서 쓰라고 해도 인증 과정을 밟아 나가다가 뭔지 모르겠다고 실패를 하고는 깔지 않는다. 송금할 일이 있으면 내게 부탁을 한다. 쇼핑도 같은 이유로 앱을 깔지 않고 내게 부탁을 한다. 그것도 처음에는 말로 하기에 착오가 일어나지 않도록 상품 주소를 복사해서 내게 보내라고 했더니 그건 또 어떻게 하는 거냐고 묻는다. 가르쳐 줘도 다음에 또 똑같은 일이 반복된다. 그나마 쇼핑은 그녀의 생사가 걸린(?) 일이기 때문인지 이제는 주소를 복사해서 보낼 수는 있게 됐다.

내가 보기에 이건 기계치의 문제가 아니라 배우려는 자세가 안 됐다. 사람이 뭔가 부족하고 미흡한 것들이 있을 수 있지만 그걸 개선하려는 노력이 안 보인다. 그러면서 덜컥 총무 같은 일을 맡아서 이렇게 일상의 흐름을 뻑뻑하게 만들어 놓는다. 내가 없으면 이 험한 세상을 어떻게 살아가려고 그러는 건지. 하아… 앞으로 계속 내가 그녀 옆에 있어 줘야 하는 운명인 건가?

| **최해옥과 이동수** 결혼 30년 차 부부, 2019년 12월 |

내가 잘리면 니들이 책임지니?

진상고객
열전

공손히 모은 두 손, 흐트러지지 않은 옷매무새, 과하지 않은 미소, 중저음의 신뢰감 있는 목소리로 '한 근에 만 원', '오늘 저녁 맛있는 소불고기 데려가세요'라는 멘트를 날린다. 군 전역 후 7개월 남짓, 나는 대한민국 1등 할인점 모 마트의 '자칭' 소고기 왕자! 신선육 코너 육우 담당이었다.

하는 일은 상품 진열과 판매. 고기라면 사족을 못 쓰는 나였지만 그건 먹을 때 얘기. 고기를 파는 일은 생소했다. 인터넷을 찾아 가며 부위도 공부하고 어머니께 국 끓일 때는 어떤 부위를 쓰냐 불고기는 무슨 고기냐 물어 가며 열심히 공부했다. 나름 진정성 있는 알바였단 말이다. 아버지는 백정이라고 언짢아하셨지만 나는 당당했다.

정작 나를 '슬푸게' 한 건 바로 진상 고객들이었다. 마트에는 다양한 상품만큼이나 다양한 고객들이 오고 간다. '손놈', '손년'은 기본이다. 온갖 진상들을 상대하다 보면 '멘붕'은 시간문제다. 이런 진상 고객들은 널리 알바를 해롭게 하므로 기억하고 공유할 필요가 있다. 이러한 이유로 생생하게 떠오르는 진상의 추억에 치를 떨며 그들을 기록하노니 이름하여 진상 고객 열전!

시식 모녀전

마트에는 '1 플러스 1' 상품만 있는 게 아니다. '1 플러스 1 시식 모녀'라고 들어 보셨는지? 내가 일했던 마트에서 유명 인사였던 그들은 어찌나 모녀 사이가 살뜰한지 어머니가 가는 곳에는 딸이, 딸이 가는 곳에는 어머니가 함께한다. 그곳이 시식대가 있는 곳이라면. 두 모녀는 청과에서 농산, 수산을 거쳐 신선육, 즉석요리까지 시식대 동선을 따라 주욱 한 바퀴 돌며 성찬을 즐긴다.

호텔 뷔페가 남부럽지 않다. 그들은 당당하다! 상품에 관심이 있는 척도 하지 않는다. "음~, 맛있네. 이거 얼마예요?"와 같은 형식적인 멘트는 하지 않는다. 입은 시식할 때 쓰라고 있는 거니까. 두 눈은 오로지 음식을 담는 사람의 손에 고정! 시식한 음식이 맛있다면 리필 요청을 결코 빠트리지 않는다.

7개월 근무하는 동안 나는 그분들의 손에 상품이 들려 있는 걸 본 적이, 심지어 카트는 고사하고 장바구니가 들려 있는 걸 본 적이 없다. 그들은 정말 '위대(胃大)하다'! 육우 코너에서는 소고기뭇국을 시식했는데 거짓말 좀 보태서 모녀님들께 진상한 국의 양을 따져 보면 한 솥 가득은 될 거다.

이렇게 되면 시식 담당들도 가만히 있을 수 없다. 다른 코너에서 시식 모녀 떴다는 제보가 오면 시식대를 소분실이나 후방으로 잠시 철수한다. 그들이 그냥 지나칠 리는 없다.

왜 시식이 없냐며 따진다. 이건 그냥 그들의 얄미움에 대한 '꿈틀'일 뿐 시식 모녀를 막을 방법은 없었다. 그분들이 배를 채우셔야 한다면 맛있게 조리해서 시식 음식을 바칠 수밖에. 왜? 그들은 왕이니까.

또한 시식 모녀 못지않은 시식 전투력을 가진 이들이 있었으니 그 이름은 바로 초딩 군단. 한창 배고픈 나이에 에너지가 넘치는 그들은 이쑤시개 하나씩 챙겨 들고 우르르 몰려다니며 시식대를 초토화시킨다.

우리 꿈나무들에게는 잔인한 말이지만 '메뚜기 떼가 지나간 거 같다'라는 표현 말고는 그 참상을 표현할 방법이 없다. 그만먹으라고 하자니 치사해 보이고 뭐라고 눈치를 주자니 울고 불며 부모 소환 카드를 쏠까 두렵다. 그래도 제법 눈치를 아는 녀석들은 '엄마, 나 이거 사 줘'라는 멘트를 잊지 않는다. 그래, 꼭꼭 씹어 많이 먹고 무럭무럭 자라렴.

사골 부부전

진상에는 남녀노소가 없고 잘살고 못살고도 없다. 근무했던 마트는 정육 코너 매출이 전 지점 중 높은 순위를 기록하는 곳이었다. 1++등급의 한우는 날개 돋친 듯 팔려 나갔고 어떤 고객은 집에 개가 요즘 통 기운이 없어서 삶아 준다며 소고기를 사가기도 했다. 하지만 그들의 품격은 정말 꽝이었다.

일을 시작한 지 얼마 되지 않아 어리바리했던 저렙 알바 시절, 잘 차려입은 한 쌍의 젊은 부부가 화난 표정으로 다가와서는 사골을 사 가서 끓였는데 뽀얀 국물이 도무지 나질 않는다며 한 번 끓였던 사골을 환불해 달라고 한다. '세 번은 고아 드셔서 얼굴이 뽀얘진 거 같은데요'라는 말은 꾹 집어삼킨다.

그래, 내가 팔고 있는 상품 탓일 수도 있으니 하며 넘긴다. 하지만 부부가 가고 난 뒤 여사님들의 얘기를 들으니 원래 진상 짓으로 유명한 부부란다.

아니나 다를까, 어느 날은 사태를 사 갔는데 질겨도 너~무 질겨서 먹을 수가 없다고 이가 빠지는 줄 알았다며 삶아도 너~무 삶은 고기를 도로 내놓는다. 많은 양도 아니다. 반 근이나 겨우 될까.

사태는 원래 질긴 부위라는 말 따위를 했다가는 '누굴 바보로 아냐'며 쌍소리를 퍼부을 기세다. 이럴 땐 죄인이 될 수밖에.

속은 부글부글 끓지만 재빨리 모드를 전환해 고도의 연기력으로 '아프냐? 나도 아프다'라는 공감을 보여 줘야 한다. '너무 죄송해서 내 뼈라도 고아 드리고 싶은 심정이다, 고객님의 소중한 치아를 상하게 해서 내 마음이 갈가리 찢어진다'라는 표정을 자아내면 아무리 진상 고객이라도 정도껏 하게 마련이다.

그러고 보니 문득 궁금하다. 사골 부부는 옷은 사서 입다가 질리면 반품하는지, 책은 밑줄까지 쭉쭉 쳐서 읽고 나서 재미가 없다며 1년 뒤에 반품하는지. 그렇게 진상 재테크로 살림살이 좀 나아지셨나요? 정말 있는 사람들이 더하네!

안하무인 어르신전

"어이!" 손으로 까딱까딱 나를 부르신 어르신은 국거리 한 근을 '명'하신다. 이미 아저씨란 호칭에 익숙해졌고 어쩌다 삼촌이라 불러 주면 감지덕지였지만 '어이'라고 불리는 건 참 어이없는 일이었다. 대놓고 너무도 자연스럽게 하대하는 바람에 조선 시대로 타임 슬립 한 것은 아닌지, 난 전생에 백정이 아니었을까 착각이 들 정도였으니까.

세월의 연륜을 쌓으신 분께서 어찌 돌쇠의 고기 한 근과 박 서방의 고기 한 근이 다르다는 건 모르시는지. 그렇다고 대놓고 정색을 하는 건 하수다. 까딱 잘못했다가는 어르신께서 노발대발 진노하시면서 점장을 호출하는 상황으로 치달을 수도 있으니까. 더군다나 내가 발 딛고 서 있는 곳은 동방예의지국의 즐거움 가득한 해피해피 모 마트가 아닌가. 이럴 때는 살면서 수 없이 들었을 가는 말이 고와야 오는 말이 곱다라는 속담을 몸소 실천하면 된다.

속은 내가 웃는 게 웃는 게 아니지만 CS 교육 시간에 배운 환한 웃음을 잃지 않으면서 선도가 좋지 않은 고기를 골라 돌쇠의 한 근으로 재빠르게 담아 드린다. 죄책감이 들지 않느냐고? 이가 약한 어르신께 질긴 고기 대신 좀 더 숙성된 고기를 드린 거라고 생각하면 된다.

신선한 고기는 이런 분들 몫이 아니다. 지갑을 여는 입장이라고 판매하는 사람을 무시하지 않고 매너 좋은 고객님들을 위한 몫으로 남겨 둬야 한다. 나는 돌쇠가 아니무니다!

막가파전

자신의 위치를 얄밉도록 잘 아는 고객들이 있다. 자신이 마트의 '왕'임을 아는 그런 고객. 그들은 '대한민국에 안 되는 게 어디 있니?'라는 정신으로 무장한 채 거침없이 요구하고 끈질기게 조른다. 정육 코너는 신선 식품인 관계로 폐점 시간을 한 시간 앞두고 재고에 한해 할인 행사를 한다.

그걸 빤히 아는 우리의 막가파 고객들은 할인 시간 전에 와서 조금 있으면 어차피 할인할 거니까 할인 가격으로 달라며 당당하게 요구한다. 그들은 고수다. 누구는 이렇게 해 줬다느니, 비밀로 할 테니까 자신만 이렇게 해 달라느니 때로는 인상, 때로는 콧소리로 강약 조절을 해 가며 조르고 또 조른다. 그들의 또 다른 특징은 판매자를 믿지 못하는 것이다. 어찌나 꼼꼼히 매의 눈으로 살피고 탐정처럼 캐묻는지 괜스레 오금이 저릴 정도다.

그들은 이 고기 저 고기 들춰 보며 진열된 상품을 다 헤집어 놓고는 그마저도 마뜩지 않다는 표정으로 어쩔 수 없이 산다는 말투로 '이거 주세요'라고 한다. 정말이지 내로라하는 네고시에 이터들은 마트에 다 있다. 그야말로 대한민국 마트는 인재 풀이다. 정부는 이분들을 중용해 각종 중요한 협상 테이블에 앉히기를 강추하는 바이다.

이렇게 진상 고객들과 함께 마트에서 보낸 한 철. 감정 노동으로 몸에 사리가 몇 개는 생기지 않았을까. 하지만 진상 고객만이 알바를 '슬프게' 하는 건 아니다. 돈을 벌기 위해 내가 선택한 일이지만 마트에서 일한다는 자체가 스트레스 덩어리다. 일단 검수장을 통해 출퇴근을 하는데 가방을 검사한다. 실제 상품들을 빼돌리다 적발된 사례가 있어서 이해는 하지만 썩 기분이 좋지는 않다.

고객들은 넓고 쾌적한 공간을 누비며 쇼핑을 즐기지만 직원들은 오로지 컴컴한 '후방'이 쉴 공간이요 다닐 곳이다. 짝다리, 껌 씹기, 기대서는 것은 절대 허용되지 않으며 잡담, 휴대폰 사용은 어쩌다 점장 눈에 띄기라도 하면 분위기 살벌해진다.

정직원과 협력업체 간의 미묘한 신경전도 있다. 알바의 본분을 잊지 말고 처세를 해야지 괜히 껴들고 오버하다가는 피곤해질 수 있다. 명시된 근무 시간에는 없는 오픈 준비도 몹시 짜증나는 일이다.

오픈 시간에 맞춰 장사를 시작하려면 당연히 일찍 출근해서 시식 준비를 하고 고기를 잘라서 진열해야 하는 구조였다. 정직원들이야 인사 고과에 플러스가 된다든지 시간 외 수당이 주어진다든지 보상이 있겠지만 알바에게 오픈 준비란 당근은 없는 열정 노동일 뿐이다.

이 모든 상황들이 마음에 안 들어 그만두겠다는 협박 카드를 내밀며 불만을 토로하고 싶지만 그게 먹힐 리 없다. 수시로 새로운 알바가 투입되고 누구 하나 그만두더라도 개의치 않는다. 상대적으로 페이가 높은 탓에 마트 알바는 인기가 높다. 마트에서 고객은 귀하지만 알바들은 귀하지 않다. 아홉 시간을 서서 일하는 건 꽤나 힘든 일이다.

출퇴근할 때 버스에 붙은 하지 정맥류 전문 병원 광고를 보면 내 다리는 괜찮을까 조마조마했다. 몸을 축내지 않고 정신 건강을 챙기면서 월급을 챙겨 가려면 '불량 알바'가 돼야 한다.

나는 절대 진상 고객이 되지 않을 것을 굳게 다짐하며 신선육 코너 맞춤 '불량 알바 십계'를 남긴다.

1. 여사님들을 내 편으로 만들어라. 여사님들이 싸 오는 간식만으로 끼니를 때울 수 있다.

2. 직원이 못살게 굴면 고기를 자르면서 로스(loss)를 많이 내서 복수하라.

3. 삼촌이라 불러 주는 고객을 사랑하라.

4. 재고 조사는 되도록 시간을 끌어서 쉬는 시간을 확보하라.

5. 간을 보는 척, 고기가 익었는지 확인하는 척 은근슬쩍 시식을 하고 또 하라.

6. 직원들과 친해져라. 직원 할인가로 부모님께 갈비 세트, 우족 세트를 선물할 수 있다.

7. 냉동 창고는 훌륭한 간식 창고다. 빵, 음료 등을 비축해 뒀다가 급공복 시 섭취하라.

8. 몽구스처럼 항상 주위를 살펴라. 점장은 언제 어디서 나타날지 모른다.

9. 단골 고객을 만들어라. 그들은 나의 힘!

10. 어쨌든 경력이 되고 인맥이 된다. 뭔가 하나는 남긴다는 마음으로 일하자!

| **우현권** 출판 노동자, 2015년 3월 |

손님과 손놈
그리고 사기꾼

편의점 아르바이트를 1년 4개월 정도 했다. 2012년에 7개월, 2014년에 7개월. 그렇게 일을 하면서 별의별 손님을 다 만나 봤다. 아니, 손님이 아니라 '손놈'을 만나 봤다.

가장 흔하면서도 기분 나쁜 손님은 투명 인간 손님. 분명히 내가 인사를 했는데 투명 인간이 인사한 듯 못 본 척하거나 손님이 돈을 내밀어서 받으려 하는 순간 테이블에 휙 던지거나 잔돈을 주려고 손을 내밀면 팔짱 끼고 먼 산을 보는 행동.

아니, 아르바이트생 인사 받아 주는 게 그렇게 어렵나? 아니, 손님, 당신 꿈이 야구 선수였나? 왜 자꾸 던지고 지랄이야. 아니, 내가 뭐 전염병 환자라도 되나? 내 손 닿으면 손이 썩어 문드러지기라도 하나? 참, 어이가 없다. 이런 손님들은 너무 흔해서 하루에 한 번이라도 안 마주치면 오히려 어색한 날이 된다. 흔해도 기분 나쁜 건 마찬가지. 그런 손님들이 나갈 때는 다른 곳을 쳐다보며 인사를 하거나 아예 인사를 안 한다. 웃긴 게 내가 인사를 안 하면 또 뚫어져라 쳐다본다. 어쩌란 거야?

투명 인간 대하듯이 하는 손님이 분노 지수 1이라면 반말 쓰는 손님은 분노 지수 3 정도 될 것이다. 나이 많으신 분들은 보면 거의 대부분이 반말이다. 60대 정도로 보이는 아저씨들은 존댓말을 아예 안 배운 양 처음부터 끝까지 반말로 일관한다.

"아가씨, 우유 어디 있어?"

"심플 1밀리그램."

이런 식으로. '요' 딱 한 글자 더 붙이는 게 그렇게 어렵고 자존심 상하는 일인가? 물론 나보다 나이가 많다면 반말 쓸 수 있다. 하지만 그건 몇 번 마주쳐서 얼굴도 알고 친한 사이에서나 가능한 것이지. 제대로 알지도 못하는 사람이 나이 많다고 그러면 그래, 꼰대 같고 괜히 반항심이 생긴다. 눈에 힘이 들어가고 불친절해지는 건 어쩔 수 없다. 돈도 개미 눈물만큼 받아 열받아 죽겠는데 반말로 툭툭 내뱉으면 어떻게 웃으며 일할 수 있나. 그래, 그래도 넘어가자 마음을 다스린다. 나이가 우리 큰삼촌뻘이니 내가 조카 같고 편해서 그런가 보다 생각하고 넘어가려 한다. 기분 나쁘고 재수 없지만 넘어가자.

그런데 더 재수 없는 건 나랑 나이가 비슷하거나 어려 보이는 사람들이 반말을 쓸 때이다. 그 사람들이 원래 말을 할 때 말꼬리를 흐리는지 안 흐리는지 알 게 뭔가. 내 앞에서 말을 할 때 말꼬리를 흐리며 반말처럼 말하면, 이거 당장 눈에 불이 일어난다. 가장 많이 하는 말은 "충전"이다. 아니면 사탕 두 개 사면서 "두 개"라고 한다.

처음 내가 2012년에 아르바이트할 때는 공단 가는 사람들이나 환자들이 많아서 어린 사람이 없었다. 그래서 나와 비슷하거나 어려 보이는 사람에게 반말을 들어 본 적이 없다. 그런데 2014년에 일한 곳은 대학로와 학원가 근처라 그런지 내 나이 또래 사람들이 아주 많았다. 내 나이 또래 사람들에게 반말 참 많이 들었다.

첫 달은 일을 다시 익히느라고 반말을 하든 말든 신경 쓸 시간이 없었다. 두 번째 달은 내가 더 친절하게 웃으며 대꾸를 하면 다음엔 존댓말을 쓰겠지 생각하며 생글생글 웃으며 일했다. 그러나 사람들은 여전히 반말. 아니, 어떤 사람들은 웃는 내가 만만한지 더욱 심해졌다. 세 번째 달은 나도 웃는 것 포기. 어중간하게 말꼬리를 흐리며 "충전"이라 말하면 나는 바로 째려보며 "얼마?"라고 대꾸했다. 그러면 그 사람들이 그제야 "2,000원 해주세요"라며 '요' 자를 붙인다.

내가 편의점 일을 하며 배운 것 중 하나는 나를 자기와 똑같은 사람으로 여기지 않는 사람들에겐, 나도 화낼 줄 아는 사람이라는 것을 보여 줄 필요가 있다는 것이다. 내가 여기서 몇 천만 원을 버는 것도 아닌데 무엇 하러 손놈들에게 고개를 숙이며 기계같이 인사하고 바코드 찍어야 하나 생각이 들었다.

그동안 말한 것은 그래도 약과다. 나도 어느 정도 대응할 수 있을 정도의 손님들. 분노 지수 10에 달하는 손놈들은 바로 사기꾼과 주정뱅이들이다. 특히 사기꾼. 아직도 기억난다. 머리는 무스로 쫙 넘기고 약간 붉은 목에는 금목걸이를 하고, 노스페이스 잠바를 입고 두툼한 손목에는 더 두꺼운 금시계를 찼다. 느긋하게 팔자걸음으로 문을 열고 들어오더니 아주 상냥하게 사장님 계시냐고 물었다.

그때는 나 혼자 있을 시간이라 "사장님 안 계시는데요"라고 공손히 말했다. 그러자 그 사람은 돌연 얼굴빛을 바꾸며 "아, 급한데"라며 사장님에게 전화하는 척 휴대폰을 귓가에 갖다 대었다. 우리 사장이랑 통화하는 척 자기 혼자 쇼를 한다. 지금은 쇼라는 걸 알지만 그때는 나도 당황해서 안절부절못했다.

'무슨 일이 생긴 걸까?'

그 사람은 전화를 끊는 척 호주머니에 넣더니 사장님에게 허락 받았으니까 계산대에서 5만 원을 꺼내 달라 했다. 내가 어버버 말도 못하고 눈알만 굴리니까 갑자기 화를 내기 시작했다.

"아! 사장한테 허락 맡았다니까. 내가 지금 아는 후배 빨리 배웅해 줘야 되는데 현금이 없어서 이러는 거 아니가. 내가 후배 배웅 못 해 주면 아가씨가 책임질 거가? 5만 원 잠시만 주면 내가 후배 배웅하고 와서 돌려줄 건데 왜 이래 말을 못 알아듣노, 거 참 답답하네. 빨리 달라니까!"

덩치가 산만 한 사람이 앞에서 쿵쿵거리며 화를 내니까 진짜 큰일인가 보다 싶어서 5만 원을 꺼내 주었다. 지금 글을 쓰면서 보니 말도 안 되는 소리인데. 그 사람이 나가는 순간 '아, 당했다'는 느낌이 들었다. 그래서 따라 나갔는데 이미 그 사람은 사라지고 난 뒤였다.

혹시나 해서 문 앞을 서성거리며 계속 기다려 보았지만 역시나 그 망할 사기꾼은 돌아오지 않았다. 그때 얼마나 배신감을 느꼈는지. 돈을 떠나서 사람이 사람을 그렇게 속일 수도 있나 생각이 드니 사람이란 존재 자체에 실망을 했다. 그리고 생각보다 사기라는 게 대단치 않다는 생각이 들었다. 영화나 드라마에서 보던 몇백, 몇천 사기만 범죄라 생각했는데 내가 소액 사기를 당해 보니, 아… 지금도 한숨만 나온다. 얼마 벌지도 못하는 편의점 아르바이트생 뒤통수를 그렇게 치고 싶을까.

이렇듯 편의점엔 별의별 손놈들이 다 있다. 그러나 내가 찾는 사람은 손놈이 아닌 손님이다. 딱 한 사람. 그분은 내가 2012년에 일할 때 옆 병원의 의사 선생님이다. 나이는 50대 정도 됐으려나. 하얗게 센 짧은 머리에 부리부리한 눈을 가진 의사 선생님. 내 인사는 당연한 듯이 무시하는 사람들과 달리 그분은 90

도로 허리를 숙여 인사를 해 주셨다. 와서 사는 것도 없고, 말도 안 하시고 그냥 창밖만 보는 게 다였는데도 좋았다. 가끔씩 "밥은 드셨습니까?"라거나 "제가 붕어빵 좀 사 드릴까예?"라며 맛있는 것을 사 주시기도 했다. 나도 월급날 음료수를 사서 그분께 자주 드렸다. 저번에 붕어빵 잘 먹었다는 인사도 빼놓지 않고 덧붙였다. 그러면 그분은 "일하시면서 공부하시는데 제가 사 드려야죠" 하며 살짝 웃으셨다.

내가 편의점을 그만둘 때도 칼국숫집에서 칼국수를 사 주시며 나는 꼭 성공할 것이라고 응원해 주셨다. 볼펜도 한가득 가지고 와 공부할 때 쓰라며 주셨다. 그 볼펜들은 아직까지도 쓸모 있게 쓰고 있다.

내가 바코드 찍는 기계인지 사람인지 헷갈려 화가 날 때, 아르바이트생이 아닌 사람으로 대해 준 그 의사 선생님. 별말은 안 해도 날 응원한다는 것을 느끼게 해 준 그 의사 선생님. 생각보다 세상에는 그 선생님 같은 사람이 많이 없다는 걸 느끼는 요즘이다. 손놈들로 열받을 때마다 그분이 정말 보고 싶다.

누가 이 사람을 모르시나요. 통통한 몸매에 부리부리한 눈, 고운 마음씨는 달덩이같이, 이대로만 하면 꼭 성공할 것이라고 칼국숫집에서 말해 주던 이 사람을 누가 모르시나요.

| 강자영 〈작은책〉 독자, 2015년 3월 |

관광 가이드가
쇼핑에 목숨 거는 이유

    나는 관광 통역 안내사이다. 언어는 중국어이다. 충분한 계획 없이 10년 다닌 회사를 사직할 때, 그래도 기대고 있던 자격증이 1999년에 취득한 이 통역 안내사 자격증이었다. 사실 처음에는 꽤 하는 중국어, 10년의 교육 회사 수석 팀장의 경력으로 재취업도 가능하리라 생각했으나, 두 달여의 구직 활동 결과, 한국 사회에서 마흔 다섯의 재취업은 불가능하단 걸 깨닫게 되었다. 그래서 16년 된 자격증을 들고 여행사를 찾았고, 관광 가이드가 될 수 있었다. 정확히는 견습 가이드이다. 내가 지금부터 하려는 얘기는 지난 4월부터 6월까지 견습 가이드의 눈으로 본 가이드에 관한 이야기이다.

    현재 우리나라에서 활동 중인 대만과 중국의 인바운드 관광

(외국에서 한국으로 들어오는 외국인 관광) 가이드의 80~90퍼센트는 화교와 조선족이다. 한국인 가이드의 비중은 현저히 낮다. 이들 화교, 조선족 가이드들은 대부분 관광 통역 안내사 자격증이 없는, 이른바 무자격 가이드들이다. 최근 언론에서 무자격 가이드들의 부정확한 혹은 중화주의에 편향된 한국 역사, 사회 문화에 대한 지식과 편견들로 인해 중국 관광객들이 한국에 대해 그릇된 인상을 갖게 된다며 자격 관리 강화 등을 대책으로 내놓는 가이드 관련 보도를 심심찮게 접할 수 있다. 이런 저간의 여행 업계 분위기에 힘입어, 나이도 많고 경험도 없지만 나는 여행사에 입사할 수 있었다.

하지만 정확하게는 '입사'가 아니었다. 입사 지원서를 내고, 면접을 보고, 합격했다는 연락도 받았으나, 내가 받은 건 근로 계약서가 아니라 담당자의 명함 한 장이 전부였다. 가이드는 학습지 교사, 보험 설계사 등과 마찬가지로 근로자가 아니었다. 따라서 가이드에겐 급여란 게 없고, 퇴직금이란 게 없다. 퇴직금은커녕 '퇴직'조차도 없다. 여행사 담당자의 단체 여행 배정 전화가 오면 '입사'이고, 그게 없으면 '퇴직'인 것이다.

여행사마다 차이는 있으나 가이드의 수입은 '쇼핑 수수료'가 유일하다. 4박 5일의 일정 중 4일째는 대개 쇼핑이다. 서울 서대문구의 연희동과 연남동, 종로구의 부암동 일대에는 인삼 매장, 화장품 매장, 간기능 식품 매장(이것이 한국 특산품인 것은 이번에 처음 알았다), 자수정 보석상, 김·김치·잡화를 파는 외국인 전용 매장 등이 즐비하다. 관광객들이 지불한 물건값의 5~8퍼센트가 가이드의 수입이다. 사실 이 정도의 조건이라면 업계에선 좋은 여행사에 속한다.

이에 못 미치는 보통 수준의 여행사에는 월급이 없는 대신, 벌금이 있다. 쇼핑이 관광객 1인당 기준 금액에 못 미칠 경우, 그 차액의 절반을 가이드가 페널티로 내야 한다. 여행사도 나름의 사정은 있다. 한국의 인바운드 여행사는 관광객을 모으는 중국 현지 여행사에다 실제 경비에도 한참이나(1인당 30만 원 정도) 모자라는 금액으로 덤핑 여행 상품을 팔고, 이 손실금은 쇼핑에서 만회하고, 이익도 남기는 구조이다. 그러니 쇼핑 실적이 나쁠 경우, 그 손실금을 가이드의 책임으로 전가하려는 것은 어쩌면 필연적인 것이다. 덤핑 여행 상품이 근절되지 않는 이상 이 "싼 게 비지떡 체험 관광"은 없어지지 않을 것이다.

또 이 보통 수준에도 못 미치는 나쁜 여행사는 여기에다 여행객들을 인솔하며 발생하는 식대, 숙박료, 입장권 등의 실제 경비조차 전액을 미리 주지 않는다. 예상 경비의 70퍼센트만 전도금으로 지급하고, 나머지 30퍼센트는 가이드가 자비로 선지출하고 추후에 회사로 와서 후정산하라는 것이다. 여행객 수가 25명 정도인 단체의 경우, 이 30퍼센트의 금액은 150만 원 정도가 된다. 이렇게 하지 않으면 가이드들이 게을러 경비 정산을 무작정 미룬다는 것이 여행사의 항변이다.

가이드가 부담해야 할 비용은 이뿐이 아니다. 관광버스 기사에게 주는 경비와 일비가 있다. 경비는 주차비, 통행료 등으로 실비 정산 항목이지만, 일비는 기사의 수고비로 가이드가 지불해야 하는 비용이다. 대략 하루 2만 원 정도인데, 5일 일정이면 10만 원으로 적지 않은 금액이다. 회사 소속으로 급여가 나오는 회사 버스 기사에게 가이드가 왜 이 일비를 줘야 하는지는 알 수 없으나 관례라 한다. 그리고 기사에게 대접하는 일과 중의 커피나 음료수, 일과 후의 식사나 술값도 모두 가이드의 몫이다. 여기에 가이드 방으로 제공되는 방은 하나뿐이라 여성 가이드들은 버스 기사와의 혼숙도 각오해야 한다. 이런 배정 자체가 여행사의 여성 가이드들에 대한 성희롱 행위로 규정되어 있으나 지켜지지 않는 경우가 태반이다. 이게 싫은 여성 가이드는 자비로 방을 하나 빌리는 수밖에 없다.

가이드 수입이 대체 어느 정도이기에 이런 터무니없는 조건으로 일하고 있을까? 베테랑 가이드의 경우 4박 5일 한 단체를 받으면, 적게는 100만 원, 많게는 200만 원 정도를 번다고 한다. 지난 5월처럼 성수기에는 낮에 한 단체를 공항에서 보내고, 밤에 새로운 단체를 그 자리에서 받는(이들의 표현으로는 '치고 받기'라 부른다.) 경우가 계속돼 집에 들어가지 못한 날이 20일씩 계속되면, 피로는 극에 달하지만, 한 달 수입은 많게는 1천만 원에 달하기도 한다고 한다. 물론 이는 베테랑의 경우고, 호객 행위에 서툴거나 쇼핑 실적이 좋지 않아 여행 단체 배정 자체가 적은 가이드들은 월수입이 1백만 원 내외에 그치는 경우도 많고, 벌금 몇 번 물다 이 바닥을 떠나는 이들도 적지 않다고 한다.

이런 상황이니 가이드들은 쇼핑에 목숨을 건다. 대만 관광객 대상의 여행 상품은 그래도 상식 범위 내의 쇼핑이나, 대륙 관광객 대상 여행 상품의 '쇼핑 포함'은 정상적인 도를 넘어서는 수준이었다. 4박 5일 일정 중 이틀에 걸쳐 다섯 곳의 면세점을 포함, 총 아홉 곳의 매장을 방문했다. 이곳들은 필수 방문 코스로, 이미 매장과 여행사 간에 약정이 되어 있어, 가이드로서는 반드시 들러야 하는 곳이다. 안 가거나 못 가면 가이드는 회사에 적잖은 페널티를 물어야 한다.

여행사는 대륙 손님들에게 자신이 원하는 매장에서만 지갑을 열게 하기 위해서 손님들의 개별 자유 쇼핑을 최대한 제한하고자 했다. 방법은 간단했다. 숙소를 최대한 '외딴 방'으로 잡는 것이다. 내가 함께한 중국 허베이성에서 온 여행 단체의 숙소는 '임진각' 부근이었다. 밭고랑 사이에 날림으로 지은 이 호텔 라운지의 벽과 바닥 장식은 시멘트 모르타르 마감이 전부였다. 그 라운지 끝에 있는 프런트 데스크 너머에선 부부가 개를 키우며 컵라면을 먹고 있었다. 편의 시설이라고는 그 호텔에서 운영하는 매점 하나뿐이었고, 간간이 다니는 군용 차량과 군인들 외엔

인적도 드물었다. 다음 날, 아직 날도 어둑한 새벽, 자기 집에서 1천 킬로미터도 더 떨어진 남의 밭고랑을 뒷짐 진 채 돌아보고 있는 초로의 관광객을 보고 있자니 죄책감마저 들었다. 하지만 이를 악물었다.

'누가 이런 싸구려 여행 상품을 사라고 했나, 싼 게 비지떡이란 거 하나는 확실히 배우고 가겠지!'

다시 말하지만 나는 견습 가이드다. 약 석 달에 걸친 열 번의 견습 기간 동안에는 무급이다. 관광 경찰의 검문이 있거나, 경복궁 등 가이드증을 확인하는 매표소에는 내가 가이드라고 말하고 표를 사고, 단체를 인솔한다. 회사는 견습하는 동안 손님들의 질문에 절대 대답하지 말고, 투명 인간처럼 지내라고 지시했다. 화교, 조선족 가이드들과 다른 대답을 할 것을 우려해서다. 그래도 눈치껏 손님의 짐도 싣고 내리고, 식당 예약, 식사 서빙, 호텔 예약 확인, 인원 체크 등등 쉴 새 없이 움직여야 한다.

한국인 가이드가 10~20퍼센트뿐인 이유를 생각해 보자. 자격증 있는 한국인이 현업에서 일하기를 꺼리는 이유는 분명했다. 한국인으로서 한국과 대륙, 혹은 대만과의 역사, 문화, 경제, 생활 양식, 사고방식 등을 비교 설명하며, 재미있고 즐겁게 여행 스케줄을 소화시킬 만큼 중국어와 교양을 갖춘 구직자라면, 가이드보다 안정적이고 좋은 처우의 일자리를 얼마든지 구할 수 있기 때문이다.

나는 어떻게 할 것인가? 계속할 수 있을까? 견습일 수도, 보기에 따라서는 자격증 대여일 수도 있는, 이 무급의 견습 가이드 일조차 메르스 사태로 6월 중순부터는 올 스톱이다. 8월까지의 대만, 대륙 예약이 모두 취소되었다고 한다. 그저께는 생활비가 거의 바닥났다는 아내의 말에, 주택 담보 대출을 한도 끝까지 추가 신청했다. 얼마 전 황정은의 소설 《계속해보겠습니다》를 읽었는데, 하찮은 삶을 계속해 보겠다는 주인공의 처연한 목소리를 흉내 내어 나 또한 '계속해 보겠습니다' 뇌까려 보지만, 과연 계속할 수 있을지, 솔직히 두렵다.

| **임도윤** 관광 통역 안내사, 2015년 8월 |

내가 잘리면
니들이 책임지니?

나는 마트에 근무한다. 요즘따라 더욱 살벌해지는 마트에서의 하루를 오늘도 무사히 넘겼다. 나는 오후 1시 출근, 10시 퇴근인데 직장에서는 딱 한 시 맞춰서 매장에 올라와 시식대 준비를 하고 있을 것을 명한다. 시식대라는 짐 보따리를 들고 이것저것 준비를 하려면 최소한 30분 이상 먼저 올라와야 한다. 매장에서는 밤 10시 퇴근을 10시까지 시식 행사를 하는 것으로 해석한다. 설거지 등 마감 준비하는 시간을 고려하지 않는다. 무조건 10시까지는 시식대 놓고 있으란다. 순전히 억지다. 열정 페이를 바라는가? 정확히 30분 일찍 출근하고 30분 늦게 퇴근하면 맞다. 직장인은 출근 시간 어기면 안 되고 퇴근 시간 지키면 안 된다더니.

퇴근 무렵 회의 소집이 있어 부랴부랴 가서 줄을 섰다. 담당이 하는 잔소리는 언제나 옳다.

"여러분들, 시식하다 고객들에게 컴플레인 걸리지 말고 시식을 듬뿍듬뿍 잘라 주세요. 이 중에서 시식 여러분들 돈으로 사 쓰시는 분 있으면 손들어 보세요. 아무도 없죠? 그런데 왜 아까워해요?"

'차라리 내 돈으로 사 쓰고 싶다고요. 시식 값만치 돈을 더 받아서 말이죠.'

나는 속으로 외쳤지만 겉으로는 고개를 끄덕였다.

"여러분들이 시식 쓰다 모자라면 언제든 말하세요. 얼마든지 더 얻어 줄게요."

말 되는 소리를 해라. 회사의 녹을 먹는 우리가 그런 걸 니들한테 일러? 잘리면 니들이 책임지니?

먼젓번 수십억 원의 시식 값을 업체에 떠넘긴 일로 공정위에 제소되어 마트가 조사를 받은 일이 있다. 그 후에도 달라진 건 아무것도 없다. 시식은 얼마든지 대 줄 테니 장사만 하게 해 달라는 내용으로 회사에 각서를 받았다는 거 외에는.

유통업체에게는 을인 회사가 우리에게는 갑이다. 우리는 매일 매출 보고를 하고 매출 대비 시식량은 예전이 기준이 된다.

더구나 요즘은 고객들의 경제 사정이 매우 안 좋다. 도무지 주머니 열 생각이 없다. 그런 이들을 상대로 우리는 목청 터지게 외쳐야 한다. 내 가방에는 항상 목 보호제와 목 쉰 데 먹는 알갱이 한방약이 들어 있다. 회사에서 사정이 안 좋아 사람을 줄인다는 말이 나올 때마다 내게도 곧 닥칠 일이라고 느껴진다. 그러니 시키지 않아도 알아서 열심히 한다. 거기 대고 마트에서는 감시의 눈길을 번뜩이며 트집을 잡아 댄다. 그깟 비정규직 알바 자리를 두고 서슬 퍼런 칼날이 사방에서 번뜩이고 있다.

뭐니 뭐니 해도 우리에게 슈퍼 갑은 고객이다. 처음에 고객은 이해하는 사람이 아니라며 고객의 권리를 소리 높여 주장했던 나지만, 차츰 변덕스러운 고객에게 짜증이 난다. 어떨 때는 일을 집어치우고 싶을 만큼 괴롭다. 살기 힘들어진 요즘 사람들 중 분노 조절 장애를 가진 사람이 많다고 한다.

최근 보기 드물게 밝고 긍정적이던 친구가 게시판에 올라온 고객의 글 때문에 퇴출당한 후, 심한 자기 검열에 빠진다. 고객과 응대가 길어져서 물건을 담아 주느라 시식대에 매달린 어린 아이를 기다리게 한 날, 아이의 엄마가 "이리 와"라고 외치는 소리를 듣고도 난 가슴이 덜컹한다. 아이를 푸대접했다고 글 올리는 거 아닌가 싶어서다. 서로의 목표가 다르기 때문에 요즘 부쩍 심해지는 현상이다.

마트는 시식을 통해 고객을 불러들이고 마트에 온 고객은 뭐가 됐든 물건을 산다. 꼭 시식한 물건이 아니라도 상관없다. 더구나 시식도 업체에서 대는 것이니 얼마가 됐든 개의치 않는다.

업체의 목표는 시식을 통한 매출 증대이다. 그게 아니라면 직원을 쓸 필요도 없고 시식을 할 필요도 없다.

직원의 목표 또한 시식량 대비 매출 확보다. 그래야 월급 주는 회사에 떳떳하기 때문이다. 고객의 목표는 시식 그 자체. 마트에서는 부담 갖지 말고 얼마든지 먹으라고 한다. 직원의 태도가 친절하지 못하다고 느끼면 곧바로 마트에 항의한다. 이리저리 치이는 직원의 말을 마트에서는 한마디도 듣지 않는다. 요즘 와서 나는 감정 노동자라는 생각이 부쩍 든다.

담당의 잔소리를 듣는 동안 나는 하루 동안 있었던 일을 생각한다. 휴게실에서 이런저런 푸념을 늘어놓다가 한 여자가 자기 경험담을 말한다. 자기가 전에 일했던 H 유통에서 한 직원이 고객에게 불친절했다는 이유로 냄비 뚜껑을 휘두르며 육두문자로 욕을 하는 고객 앞에 직원을 무릎 꿇리고 빌게 했다는 이야기다. 어마어마한 폭력이다. 친구가 사람들 앞에서 끌려 나간 것도 인권 유린이며 폭력이다. 친구는 일하다가 쫓겨나면서 분노하는 내게 '유통에 있는 한 우리를 무수리로 생각하라'고 했다. 그래야 견딜 수 있다면서.

쉬고 올라와 시식을 시작했다. 내가 일하는 P사 제품은 맛이 좋은 편이다. 그런데 좀 비싸다. 그래서 고객들은 사 가기보다 먹고 가는 편이다. 할머니 한 분이 손주와 함께 왔다. 만두를 드시면서 말씀하신다.

"내가 이마트에 갔는데 거기서 이 만두 먹었걸랑. 우리 애가 이 만두를 좋아해서 더 먹을려고 하는데 판매하는 여자가 만두를 콕 찍어서 옆에 있는 사람을 주더라고. 어린애가 얼마나 먹고 싶었겠어. 그래서 내가 컴플레인 걸었지. 그 여자 아마 혼났을 거야."

꼼짝 말고 다 내놓으라는 소리다. 마침 다른 사람도 없어 다 줬다. 마지막으로 프라이팬을 확인하고서야 갔다. 그런데 얼씨구? 새 만두가 익을 만하니까 시간 맞춰 와서 또 먹고 간다. 믿어지지 않겠지만 이런 사람이 꽤 많다. 컴플레인을 거는 사람들은 이런 사람들 중에 있다. 정상적으로 먹어 보고 맛있으면 사가는 이들 중에는 없다. 마트에는 배고픈 사람들도 많이 온다. 매일 식사를 하러 오는 사람도 많다. 그들은 먹으면서 미안해한다. 차라리 그들에게는 인심 쓰듯 주기 때문에 스트레스를 덜 받는다. 그들 중 컴플레인 거는 사람도 없지만 건다고 마트에서 받아 주지도 않는다.

하루 동안 있었던 일을 생각하는 사이에 담당의 잔소리가 끝났다. 고단한 하루가 막을 내린 것이다. 집으로 돌아가는 길에 시원한 맥주 한 캔 사 들고 가야겠다. 못 마시는 술이라도 한잔 붓고 푹 잠들고 싶다.

| 한영미 마트 노동자, 2015년 8월 |

점심 햄버거에도 직급이 있어요

처음 맥도날드 알바를 시작했을 때, 채용 공고에 쓰여 있던 '식사 제공'이란 문구는 나에게 매력적이었다. 맥도날드 알바는 보통 식사로 휴식 시간에 직접 판매 중인 햄버거를 만들어 먹는다. 이를 크루밀(crew meal)이라고 부른다. 크루밀로 제공된 햄버거는 집으로 가져가는 등 매장 밖으로 들고 나갈 수 없어 대부분 휴식 시간에 먹는 편이다.

나 역시 식대를 지급받는 편이 크루밀을 먹는 것보단 좋았다. 그래도 식대 제공이 안 되는 맥도날드 알바를 선택한 이유가 있었다. 식사 제공조차 안 되는 더 열악한 노동 조건의 알바들보단 괜찮겠다는 생각에서였다.

학교 근처에서 자취를 하고 있어 식비가 많이 들었고, 맥도날드 말고 다른 알바를 구해 봤자 어차피 최저 임금 받을 것이 뻔했으니까. 같은 최저 임금이라도 이 상황에선 그나마 식사를 챙겨 준다는 맥도날드에서 일하는 게 낫다고 판단했다.

실제로 접한 맥도날드 알바 노동자의 끼니는 차별적이었다. 맥도날드는 식사로 햄버거, 감자튀김 스몰 사이즈(손님들이 먹는 세트에는 미디엄 사이즈가 나간다), 탄산음료를 제공한다. 그런데 햄버거의 경우 직급에 따라 먹을 수 있는 종류가 달랐다. 맥도날드에는 크게 네 가지 직급이 있다. 매장의 대부분을 차지하는 일반 크루, 크루보다 200원가량의 시급을 더 받는 한 단계 높은 직급인 크루 트레이너, 그리고 매니저와 점장이다.

내가 일했던 매장 같은 경우에는 일반 크루가 먹을 수 있는 건 몇 종류가 되지 않았다. 불고기버거, 맥치킨버거, 치즈버거, 상하이버거, 빅맥버거 정도. 그마저도 네 시간 미만으로 일한 날에는 빅맥과 상하이버거는 먹지 못했다. 케이준버거, 더블불고기버거, 베이컨토마토디럭스버거, 1955버거 등은 몇 시간을 일하든 꿈도 꾸지 못했다. 패티가 두툼한 햄버거, 야채가 조금이라도 더 많이 들어간 햄버거는 내 돈으로 사 먹어야 했다.

나도 그냥 불고기버거가 아니라 패티가 두 장 들어간 더블불고기버거가 먹고 싶었고, 빅맥이 아니라 재료가 더 풍성한 베이컨토마토디럭스를 먹고 싶었다. 나와 나란히 크루룸에 앉아서, 나는 먹을 수 없는 등급의 버거들을 먹는 크루 트레이너가 부러웠다. 매니저와 점장은 아예 햄버거 재료들을 가지고 임의로 케이준 샐러드를 만들어 나누어 먹기도 했는데, 그 매니저실은 일반 크루는 쉽게 들어가지도 못하는 공간이었다.

직급에 따라 사람을 대우하는 차이를 느끼면서 서서히 내 안에도 등급이 생겨났다. 나는 저들보다 낮은 시급을 받고 낮은 대우를 받는 낮은 등급이었다. 내 등급만큼 자존감도 낮아졌다. 그러나 동시에 열심히 일했다. 정확히는 스스로 착취당하려 했었다. 마치 군대에서 선임이 후임에게 '나도 너처럼 선임이 까라면 까던 시절이 있었어. 너에게도 언젠간 나처럼 편하게 살 날이 올 거야'라고 하는 것처럼 말이다. 그렇게 느끼던 매장 곳곳에는 "크루 여러분도 열심히 일하면 본사 직원이 될 수 있습니다!"라고 말하는 포스터가 있었다.

'끼니'는 또한 맥도날드 알바 노동자들의 건강을 포기하게 만든다. 2009년에 〈시사인〉의 현직 기자가 맥도날드 알바 체험담을 다룬 기사를 썼다. 그는 맥도날드에서 오래 일하며 햄버거를 많이 먹어 온 사람일수록 살집이 있다는 걸 깨달았고 그 모습에서 영화 〈슈퍼 사이즈 미〉를 떠올렸다.

영화 〈슈퍼 사이즈 미〉는 한 달 동안 매일 식사를 맥도날드 햄버거로 대신하며 생기는 몸의 변화를 기록한 영화이다. 그는 1주일 만에 5킬로그램이 늘었고, 한 달 동안 총 11킬로그램의 체중이 증가했다. 또한 구토, 우울, 간 질환, 성기능 감퇴 등의 질병도 생겼다. 이후 다시 몸 상태를 회복하는 데에는 1년이 넘게 걸렸다.

한국의 윤광용 씨 또한 비슷한 실험을 했다. 한 달 동안 패스트푸드로만 식사를 해결하는 것이 목표였다. 그러나 실험은 24일 만에 중단됐다. 일반 성인의 평균 운동량의 두 배가 넘는 운동을 했지만, 간 수치와 체지방률이 급격하게 증가해 의사가 실험 중단을 권고했기 때문이다.

최저 임금은 먹고 싶은 음식, 좋은 음식을 알바들로부터 격리시켰다. 건강을 챙기지 못하는 건 맥도날드 알바 노동자도 다른 직종의 알바 노동자도 똑같다. 서울 지역 직장인들의 평균 점심 식사 비용은 6,442원이다. 현재 최저 임금인 5,580원을 받고서는 한 시간을 일해도 밥 한 끼를 먹기 어렵다. 밖에 나가서 사 먹는 것 대신 편의점 알바 노동자는 폐기 대상인 편의점 삼각김밥을, 빵집 알바 노동자는 판매 기한이 지난 빵들을 먹을 수밖에 없는 것이다. 매 끼니를 햄버거로, 삼각김밥으로, 빵으로 때우는 알바들의 건강은 과연 멀쩡할까.

결국 맥도날드 알바 노동자의 끼니는 '끼니를 때우는 삶 자체'를 익숙하게 만든다. 처음 맥도날드 알바를 시작했을 때는 햄버거를 먹는 것이 꺼려졌다. 돈을 벌고 식비를 아끼기 위해서 어쩔 수 없었다 하더라도 말이다. 건강과 환경 등의 문제로 알바를 하기 전까지 햄버거는 싫어하는 음식이었다. 먹는 빈도수도

1년에 두세 번 정도로 낮았다.

하지만 알바를 그만둔 지금, 그 양심과 욕구가 충돌할 때가 종종 있다. 맥도날드 알바를 그만둔 친구가 바로 다음 날 맥도날드 배달을 시켜 먹는 것을 보며, "그렇게나 먹어 놓고도 안 질리냐"고 낄낄 비웃었다. 그러나 어느 순간 나도 맥도날드화된 삶의 방식에 익숙해지고 중독됐다는 사실을 깨닫고 놀랐다.

맥도날드는 무료로 맥머핀을 제공하는 이벤트를 자주 한다. 아침에 머핀을 먹는 문화에 익숙하지 않은 한국인들을 길들이기 위해서다. 우리는 그렇게 서서히 맥도날드를 소비하는 데 익숙해지고 있다. 알바에게 햄버거를 먹이는 것도 마찬가지다. 알바 노동자들은 그렇게 어느 순간 맥도날드의 충성스러운 소비자가 되어 버린다. 삶 자체에 대한 '문화 권력'이 되는 것이다.

이래도 과연 맥도날드 알바는 햄버거라도 주는 괜찮은 일자리라고 말할 수 있을까. 차별적이고 건강을 해치며, 나아가 삶의 방식까지도 바꾸어 버리는 햄버거가 과연 옳다고 이야기할 수 있을까. 알바도 똑같이 돈을 벌고 삶을 꾸려 나가야 하는 노동자다. 휴식을 보장받기 위해 존재하는 주휴 수당처럼, 이젠 적어도 '식사'를 하기 위한 식대에 대한 이야기가 나와야 한다. '끼니' 말고 '식사' 말이다.

| **이가현** 알바노조 조합원, 2015년 9월 |

내 이름

내 이름

일터에서

나를 사모님이라고 부르는 경우가 있다.

그야말로 나이가 지긋해서 불리는 이름이다.

직장 생활하는 사람으로 보기에 나이가 많아 보인다는 것

인가.

내가 벌써 직장 생활을 접어야 하는 나이인 거야?

스스로 반문해 본다.

아줌마, 아주머니라고도 부른다.

아줌마가 아닌 건 아니지만 제일 거슬리는 소리.

할머니가 돼서도 적응이 안 될 것 같은 소리.

난 왜 그 아줌마가 그렇게 듣기 싫은 걸까?

알게 모르게 깔보는 듯한 느낌이 있다.

이름 부르세요. 땡땡땡입니다, 라고 말한다.

세련되지 못한 쑥스러움으로

그런 건가 하고 이해해 보려 하지만

억지다. 역시 적응 안 돼.

어떤 덴 날로 이름 부르기 뭐해서

이름 뒤에 대리나 과장을 단다.

어느 정도 존중이 담겨 괜찮은 방법이다.

근데 그것도 이상한 것이 부하 직원이 한 명도 없어

총인원 열 명 남짓 되는 회사에 과장만 5명쯤 되는

경우도 있었다. 제일 무난한 직책인가 보다.

그냥

이름 정중히 불러 주세요.

나를 지칭한 고유한 내 이름

그걸로 충분하다.

휴업

제조업 공장에서 노동자로 일한다.

올봄 메르스가 온 미디어의 뉴스를 장식할 때

회사에도 일이 없어 출근은 했지만 공치는 날이 여러 달 계속

됐다.

점심시간 돼서 식당 가는 길이

왜 그리 불편하던지.

8명이던 직원이 자의 반 타의 반

퇴사를 해 4명으로 줄고

급기야 6월 중순엔 회사에서 휴업을 선언했다.

내일부터 말일까지 보름간 쉰다.

부랴부랴 노사 협의회를 거쳐

회의록에 휴업 동의 서명하고 노동부 관할 지청에

휴업 신청서를 냈다.

신고하고 쉬어야지 안 그러면 휴업 수당이 안 나온다.

놀아도 노는 것이 아닌 휴업.

백수 같은 직장인, 월급도 줄 것이고,

휴업 기간이 끝난 뒤에 회사는 잘 돌아갈는지,

다른 대안을 찾아야 하는 거 아닌지,

집에 있는 내내 맘이 불안했다.

50이 내일모레인 이 나이에 다른 데 취업은 어려울 거 같고

그나마 잘하는 떡볶이 장사를 해야 하나 어째야 하나

걱정스럽던 휴업일이 다 지나고,

7월 1일 직장에 복귀했다.

다행히 거래처 일이 조금씩 늘어서

계속 출근을 하고 있다.

매일 반복이라고 지루한 일상이던 출근길,

오늘도 깊은 안도의 숨을 쉬며

힘차게 페달을 밟는다.

| **서정선** 세 아이를 키우는 직장맘, 2016년 1월 |

망각을 요구하는 세력들이 있습니다. 억울하게 죽어 간 아이들의 교실을 치우자고 합니다. 아직 세월호 참사 진상도 밝혀지지 않았는데 그 기억을 잊어버리라고 합니다. 진실이 밝혀질 때까지 아이들의 교실을 지켜 주세요.

| 백남호 2016년 4월 |

내 나이 이제
겨우 오십인데

친구야, 잘 지내고 있지? 새해가 되었으니 우리도 벌써 오십이구나. 나는 뭐 그럭저럭 백수 생활 3개월 차에 익숙해지고 있는 중이지. 애들 가르치는 건 이제 안 하냐고? 알다시피 생계형 사교육 강사로 먹고산 게 15년. 기껏해야 굶지 않고 살 수 있을 정도였지만 적성에도 맞고 때로는 보람도 있었지. 그런데 이 직종도 치열한 경쟁이 존재하는 곳인지라 나처럼 아무런 광고와 서비스도 없이 집 한 귀퉁이에서 그저 애들 몇 명 가르치는 형태로는 결국 도태될 수밖에 없게 된 거지.

어쨌든 지난 수능 즈음해서 고3들이 졸업했어. 녀석들은 원하는 학교엘 갔는데 나는 백수 신세야. ㅎㅎ 별 수 있나? 학원 쪽 일자리를 찾아봤지. 급여를 좀 낮추면 되겠지 했는데, 웬걸

국어 강사 자리는 아예 나오지를 않더라고. 놀라긴 했어. 몇 년 전 학원 풍경이 아닌 거야. 어쩌다 보이는 구인 광고도 대부분 40대 이상은 아예 대상에서 제외되고 급여도 월급이 아닌 시급이더라고. 상담 관리 쪽으로도 이력서를 내 봤는데 그것도 탈락. 노련한 경력자보다는 부리기 좋은 젊은이들이 넘치는데 원장보다 나이 많은 사람을 쓰기는 꺼려지겠지.

그때부터 알바 순례(?)가 시작된 거야. 마침 알바를 찾기 시작한 지 얼마 안 돼서 오라는 곳이 생겼네. 처음에는 정확하게 어떤 일인지도 모르고 그저 9시 출근 6시 퇴근에 일당 5만 원, 걸어서 30분 걸리는 곳이라는 것만 보고 지원을 했다. 13명, 20대부터 50대까지 대부분이 여성들이었어. 2인 1조가 되어 도서실 5단 책장에 있는 책을 꺼내서 태그를 붙이고 바코드 입력을 해서 다시 책장에 꽂는 일이었지. 그곳이 주로 법전이 많은 곳인지라 책 한 권 무게가 장난이 아니지만 그래도 일은 할 만했어. 책에 쌓인 먼지는 무지 많았지만, 작업장이 양호했고(소위 이사회 높은 신분의 사람들이 드나드는 도서관이었으니까) 관리자가 꽤 매너가 좋은 사람이었고 매시간 50분 일하고 꼬박꼬박 10분을 쉬었어. 점심시간 1시간은 당연한 거고.(이후 이런 환경을 더는 만날 수 없었지.)

그렇더라도 일의 성격상 계속 서서 같은 동작을 반복하다 보니 밤에 돌아와서는 근육통 때문에 3, 4일까지는 끙끙 앓게 되더라고. 일주일 지나니 겨우 일이 몸에 붙고 여기저기 안 쓰던 근육들을 쓰니 기분도 상쾌해졌어. 지금껏 안 해 본 일을 한다는 신선함과 잠깐 하고 말 일이라는 다소는 가벼운 마음이어서 더 그랬을 거야. 마지막 이틀 지하 서고에서 일하는 건 좀 끔찍했지. 그렇게 3주에 걸쳐 12일을 일하고 일당 5만 원과 식대 5천 원을 합한 66만 원을 받았어.(세금 공제를 안 했는데 난 모든 알바는 당연히 그런 줄 알았다는…)

지금까지 내가 번 돈 중에 가장 힘들게 번 돈이라서 이건 꼭 나를 위해 써야지 그런 생각을 했거든. 이때까지만 해도 이런 조건과 환경이 흔치 않다는 걸 몰랐던 거야. 처음 만난 일자리가 가장 양호한 환경이었던 거지.

이후로 날이면 날마다 일자리 앱을 들여다봤지만, 대부분의 일들은 우선 나이에서 막혔어. 단순 사무직은 물론이고 상담, 판매, 식당 서빙조차도 내 나이는 안 받겠대. 막 화가 나더라고. 일단 얼굴을 보고 일을 시켜 보고 나서 판단하라고 따지고 싶은 거야. 그래도 내가 나이보다 어려 보인다는 말을 많이 들었고, 그 정도 일은 누구보다 잘 해낼 수 있을 것 같은데 이력서도 못 내밀어 보다니 분한 마음이 들더라고. 형식적으로는 나이 제한이 없지만 막상 이력서를 내 보면 다 걸러지는 일도 부지기수. 내 나이에 지원할 수 있는 일자리는 손가락으로 꼽을 정도야. 텔레마케팅, 식당 주방, 대형 마트 판매, 청소, 물류 쪽 포장과 분류.

이력서를 보낸 곳은 100곳도 넘을 거고 그중에 연락이 와서 면접을 본 곳은 빵집 판매, 은행 실내 청소, 단체 급식 주방 보조, 병원 내시경실 보조였는데 모두 떨어졌어. 시급 5,580원에서 6,000원을 오가는 일자리에 점심시간도 잘 안 지켜지는 곳들인데 그마저도 경력자들을 원하더라고. 떨어진 이유? 모르지. 다만 그 일들이 육체적 노동 강도가 센 일이라서 딱 보아 하니 나 같은 비리비리한 체구로는 가당찮다 여긴 게 아닐까 싶어.

뷔페 주방에서 잠깐 일을 해 보긴 했어. 자신이 없어서 우선 4시간 근무부터 시작했는데 어찌나 바쁜지 퇴근할 때까지 물 한 모금 못 마시고, 화장실 한 번을 못 가고 일을 하게 되더라고. 퇴근하고 와서는 마치 10시간쯤 일한 것처럼 온몸이 퉁퉁 붓고 손가락 하나 꼼짝을 못 하겠더라고. 결국 사흘 일하고 그만둬 버렸는데 일이 힘든 것도 힘든 거지만 그보다는 부당한 시스템과 기껏해야 30대 초반이나 되었음 직한 매니저들의 함부로 대하는 태도를 견디기가 힘들어서였어. 한편으로 생각하면 지금껏 내 삶이 학생들 가르치고 누군가에게 조언을 하는 위치였지, 누군가 그것도 어린 사람이 함부로 대하면서 지시하는 것을 겪어 볼 일이 없었으니 더 그랬을 거야.

백화점 판매 일은 8시간을 꼼짝없이 서 있어야 하는데, 그것 자체를 버틸 체력이 안 되어서 하루 일하고 그만뒀어. 손님도 없는데 왜 서 있느라 사지를 배배 틀며 견뎌야 하는지 정말 이상하지 않아? 화장은 필수고 고객님 어쩌고 하는 응대도 다 연습해서 그대로 해야 해. 과잉 서비스에 감정 노동, 모르고 갔던 것은 아닌데 저녁이 되니까 힘들어서 어지럽고 구역질까지 나더라고. 옷 장사 하는 사람들의 억척을 당해 낼 수도 없고 오히려 사람 뽑느라 공들인 자기들 손해라고 얼굴 붉히는 바람에 내 체력을 제대로 판단 못 한 내 탓이다 싶어 일당도 못 받고 그냥 나왔지만, 교육받느라 하루, 일하느라 하루, 면접 본다고 오간 시간들 다 헛짓한 거지.

그 밖에 몇 가지 더 있기는 한데 말하다 보니 지친다. 알바 구하러 전전하면서 내가 이렇게도 능력이 없는 사람이었나 좌절을 맛봤지. 나름 전문성과 경력을 지닌 사람이라 여겼는데, 이 땅에서는 그게 별 소용이 없는 일인 것 같더라고. 최저 시급으로 살 수 있을까도 의문인데 그마저도 아들딸 나이의 20대와 다투어야 하는 사회. 100세 시대라는 말이 참 잔인하게 느껴지더라. 우리 나이 이제 겨우 오십인데 말야.

| **신혜진** 일자리를 구하는 아줌마, 2016년 2월 |

대학은
나왔어요?

통신사나 홈쇼핑, 인터넷 쇼핑몰 '고객 센터'에 한 번도 전화해 본 적 없는 사람이 있을까? 욕을 하거나 성희롱을 하지 않았다고는 대부분 당당히 말할 수 있을 것이다. 그러면 상담원에게 짜증 섞인 말투로 말하거나, 무시하거나 비아냥거린 적이 한 번도 없는 사람은 있을는지 모르겠다. 전화를 거는 사람 입장에서는 사소한 일이기에, 아마 기억나지 않을 것이다. 고객 센터 상담사. 그게 내 첫 직업이었다.

첫 직장은 이름을 들으면 누구나 알 법한 큰 인터넷 쇼핑 회사였다. 하루 열 시간 가까이 머리를 옥죄는 헤드폰을 쓰고 쉴 새 없이 수십 통의 전화를 받고 나면, 목구멍이 묵직하고 침 삼키기가 어렵다. 그야말로 몸으로 하는 일, 혀와 목 근육으로 하는 노동이다. "안녕하십니까, ○○○입니다. 무엇을 도와드릴까요?" 기계처럼 똑같은 내용을 수십 번 말한다. 유독 말을 많이 한 날 친구를 만나면, 빠르고 높은 친구의 말소리가 날카로운 바늘이 되어 귀를 후비는 것같이 느껴진다.

일을 왜 그따위로 하세요? 생각을 하세요, 좀. 글씨 못 읽으세요? 몇 번을 말해요? 말귀를 왜 이렇게 못 알아들어요? 진짜 사람 짜증 나게 하네. 귀가 멀었어? 언니, 눈이 없어요? 아가씨, 죄송하다는 말밖에 못 해? 물건 지금 당장 가져와. 대학은 나왔어요? 나 찾아와서 무릎 꿇고 빌어. 윗사람 바꿔. 내 기분 풀릴 때까지 사과해.

처음에 저런 말을 들었을 땐 손에서 식은땀이 나고 피가 거꾸로 솟는 것 같았다. 전화 건 사람의 첫마디가 높고 격앙되어 있기만 해도 가슴이 벌렁거렸다. 일한 지 얼마 되지 않았을 때, 기분이 풀릴 때까지 사과하라는 사람에게 했던 말이 아직도 기억에 생생하다. 죄송하다는 말밖에 못 하냐고 화를 내는 통에 미안하다는 말을, 표현을 바꿔 가며 삼십 분 동안 사과를 했다.

"고객님, 불편 드려서 정말 죄송합니다. 시정하겠습니다. 제가 미흡해서 불편을 드렸습니다. 그런 의도가 아니었습니다. 반성하겠습니다. 주의하겠습니다. 더 노력하겠습니다."

나중에는 듣는 순간에만 부아가 치밀 뿐 퇴근할 때쯤이면 잊어버리고 깔깔 웃을 수 있게 된다. 화내고 짜증을 내는 사람보다는 그렇지 않은 사람이 더 많고, 별일 없이 지나가는 하루도 많다. 전화를 거는 사람 모두가 아무 이유 없이 다짜고짜 욕을 하거나 화를 내는 것도 아니다. 그래도 나는 괴로웠다. 상대가 고객 센터 상담사라는 이유로, 아무런 제지 없이 함부로 말해도 되다니. 무언가가 잘못됐다고 생각했다.

자본주의라는 게, 돈을 내고 누군가를 모욕할 권리를 사는 일인 것만 같았다. 고작 그런 이유로 그렇게까지 화를 낸다는 것도 이해가 되지 않았다. 저들이 돈을 내고 물건과 함께 내게 반말하고 화낼 권리까지 산 것처럼 느껴져서 화가 났다. 전화기 뒤에서 말을 듣고 있는 것이 사람이라고는 생각하지 않는 모양이었다. 일을 하고부터 나는 세상의 모든 서비스직 노동자에게 절대로 친절이나 웃음을 기대하지 않고, 최대한 예의 있고 정중하게 말하기 위해 애쓴다.

안 좋은 기억은 대부분 일 끝나면 직장에 내려놓고 퇴근하지만, 자다가도 벌떡 일어나 가슴을 치게 만드는 고객도 있다. 그런 날이면 화가 나서 퇴근길에 숨이 쉬어지지 않고, 스트레스로 뒷목이 뻐근하다. 사람을 죽이고 싶다고 생각해 본 적이 있는지. 나는 있다. 일을 하면서 처음으로 그런 생각을 했다. 총으로 쏴 죽이고도 싶었고 불을 질러 버리고 싶기도 했다. 힘든 전화통화를 마치면 헤드셋이며 전화기를 집어 던지고, 미친 사람처럼 소리를 지르고 컴퓨터를 부숴 버리고 싶었다.

자기 직업을 부끄럽게 여기면 안 되는 걸까? 나는 대학을 졸업하고 처음으로 가진 내 직업을 무척 부끄러워했다. 친구가 내가 하는 일을 알아채는 악몽을 꿀 만큼 말이다. 친구들에게는 그냥 회사에 다닌다고만 말했다. 그 회사의 고객 센터 상담사라는 말은 하지 않았다.

간혹 주변 사람들이 정확히 어떤 일을 하느냐고 캐물으면 둘러대는 것이 고역이었다. 왜 부끄러웠을까. 아무나 할 수 있는 단순하고 쉬운 일이라서? 그렇지 않다. 어떤 문제가 생길지 예상하기 힘들고 관련된 지식도 많이 알아야 하는 어려운 일이었다. 내가 하고 싶었던 일이 아니고 적성에 맞지 않아서? 괴로울지언정 부끄러울 이유는 될 수 없다.

결국 사람들이 함부로 대하는 일, 대단치 않게 생각하는 일이기 때문이 아니었을까. 그렇게 생각하는 사람들이 잘못된 것이고, 떳떳하게 돈 벌고 있으니 창피할 이유가 없다는 것을 머리로는 잘 알고 있으면서도.

어떤 고객이 동료에게 말했다.

"니 부모는 너같이 덜 떨어진 걸 낳고 미역국 처먹었냐?"

묻는 말을 한 번에 못 알아듣고 두 번 말하게 했기 때문이다. 그 말을 들은 동료는 '죄송하다'고 하는 대신 '말씀이 너무 심하시다'고 '대들었던' 모양이다. 그러자 고객이 더 심하게 화를 내며 '윗사람'을 바꾸라고 하면서 하는 말이, "고객이 화가 나면 욕

좀 할 수도 있지. 욕 처먹는 게 니네가 하는 일 아니야?"란다.

그걸 듣고도 "고객님, 욕설하시면 상담이 어렵습니다. 세 번 이상 욕설하시면 통화 종료하겠습니다"라는 말과 함께 전화를 끊는 것밖에는 할 수 없는 일이 내 직업인 것이 수치스럽고 싫었다.

대학 시절, 감수성 풍부하고 나름대로 정의감 넘쳤던 나는 남의 일에 쉽게 공감하고 분노했다. 세상에 만연한 온갖 차별과 부조리한 일들에 대해. 그러나 정작 내가 겪은 모욕에 대해서는 화가 난다고 말조차 하지 못했다. '내가 선택한 일인데, 청소부가 청소가 싫다고 하고 요리사가 요리하기가 싫다고 하면 어떻게 해? 그만두는 수밖에'라고 생각했다.

모든 사람에게 화내지 말고 정중하게 말하라고 요구할 수는 없다. 말해 봤자 아무 소용이 없다고, 모두 내가 감내해야 할 괴로움이라고 생각했다. 내가 부족하기 때문에 더 나은 일을 할 수 없다고 생각했다.

대학 시절 내내 차별받고 부당한 일을 겪는 사람들과 연대한다고 했으면서도 한 번도 그게 언젠가 내가 겪게 될 일이라고는 생각해 본 적 없었던 것이다.

이십 대 초반에, 재능교육 학습지 노동자의 투쟁을 보고 글을 썼다. 사실은 내가 나중에 대단한 사람이 될 거라고 생각했으면서도 그럴듯해 보이려고 '언젠가 내가 겪게 될 수도 있는 일이다'라고 썼다.

그 글에서 최대한 공감하는 척하며 점쳤던 미래의 직업이 '불안정한 지식 노동자'였다. 가난하더라도 모욕당하는 일은 없을 거라고 생각했다. 책을 만들거나 글을 쓰고 있을 것이라고 예상했다.

그래서 고객 센터 상담사로 일하는 것이 부끄러웠고, 내가 이 일을 한다는 것을 누군가 알게 될까 봐 전전긍긍했다. 하는 일을 부모에게도 알리지 못한 대다수의 동료들처럼, 나 역시 부모의 긍지였던 기개 높은 딸이, 이런 일을 하고 있다는 걸 알리고 싶지 않았다.

'이제는 더 이상 내가 하는 일이 부끄럽지 않다. 나는 떳떳한 노동자다'라고 끝을 맺고 싶은데 아쉽게도 그러지 못한다. 꿈에서라도 누가 알까 무서웠던, 어제부로 그만둔 내 직업, 고객 센터 상담사.

나와 동료들은 어떤 돈의 값어치를 말할 때 "○○만 원이면 '죄송하다'는 말을 백 번 넘게 해야 벌 수 있는 돈"이라고 말하고는 했다. 그러나 세상에 힘들게 돈 버는 게 나 하나가 아니요, 내가 일하며 겪는 수모 또한 세상의 거대한 부조리 앞에서는 아무것도 아니리라.

가족들 앞에서 허리를 구부린 채 걸레질을 하는 엄마, 전화를 받는 우리 발만 쳐다보며 매일같이 사무실과 화장실을 쓸고 닦던 청소 노동자, 택배 배송 한 건에 몇백 원을 받고 내게 '배송이 늦다', '불친절하다' 항의 전화를 받던 택배 노동자들, 그들의 구부린 허리에 매달린 무거운 모욕과 그보다 더 무거운 삶.

한때는 길 가는 사람들을 보면 '저 사람도 고객 센터에 전화해서 상담사에게 욕을 하고 무시할까?'라고 생각했다. 신물이 나고 혐오스러웠다. 하지만 지금은 길거리에 수많은 사람들 모두가 모욕을 감내하고 하루하루 버티며 사는 노동자이겠거니 생각한다.

사람은 그렇게 양식을 벌어야만 살 수가 있는 것이었구나. 그렇게 생각하면 세상 모든 사람이 가엾고도 장하다.

그렇게, '진짜 세상은 책 밖에 있다'는 것을 새삼 사무치게 깨닫는다.

| 박인해 청년 노동자, 2016년 4월 |

사감이라는
직업

　10여 년 만에 새로운 일을 시작했다. 고등학교 기숙사 사감이다. 은사님이 사감 일은 별로 할 일도 없고 시간도 많다는 말에 책이나(?) 실컷 읽자고 덜컥 지원을 하게 되었다. 채용 정보에 쓰여진 업무 내용은 자기 주도 학습 감독, 면학 분위기 조성, 외부인 출입 통제, 생활 지도, 학부모 상담, 취침 지도, 위탁 급식 지도, 외출·외박 지도, 기숙사 관련 행정 업무, 회계 업무, 물품 관리, 출입 통제 시스템 카드 관리, 청소 및 세탁물 관리, 일지 기록 등이다.

　사실 합격 통지를 받고 근로 계약서를 쓰기 전까지는 월급이 얼마인지도 몰랐다. 공고에 25일 기준 140여만 원이라기에 그 정도인 줄 알았다. 그런데 시급제로 시간당 6,170원이라고 해서 당황했다. 최저 임금을 겨우 넘고 게다가 방학에는 무급이다. 남자 사감이나 청소하시는 여사님이나 같았다. 오후 5시부터 9시까지 근무, 9시부터 10시까지는 휴게 시간, 밤 10시부터 새벽 2시까지 8시간 근무다. 야간 수당을 받아도 하루 6만 원 남짓이다. 집에서 출퇴근하면 차로 30분 정도 걸리는데, 고속도로라서 기름값과 도로비만 하루 만 원꼴이다. 남편은 밤에 운전하는 거 위험하다며 반대했지만, 경력이든 경험이든 뭔가 삶의 변화를 원했기에 감수하기로 했다.

그러나 사감 일은 내 생각과 달랐다. 나도 초보였지만 학교 측이나 행정실도 기숙사 운영이 처음이라 제대로 된 매뉴얼도 없고 우왕좌왕했다. 휴게 시간도 명목만 있지 근무 시간이나 마찬가지다. 정말 힘들고 외롭고 후회스러워 며칠 동안은 울면서 퇴근했다.

아이들은 월요일 아침에 입사해서 토요일 낮 12시에 퇴사한다. 80명의 학생들은 이미 기숙사에 들어왔는데 시설은 미비했다. 인터넷과 프린터 연결도 안 되고, 세탁실은 물도 안 나오고, 세제도 없고, 학생들의 요구 사항이 매일 쏟아졌다. 며칠 동안은 보안 장치도 안 되어 있어서 문단속에 애를 먹기도 했다. 빨래 건조대도 부족하고, 불량이라 다시 구입해야 했고, 하나 해결하면 또 다른 문제가 생기곤 했다.

하루 일과는 이렇다.

출근하면 기숙사 부장한테 가서 사감 일지를 점검받고 그날의 업무 지시나 전달 사항을 듣는다. 그리고 청소하시는 여사님 혼자 일하는 게 힘들다고 하셔서 같이 청소 업무를 한다. 그리고 중간에 아이들이 들어오면 문 열어 주거나 외박, 외출 신청서 발급을 한다.

전에는 애들이 세탁망에 빨랫감을 내놓으면 낮에 근무하시는 여사님이 빨래를 해서 널고, 내가 걷어 개어서 각 방에 넣어 주었다. 그런데 그 과정에서 세탁물이 섞여서 분실되기도 하고, 80명이 벗어 놓은 세탁물 때문에 여사님이 청소를 못 할 지경에 이르자 빨래는 각자 하고, 큰 것만 해 주기로 했다.

야자가 있는 날은 학교 선생님들이 야자 감독을 하기 때문에 9시까지 각종 문서 작성을 한다. 벌점자, 외박·외출자 개인별·월별 통계, 시간표, 학원 수강표, 학년별 출석부 등등. 야자가 없는 날은 7시부터 자습 감독을 한다. 학원에 나가는 애들이 누군지, 몇 시에 들어오는지, 컴퓨터실에서 인강 외 다른 걸 하지 않는지도 감시하고, 자는 애들까지도 깨우라고 한다. 사감인지 간수인지 헷갈린다.

기숙사에서는 오로지 공부, 밥 먹기, 잠자기밖에 할 수 없다. 교육이 아니라 사육인 것 같다. 자습 시간에 늦어도 벌점, 돌아다녀도 벌점, 딴짓해도 벌점이다. 자율이라고는 눈 씻고 찾아봐도 없는 자율형 학교에 자율 학습이다.

11시 20분, 자습이 끝나면 아이들은 기숙사에 들어와서 점호 시간까지 씻고 취침 준비를 하거나 또 공부할 준비를 한다. 먼저 휴대폰을 내고 각자 방이나 자습실로 향한다. 12시 취침 점호 후 나는 각 방을 돌면서 인원 점검하고 전달 사항 다시 한 번 얘기하고 건의 사항 듣고 바로 해결해 주거나 행정실에 보고한다. 그 후에는 아이들 각자 자기 주도 학습실이나 컴퓨터실에서 새벽 2시까지 자습하거나 취침을 한다. 그러면 외박·외출 신청하는 애들, 아프다며 약 달라고 오는 애들, 복사하러 오는 애들에, 사감 일지 쓰랴, 중간중간 4층까지 왔다 갔다 하느라 정신이 없다.

주중에 외박·외출자가 너무 많아 하루 전에 신청하고 학부모 확인이 없으면 외박·외출 안 된다고 하는데도, 애들도 갑자기 떼를 쓰고 학부모들도 이런저런 이유로 내보내 달라고 요구한다. 그리고 근무 시간 외에도 새벽이고 주말이고 시도 때도 없이 전화를 해서 잠을 설치게 한다. 기숙사에도 불쑥 찾아와서 냉장고도 열어 보고 방도 열어 보고 한다. 일하는 사람들 입장에서는 불편하고 부담스럽다.

남자 사감은 취침 3시간 포함 밤 9시부터 아침 8시까지 근무다. 처음 근무하던 남자 사감이 한 달여 만에 바뀌었다. 경력도 있는 분이었는데, 잠도 많고 아이들에게 무관심했다. 학부모들의 항의가 들어오고 애들은 교감한테 이르기 바빴다. 애들한테 자꾸 불만이 제기되자 교감이 애들한테 좀 친절히 대해 주고 잠자는 시간 좀 지켜 달라고 했더니, 그렇게는 못 하겠다며 당장 그만두겠다고 나간 것이다.

남자 사감이 그만두자, 교장은 나한테 전화해서는 혼자서 아침 8시까지 근무하면 안 되겠냐고 했다. 지금 아이들한테 기숙사비 10만 원 받는데 두 사람 쓰려면 아이들 부담이 너무 크다는 것이다. 너무 화가 나서 따졌다. '애 얼굴 볼 시간도 없다. 아침 차려 주면서 30분 보는 게 전부다'라고 했더니, '주말에 보면 되지 않냐'고 한다. '그만둘 테니, 차라리 위탁하시라'고 하니, 그럼 애들 부담이 지금의 세 배가 될 거란다. 참 어이가 없고 화가 났다. 지금도 퇴근해서 새벽 4시쯤 잠들어 아침 6시 반이면 일어나야 해서 하루에 쪽잠을 서너 시간밖에 못 잤다.

사실 첫 달 급여를 받고 너무 적어서 급여 명세서를 뽑아 달라고 했다. 5일치 일했는데도 4일치로 계산하고 야간 수당도 밤 11시부터 계산하고 주휴 수당도 없고 엉망이었다. 노동법이나 근로기준법도 지키지 않았다. 그래서 따졌더니, 주휴 수당, 월차 수당 해서 이것저것 계산하면 월급이 너무 많아진다는 것이다. 학교비정규직노조에서 열심히 투쟁하는 이유를 이제는 알 것 같다.

학교 측에서는 바로 공고 내서 이틀 만에 사감을 새로 뽑았다. 그러면서 이런 조건에서는 제대로 된 사람을 못 뽑는다면서 연봉제로 바꾼다고 했다. 말로는 근무 조건이 더 좋아지는 거라는데 대신 방학 때나 기숙사 운영 안 하는 날도 나오란다. 학사 일정 때문에 그런 건데 아무도 없는 기숙사에 밤중에 나와야 한다니 어이가 없다. 학생들이나 사감이나, 자신의 의견이나 자율성은 없고 학교 지시 사항대로 따라야 하는 의무만 존재하는 '을'일 뿐이다.

| **정선희** 사감, 2016년 10월 |

판사도 인정했잖아!
사실혼 맞다고!

"같이 살림 차리고 8년을 살던 놈이 다시 4년 더 살자고 하면서 혼인 신고는 절대 안 해 준대. 당신 같으면 이 X새끼 어떻게 할 거야! 판사도 인정했잖아, 사실혼이라고. 왜 당신들만 쌩까냐고!"

내가 처음부터 이렇게 말이 거칠었던 건 아니었다. 나는 남부럽지 않은 교육을 받았고, 학창 시절 대단한 천재는 아니었지만 총명하다는 말을 듣던 모범생이었고, 성장해서는 교통 법규조차 함부로 어기지 않는 시민이 되었다.

처음 몇 년 동안은 싹싹하게 웃으며 일했고 어른들 명절 선물 챙기기에도 최선을 다했다. 친구들에게조차 소홀하게 되어 핀잔을 들어가면서까지 그 비겁한 놈에게 온 마음을 쏟았다. 누군가는 나에게 혹시 '착한 여자 콤플렉스' 아니냐고 말했다. 어디서부터 잘못된 것일까.

내가 이렇게 살고 있다는 걸 누구에게 말한다는 것은 자존심이 허락하지 않았다. 그냥 참고 살았다. 더 열심히 일하는 것으로 상황을 면해 보려 했다. 부당하다는 말은 입 밖에 꺼낼 처지가 못 되었고 싸움을 일으키는 것은 나에게 큰 상처를 남길 것이 분명했다. 설마 했는데 나를 데리고 살던 이놈은 애초부터 나랑 가족이 될 생각이 없었는데 나 혼자 헛꿈을 꾸었음을 알고 나니 분노가 치민다. 8년이라는 시간 동안 쫓겨날까 봐 조마조마하며 눈치 보고 살던 습관은 내 자존감에 커다란 상처를 남겨 놓았다.

이것은 지금 학교 현장에서 4년마다 거듭 해고를 당하며 일하는 비정규직 교사인 영어 회화 전문 강사(이하 영전강)들이 겪고 있는 이야기다. 지난 8월 대전 고등 법원은 4년을 근무하고 해고된 영전강이 사실상 무기 계약이라고 판결하였으며 학교 장과 계약하더라도 실제 사용자는 교육감임을 확인해 주었다. 또한 2013년 국가 인권 위원회는 영전강의 업무가 상시 지속적임을 인정하여 무기 계약 전환과 고용 주체를 학교장에서 교육 청으로 바꿀 것을 교육부 장관에게 권고하였다.

2009년 이명박 정부는 사교육비 절감과 영어 말하기 교육의 문제점을 보강하기 위해 영전강 제도를 만들었다. 전국 시도 교육청은 영어 지도안 작성과 영어 수업 시연, 영어 면접 등을 거쳐 6천2백여 명의 영전강을 선발하여 초중고교로 배치했다. 그러나 초중등 교육법 시행령 42조에 영전강의 근무 기간이 4년을 초과하지 않아야 한다는 규정을 만들어 해고를 반복하는 꼼수를 썼다. 그동안 절반 정도가 일터를 떠나 현재는 3천2백여 명 남았다.

공개 채용을 거쳐 8년간의 실무를 통해 검증받은 영전강들에게 임용 고시를 보라고 말하는 이들도 있다. 법원이 자격을 인정했음에도 최상위의 기준을 다시 정해 무한 경쟁에 밀어 넣는 논리는 아이들이 경쟁 교육에서 마주하는 암담함과 다르지 않다. 그들의 주장대로 영전강이 임용 고시에 응시하여 모두가 합격한다 해도 교육부의 생각이 이렇다면 학교는 계속하여 해고하기 쉬운 일자리를 만들어 낼 것이고 정규직에서 밀려난 청년들이 다시 이 비루한 일자리를 메꿀 것이다.

머지않아 비정규직이 될 수도 있는 사람들이 마구 쏟아 내는 화풀이식 댓글과 새 정부의 정규직 전환 공약이라는 희망 고문에 상처받고 주눅 들어 한없이 우울해졌다. 동일 노동 동일 임금은 고사하고 8년간 15만 원 오른 월급에도 불평 없이 방학에도 아이들을 가르쳤는데, 이제 와서 무자격자라고 흠을 잡으려든다. 그들의 주장에서는 인간에 대한 도리도 필요 없고 오로지 살자고 발버둥치는 생존 본능의 처절함마저 느껴진다. 가난한 비정규직이 넘쳐 나는 한 이런 진흙탕 싸움은 끝나기 어려울 것이다. 내가 겪고 지켜본 해고는 지위가 높고 낮음을 떠나 모두 살인이다. 왜냐하면 일자리는 그 사람의 존재를 다 걸기 때문이다. 한 영전강은 임신을 이유로 해고되는 것에 저항하여 학교와 말싸움을 벌이다 태아를 잃기도 했다. 교수나 박사님의 해고 또한 다르지 않다. 누구에게나 해고의 위협은 사람의 마음을 하릴 없이 좀먹게 만든다.

교원 임용 선발 인원을 깎아 먹는다고 영전강 제도를 폐지하라는 주장도 있다. 어느 잔인한 왕정의 노예들도 태어날 귀한 신분(정규직)의 앞길을 위해 먼저 죽임을 당하지는 않았다. 수년 전 영전강 제도 폐지 서명 용지가 내가 앉은 책상 옆에서 돌던 날은 얼굴을 들 수가 없었다. 어느 집단이나 주장하고 싶은 바가 있을 것이다. 그러나, 학교라는 일터에서 같은 일을 하는 사람들끼리 그렇게까지 해야 했을까. 온 힘을 다해 굴려 내고 싶은 역사의 수레바퀴 같은 것이 있겠지만 그 밑에 깔려 다치는 사람도 있다. 내가 냈던 얼마 안 되는 후원금을 돌려주겠다던 모 의원님은 줏대가 약하신 분이라고 생각했었는데, 영전강을 반대하는 이들의 반발이 그만큼 거세었다는 말이 옳다. 수년 전 교육 공무직 법안 발의 때 한 국회의원의 홈페이지는 영전강에 대한 댓글로 다운될 지경이었다. 합법적인 후원금조차 낼 수 없게 되자 내가 어쩌다 이렇게 특별한(?) 사람이 되어 버렸는지 어리둥절하기까지 했다.

8년의 학교 생활에서 나는 비굴함과 겸손의 차이를 아직 모른다. 나는 아이들에게 겸손하기 위해 비굴함을 선택했다. 어른이라는 우월적 지위를 남용하지 않고 아이들을 있는 그대로 인정하고 소통하기 위해서다. 학교 생활의 어려움 때문에 풀 죽어 있던 한 아이와 눈이 마주쳤을 때 나는 그 아이의 마음이 그냥 들여다보였다. 나는 아이들과 공감하는 방법을 교육학에서보다 한없이 내 몸을 낮추어야 했던 비정규직 생활에서 더 많이 배웠다.

나는 '교사'라는 이름을 원하지 않는다. 일하던 대로 일하도록 고용 안정만 바랄 뿐이다. 내가 만약 학교가 아닌 다른 공공 기관에서 2년을 근무했다면 기간제법에 의해 무기 계약 대상이 된다. 공공 기관과 학교는 무엇이 얼마나 다른 곳인가. 가르치는 일이 노동법 적용 대상이 아닌 이유가 무엇인가. 가르치는 일에는 얼마나 혹독한 전문성이 요구되는가. 9년이 아니고 90년을 일하면 인정해 줄 것인가.

추석 명절을 지내며 여성과 비정규직의 삶은 서로 많이도 닮았음을 느낀다. 함부로 자기 목소리를 낼 수 없는 사람들, 언제나 남에게 해석당하는 사람들. 그들은 '나는 착하지 않아, 능력이 부족해'라고 끝없이 죄책감을 강요받는다. "임용 고시 합격하여 떳떳하게 일하라"라는 말은 영전강의 생각은 들어 볼 것

없이 너희는 부정한 집단이라는 누군가의 일방적 해석이다. 짜장면 집 주방장이 되고 싶다는 아이에게 반드시 세계적 요리사가 되라고 윽박지르는 꼰대의 모습이다. 어느 한편의 희생으로 유지되는 관계는 건강할 수 없고 이익을 누리는 쪽의 도덕적 해이로 이어질 수 있다. 나의 권리를 포기하는 것이 그리하여 직무 유기가 될 수 있는 지점이다. 아무리 말단의 일이라도 해고될 걱정 없이 소신껏 할 수 있어야 그 다음에 민주주의고 뭐고 꿈이라도 꿀 수 있지 않을까.

계속하여 약자의 희생을 요구하는 강자들에게 이제 더 이상 나만 틀렸다고 말하고 싶지 않다. 그렇다고 비정규직의 눈물을 팔아 우리가 옳다고 누구를 설득하고 싶지도 않다. 내가 나를 지지하며 수고를 인정하고 내 노동의 법적 권리가 옳기 때문이다. 나는 일을 마치고 밤샘 농성을 하기도 하고 광화문 땡볕 아래서, 교육청에서 싸움을 이어 간다. 거기엔 함께하는 친구도 있고 공감도 있어 견딜 만하다. 오늘은 교육부 높은 담장을 향해 소리친다.

"사실혼 인정하고 무기 계약 보장하라!"

| 김기선 영어 회화 전문 강사 비정규직 교육 노동자, 2017년 11월 |

365일 24시간 비상 대기

사이렌이 울린다. 황급히 눈을 뜨고 일어나 휴대폰을 본다. 새벽 3시 30분. 사고 출동이다. 고객에게 전화한다.

"○○화재 사고 출동자입니다. 어디 다치지는 않으셨어요?"

당황한 목소리가 들려온다.

"지금 계신 곳이 ○○가 맞습니까? 제가 지금 ○○니까 현장까지 15분 정도 걸릴 것 같습니다. 최대한 빨리 가서 도와드리겠습니다."

급히 세수만 하고 두껍게 챙겨 입고 사고 현장으로 간다. 다행인지 모르지만 차와 차가 부딪친 게 아니고 졸음운전으로 가로등을 받았다. 차량 우측 앞부분이 심하게 부서지고 운전자 머리와 앞 유리가 부딪쳐 깨졌다. 운전자를 따뜻하게 데워진 내

차에 먼저 모셔 놓았다. 피가 나지는 않는다. 사고 상황이 보상 처리 담당자에게 잘 전달되도록 여러 각도에서 사진을 찍는다. 그리고 고객에게 차량을 수리할 공업사를 안내한다. 나는 고객이 단골 공업사가 있거나 없거나 일단 우수 협력업체를 안내해야 한다. 고객이 우수 협력업체에 가겠단다. 견인 차량에 차를 넘기고 고객을 집까지 모셔다 드린다. 차 안에서 앞으로 보상 처리 과정과 본인의 치료와 차량 수리 예상 기간과 본인 부담금 따위를 안내해 준다. 집으로 돌아와 보상 담당자에게 보낼 보고서를 작성하고 콜센터에 처리 결과를 알려 주고 상해 접수 요청을 했다. 새벽 5시다. 1시간 30분을 정신없이 보냈다. 더 이상 잠이 안 온다.

나는 자동차 공업사에서 차량 표면에 색을 입히는 도장공이다. 그러면서 ○○화재 교통사고 출동 업무를 같이 한다. 사고가 잦을 때는 하루에 작업복과 출동복을 네 차례나 갈아입어야 한다. 그런 날에는 같이 일하는 직원에게 미안한 마음이 크다.

나는 솔직히 지금 하는 일을 하리라고는 생각해 본 적도 없다. 인문계 고등학교를 졸업하고 공업 전문대 자원공학과를 나왔다. 첫 직장으로 특례 보충역이 적용되는 탄광에 갔다. 2주를 겨우 버티다가 "나 군대 가겠다" 하고 나왔다. 제대하고 경기도 의정부에 있는, 돌을 캐서 잘게 부수어 건축용 골재를 생산하는 석산업체의 발파 일을 했다. 한두 달 작업을 하면 조그만 야산

하나가 없어져 평지가 되는 엄청난 일이었다. 석 달을 일하고 사장에게 급여 인상을 요구했다.

"네 선배들도 2년 전에 들어와 지금 48만 원 받는데, 아무리 실력이 우수하고 교수가 소개해서 왔다 해도 선배들 받는 이상은 줄 수 없다"는 사장 말에 미련 없이 고향으로 돌아왔다.

신용협동조합에 공개 채용 공고가 났다. 상고 졸업자도 아니고 회계를 배운 적도 없는 내가 남자 1명, 여자 1명 뽑는데 그냥 오기로 응시를 했다. 남자 18명과 여자 15명 정도가 원서를 냈는데 어찌 된 일인지 내가 1등으로 뽑혔다. 그곳에서 11년을 근무했다.

그 뒤 생명보험 영업 사원 6년, 당구장 운영 5년, 화재보험 영업 사원 2년, 삼척 LNG기지 공사 때 전기 장치 설치공으로 두 달, 플라스틱 금형 사출 배워 보려고 경기도 광주에 석 달, 타일 시공 2년, 그러다 지금 3년째 자동차 도장을 하고 있다. 참 열심히는 살았는데 남은 건 빚뿐이다.

나와 같은 일을 하는 다른 사람들은 어떤지 모르겠다. 정말 힘들다. 교통사고라는 게 언제 일어날지 모른다. 자다가도, 밥을 먹다가도, 샤워를 하다가도, 운동을 하다가도, 출동 요청이 오면 현장에 가야 한다. 1년 365일 24시간 비상 대기다. 쌓이는 스트레스가 이루 말할 수 없다. 더구나 이건 또 다른 감정 노동이다. 사고 내고 기분 좋은 사람 없다. 첫 전화부터 친절함을 보어야 하고 현장 처리도 내 기분과 상관없이 낮은 목소리로 자세하게 안내해야 한다. 이게 끝이 아니다. 시도 때도 없이 전화가 오기 시작한다. 아무튼 내 일이다. 열심히는 한다.

한 3년을 같은 일을 하다 보니 많이 일어나는 사고는 시간대와 유형이 비슷하게 나온다. 교통사고는 주로 출근 시간인 오전 8시 전후, 정오 전후, 저녁 시간대인 6시 전후로 많다. 주로 신호기가 없는 교차로에서 큰 사고가 잦고, 아파트 주차장이나 공용 주차장 등에서 간단한 접촉 사고가 자주 난다. 자정 이후에는 졸음운전으로 인한 단독 사고가 잦고 주로 큰 사고다. 신호기가 있는 교차로에서는 신호 대기하다 녹색 신호만 보고 출발했는데 앞차가 미처 출발하기 전이라 일어나는 추돌 사고가 많다. 단순 주행 중에 일어나는 뒤꽁무니 충돌과 차선을 벗어나는 사고는 대체로 휴대폰을 보거나 떨어진 물건을 줍다가 생긴다. 몸 한 번 더 움직이기 싫어서, 고개 한 번 덜 돌려서, 백미러 한 번 덜 봐서, 주차했다가 무심코 도로로 나오다가 일어나는 사고다.

4월 이후 여름까지 몸이 나른해지기 시작하면 편의점 인근 사고도 잦다. 잠깐 내려 편의점에 물건을 사러 들어가면서 기어를 P에 두지 않고 N이나 D에 두어, 물건 사고 나와 보면 차가 저 혼자 굴러서 다른 차량과 부딪친다. 황당한 일이지만 보통 이런 경우들이다. 교통사고가 있어야 돈을 벌고 사고 차량이 있어야 돈을 버는 직업이지만 우리 〈작은책〉 독자들에게는 사고 예방을 위한 방법 몇 가지를 알려 주려 한다.

- 신호기가 없는 교차로를 통과할 때는 좌우로 고개를 두 번 이상 돌려 가며 확인한다. 바쁠수록 천천히 안전하게 가라. 조금 빨리 가려다가 사고 나면 아주 늦게 가는 수가 있다. 신호 대기하다 가는 신호만 보고 출발하지 말고 앞차의 뒤꽁무니가 움직이면 출발하라. 신호기가 있는 교차로에서 무리한 황색 신호 통과는 큰 사고를 부른다. 다음 신호를 기다려라.

- 주행 중에는 휴대폰이나 볼펜이 바닥에 떨어져도 절대 줍지 마라. 안전한 곳에 세우고 정리한 다음에 다시 출발하는 것이 더 빠르다.

- 주차를 라인에 맞춰 정확히 해라. 라인을 벗어나 있다가 다른 차량에 받혔을 땐 10퍼센트 정도의 불이익이 있을 수 있다.

- 졸음운전이 가장 위험하다. 돌이킬 수 없는 결과를 낳는다.

- 차선을 바꿀 때는 백미러를 확인하는 것은 당연하고 고개를 돌려 확인하는 것도 잊지 말아야 한다. 백미러 사각지대에서 차선 변경 사고가 많기 때문이다. 또한 옆 차선에서 나보다 뒤에 오는 차가 내 차의 방향 지시등을 보고 속도를 줄여 줄 것이라 예상하지 마라. 그렇게 매너 운전 하는 사람이 많지 않다.

- 주차했다가 출발할 때는 주행 차량과의 거리가 충분한지 잘 살펴야 한다. 대부분의 직진 차량들은 주차되었던 차가 갑자기 나올 걸 예상하지 못한다. 아파트나 비좁은 지하 주차장에서 주

차를 한 뒤 나올 때는 내가 움직일 수 있는 공간이 충분한지 확인해야 한다. 주위 차량에 손상을 주는 수가 많다.

- 잠깐이라도 차에서 내릴 때는 반드시 기어를 P에 두고 약간의 경사가 있으면 주차 브레이크를 당기는 습관을 들여라. 이렇게만 하면 내가 교통사고의 가해자가 될 일은 거의 없어진다.

- 위의 상황들에 대해 내가 직진 주행 차 또는 피해 차라고 하더라도 양보 운전과 방어 운전을 습관화하는 게 좋다. 사고를 냈을 때는 우선 상대방에게 '죄송합니다. 어디 다친 데는 없으세요?'라고 말을 하자. 이 말 한마디 하기 싫어서 괘씸죄로 더 큰 손해를 보는 사람들 많이 보았다.

그리고 보험사에 전화를 걸어 현장 출동을 요청하고 차량에서 10미터 정도 떨어진 거리에서 여러 각도의 사진을 찍어 두는 것도 필요하다. 블랙박스도 확보해 둬라. 차량이 운전이 불가능할 정도로 망가졌으면 전화할 때 견인을 동시에 요청하는 게 좋다. 내 보험사가 아닌 견인차를 이용하면 추가 비용 부담이 생길 수 있다. 하지만, 내가 단순 피해자일 경우는 그럴 필요가 없다.

정리가 잘되었는지 모르겠다. 아무튼, 교통사고라는 것이 내가 받아도, 받혀도 손해다. 늘 안전 운행 하시길 바란다.

| **백현철** 자동차 공업사 도장공·교통사고 출동요원, 2018년 4월 |

시간이 약이 아닌
사람들

.

    나는 심리 상담사이다. 또한 마음을 더하여 앞으로 나아간다는 의미의 '심심통통'이라는 상담 지원 모임의 회원이다. '심심통통'은 노동자들의 심리 상담 지원에 뜻이 있는 심리 상담사 및 임상 심리사들이 모여 2017년 4월에 결성한 모임으로, 지난 5월에 거제에서 발생한 사고 당사자 및 목격자들의 심리 상담을 지원하였다.

    2017년 5월 1일 노동절, 크레인이 무너져 아래에 있던 사람들이 크레인에 깔리는 사고가 거제에서 발생했다. 사고가 발생하고 한동안은 다친 사람들 치료와 사망한 사람들 수습에 집중되었다. 그러나 시간이 지나면서 크레인을 무서워하는 노동자들에 대한 이야기가 나왔고 대책이 마련되었으나 실상 많은 노동자들은 도움을 받지 못했다. 이들을 그대로 두어서는 안 된다고 노조가 나서고 산재 추방 위원회가 나서면서 4개월이 지난 후에야 담당할 기관이 정해졌고 심리 상담사들이 투입되었다.

'심심통통' 외 심리 상담사들은 추석을 앞두고 노동자들의 심리적 변화를 파악하기 위한 전화 설문을 진행해야 했다. 한 문항 한 문항 성실히 답해 주시는 분들도 있었으나 많은 분들은 전화를 거절하거나 이제 와서 이러느냐는 반응들이었다.

약 4개월 동안 노동자들은 갑작스러운 해고 통보로 직장을 잃고 타 지역으로 옮겼거나 올라오는 감정들을 스스로 추스르며 일을 하면서 보냈고 그 기간 동안 노동자들은 그 어떠한 도움도 받지 못했다.

그렇게 9월 한 달간 전화 설문을 마치고 10월에는 전화 설문을 통해 고위험군으로 판명된 분들을 대면 상담하기 위한 명단을 받았다. 그분들에게 전화한다는 게 어떤 일인지 이미 알아 버린 터라 그 명단들이 너무 무겁고 두렵게 느껴졌다. 상담 예약을 하기 위해 전화를 하겠다는 내용으로 문자를 보내야 하는데, 어떻게 보내야 할까 이리저리 머리를 굴리다가 예의를 갖추어 다듬고 다듬은 내용으로 장문의 문자를 보내고 나니, 한 분이 이런 일로 연락하지 말아 달라는 답문을 보냈다.

그래도 한 분, 한 분 상담이 필요한지, 어디서 상담을 받고 싶은지 확인하기 위해 전화를 걸었다. 전화를 걸기 전 크게 숨을 들이쉬고 마음을 단단히 먹었으나, 통화 연결음이 들리면 전화를 받았으면 하는 마음과 이대로 받지 말았으면 하는 두 마음이 싸우고 있었다. 그러다가 전화 너머로 여보세요, 하는 소리가 들리면 마음이 쿵 하면서도 반가웠다.

상담이 필요하지 않으신지 물으니, 처음에는 너무 힘들어 잠도 잘 안 오고 왜 이런 일이 나에게 생겼나 그런 생각이 들었는데 이제는 잠도 잘 자고 괜찮다고 하셨다. 그 힘든 시기에 상담사로서 함께하지 못한 데에 미안함이 몰려왔다. 다른 분에게 전화하니 상담받고 싶은데 상담받으려면 일을 갈 수가 없으니 하루하루 사신다고 하셨다. 그분에게 토요일, 일요일 전화 상담도 가능하다고 제안을 했더니 그렇게까지 안 해 주어도 된다며 괜찮다고 하신다.

한 분은 누구는 엘리베이터도 못 탄다더라, 누구는 조선소가 무서워서 도배 일을 배운다더라, 하루를 살아 내기 위해 고군분투하는 동료들의 이야기를 전하면서, 삼성은 제대로 된 사과조차 안 하고 제대로 된 배상조차 안 하고 노동자 개인의 탓으로 몰아붙인다며 울분을 토하신다. 다른 분은 밤에 눈을 감으면 사고 장면이 떠올라서 제대로 주무시지도 못하지만, 아침에 일어나 조선소로 일을 나가셔서 오후가 되면 자신도 모르게 깜빡깜빡 졸다가 놀라서 깨신다고 하신다. 그렇게 일하시면 너무 위험하잖아요, 했더니 방법이 없으니 어쩔 수 없단다. 먹고살아야 하니까, 여기가 끔찍하고 무섭고 저 크레인이 나에게 떨어지지 않을까 등골이 서늘해져도, 경기가 안 좋아 이직도 못해서 오늘도 새벽같이 일어나 출근할 수밖에 없다고 하신다.

PTSD(외상 후 스트레스 장애)란 심각한 죽음이나 상해를 직접 겪었거나 혹은 직면했을 때, 아니면 타인의 죽음이나 상해의 위험에 놓이는 사건을 목격한 이후 강렬한 두려움, 무력감, 공포 등을 경험하는 불안 장애를 말한다. 시간이 약이라는 말처럼 시간이 지나면서 괜찮아지기도 하지만, 시간이 지나도 여전히 그 때의 불안을 느끼는 사람도 있다. 노동자들을 상담하는 4개월 동안 나도 모르게 크레인이나 공사 현장의 구조물을 보면 피하는 버릇이 생겼다. 내 머리 위로 떨어질 것 같은 불안감이 생겨서이다. 지금도 문득 크레인이 있다는 것을 인지하게 되면 피하고 싶은 생각이 든다. 사고를 겪지 않은 내가 그러한데 사고를 직접 겪었거나 목격했던 노동자들은 그 불안감이 더할 것이다.

노동자들과의 상담은 2017년 12월부로 종결되었다. 그러나 여전히 상담이 필요한 노동자들이 있고 그들의 시간은 2017년 5월 1일 사고 그때에 멈춰 있다. 조금만 큰 소리가 나도 깜짝깜짝 놀라며 민감하게 반응한다. 가족들은 왜 그렇게 날카로워진 거냐고, 사고 난 지가 언제인데 아직도 그러냐고 하지만, 당사자들은 그러고 싶지 않은데 조금만 큰 소리가 나도 화가 난다고 말한다.

봄이 돌아오고 있다. 5월 1일로 다가가고 있는 오늘, 계절만 달라졌을 뿐 사람이 죽고 다치는 것은 전혀 달라진 것이 없다. 여전히 전국 곳곳에서 크레인 사고는 일어나고 있고, 사고가 일어날 때마다 이 소식을 들으면 다시 그 장면이 떠올라 힘드시지는 않을까 하는 생각에 노동자들이 걱정된다. 산업 재해가 일어난 후 사고 당사자는 다친 몸을 치료받는 데서 그치게 된다. 사고 목격자는 눈에 보이는 외상이 없다는 이유만으로 조치를 받지 못한다. 그러나 눈에 보이는 외상만큼 보이지 않는 심리적 외상 또한 치료가 필요하다. 심리 치료가 필요한 노동자들은 원할 때까지 치료를 받을 수 있어야 한다. 그리고 심리 치료를 원하는 노동자들이 언제든지 치료를 요청하고 받을 수 있어야 한다. 2017년 5월 1일 크레인 사고의 재해자와 목격자들의 심리 상담 지원이 노동자 심리 상담 지원의 시작이면서 마지막이 되지 않기를 간절히 바라고 있다.

| 한채민 심리 상담사, 2018년 4월 |

또 다른 풍경, 아니 같은 풍경

온 국민을 분노와 슬픔으로 내몬 구의역 스크린도어 사고가 잠잠해질 무렵 어느 뜨거운 오후 군자 차량기지에서 안전 로프 하나 걸고 고압선 철탑에 매달려 일을 하는 비정규직 노동자들. 내리쬐는 뙤약볕조차도 그들의 편이 아니다. 이 땅의 노동자로 산다는 것은 살기 위해서 허공에 매달리거나 살기 위해서 철탑에 오르고, 살기 위해서 굴뚝에 오르고, 살기 위해서 전광판에 오른다. 목숨을 걸고 일하거나 투쟁하지 않으면 살 수 없는, 노동자 삶은 아슬아슬하고 위태롭다. 하지만 우리는 절망하지 않는다. 끈질기게 이어 온 노동이 희망이고, 노동자가 희망이기 때문이다.

| 김영준 서울지하철 노동자·비주류사진관, 2017년 5월 |

내 일당보다는
더 줘야지

○○건설 '마트' 현장으로 일을 나갔다. 나는 일반공이다. 오전에 '뿌레카'라는 연장으로 콘크리트를 깨어 내고, 오후에는 콘크리트 타설을 하기 위해 거푸집(폼) 작업을 했다. 거푸집 일은 목수들이 하는 일이다. 일을 끝내고 반장이 작업 확인서에 일당을 쓰면서 말한다.

"오늘 고생했다고 소장님이 만 원 더 쓰라고 해서 더 썼어."

내 일당은 12~13만 원이다.

'뿌레카 작업에 목수 일까지 했으니 당연히 내 일당보다는 더 줘야지.'

목수는 기공이라고 해서 17~18만 원 받고, 뿌레카 작업은 힘든 일이라 14~15만 원은 받는다고 들었다. 인력 사무소로 오면서 작업 확인서를 봤다. 만 원 더 썼다고 해서 14만 원인 줄 알았더니 13만 원이다. 12만 원을 쓰려고 했다는 말이 아닌가? 기분이 팍 상한다. 나는 관리자가 일일이 시키지 않아도 무슨 일이든 다 알아서 척척 해낸다. 그래서 자기가 일을 편하게 하려고 인력 사무소에 "이근제 보내 주세요" 하며 요구하기도 하고, 나한테 "친구야, 내일 우리 현장으로 와" 하고 사전 예약을 하기도 한다. 그런데 대우를 해 주기는커녕 덜 주려 하다니, 괘씸하기까지 하다.

하루가 지났다. 경운기 엔진을 얹어 만든 1톤 롤러로 땅을 다지는 다짐 일을 시켰다. 돌 머리에서는 사람 힘으로 돌려야 하기 때문에 힘들고, 기계를 잘 못 다루어 쑤셔 박기도 하고, 다치기도 한다고 들었다. 혹시 다치지나 않을까 싶어 마음에 내키지는 않았지만 배워 둘 겸 일을 했다. 사고는 내지 않았지만 저녁 무렵에는 팔이 아팠다. 반장이 일당을 적으면서 말한다.

"12만 원 쓸게."

'뭐, 12만 원?'

"오늘 15만 원짜리야. 그런데 처음 이곳 '와이' 현장에 와서 일했던 사람이 일한 시간이 얼마 안 되었다고 14만 원을 받아가서 그것이 굳어졌지만…."

"……."

작업 확인서를 봤다. 15만 원짜리라는 말까지 했건만 13만 원이다. 어제도 기분 나쁘게 하더니 오늘도…. 내가 착각 속에 빠져 사는지 모르지만, 나는 누구에게도 뒤지지 않을 만큼 일을 잘한다고 생각한다. 만난 지 두어 달도 안 됐을 때부터 '마트' 소장이 '텍크'나 '와이' 현장에 가서 반장을 하라고 했을 정도니까. 그런데 맨날 '우리 소장님'을 입에 달고 사는 반장이 소장 돈 벌어 줄 생각만 하는 것이 아닌가 싶다. ○○건설에서 반경 300미터가량 되는 곳에 '텍크', '원', '와이', '에스', '마트' 이렇게 공장 건물 다섯 동을 짓는데 '마트' 현장은 건설사 이름만 빌려 하는 개인 사업자다.

기분 나쁘게 한 것이 어제오늘 일만이 아니다. 힘들지 않은 일을 할 때는 가끔 12만 원으로 써 주었다. 같은 건설사인 '텍크'나 '와이' 현장으로 가는 사람들은 13만 원을 받아 오는데 말이다. 이참에 일당 때문에 내 서운했던 감정을 내일은 말해야겠다. 같은 건설사에 일을 나오면서 나만 적게 받으면 기분이 무척 나쁘다고. 하지만 그것도 잠시, 그렇게 말할 수 없겠다는 마음이 든다. 내가 말 한마디 잘못하면 그쪽으로 가는 사람들 일당이 깎일 수도 있기 때문에. 어떻게 말을 해야 가장 현명한 방법이 될지 모르겠다.

한편으로는 내 스스로가 일을 너무 잘한다고 생각하는 것이 아닌가 싶기도 하고, 내 욕심이라는 생각도 든다. 일당이 보통 12만 원이니까. 가장 서운하게 생각했던 뿌레카 작업을 하면 얼마를 받아야 하는지 인력 소장한테 정확하게 알아봐야겠다. (일에 따라 일당이 대충 정해져 있다.)

아침에 현장을 배정받으면서 소장님한테 물었다.

"소장님 뿌레카 작업을 하면 얼마를 받나요?"

"큰 거로 하면 보통 14~15만 원 받고, 작은 거는 13~14만 원 받아요."

나는 작은 것으로 했다. 그렇다면 내 욕심이었다고 볼 수도 있겠다.

'마트' 반장이 관리하는 '록'이라는 현장에 가서 바다 버림 콘크리트를 쳤다. 일한 시간은 대략 4시간 정도, 작업은 3시 조금 넘어 끝났다. 반장이 일당을 12만 원을 쓰겠다고 한다. 콘크리트 타설은 17만 원이다. 적어도 13만 원은 받아야 한다고 생각했지만 일한 시간이 얼마 되지 않아 그러라고 하면서 말했다.

"어저께 같은 경우 15만 원짜리야."

"야, 나도 마음 같아선 맨날 13만 원 써 주고 싶어. 어저께 너 있을 때 소장님이 말했잖아. 사무실에서 잡부 일당을 많이 준다는 말이 나왔다고. 나도 이거(확인서 써 주는 것) 하고 싶지 않아. 소장님이 했으면 좋겠어."

나는 내가 일을 하는 만큼 일당을 못 받고 있다는 마음이 자꾸 든다. 한편으로는 이해를 하려고 하지만 말이다. 반장도 기분 나쁘지 않고, '텍크'나 '와이' 쪽으로 가는 사람들 일당도 깎아 먹지 않게 할 말을 며칠 동안 고민했다. '앞으로 나한테 사전 예약 하지도 말고, 인력에도 나를 찍어서 보내 달라는 말도 하지 말아라'고 하는 것이 가장 좋을 거 같다. 그러면 '텍크'나 '와이' 쪽으로 가는 사람들 일당에 대한 말을 꺼내지 않고도 내가 왜 그런 말을 하는지 반장도 알아먹을 테니까. 더 이상 미루지 말고 내일은 말을 해야겠다.

| **이근제** 건설 노동자, 2018년 6월 |

간호사는 천사로 인증받기 싫습니다

저는 경희의료원 호흡기, 신장 내과에서 근무한 경력이 있으며 최근에는 안과, 비뇨기과에서 근무한 13년 차 간호사로 현재 노동조합에서 근무한 지 2개월이 되었습니다. 10년을 넘게 데이, 이브닝, 나이트라는 불규칙한 생활 패턴을 유지해 왔던지라 교대 근무를 벗어난 지 2개월이 된 지금도 잠이 드는 데 오랜 시간이 걸립니다.

교대 근무를 하는 대부분의 간호사가 경미하게 혹은 수면제를 복용해야 할 정도로 심각하게 수면 장애를 앓는 것으로 알고 있습니다.

수많은 직종들의 특수성을 제가 다 알지 못하지만 일주일 동안 데이, 이브닝, 나이트라는 3교대 스케줄을 모두 소화해야 하는 직종은 간호사밖에 없는 것으로 알고 있습니다.

간호 업무에 대해 모르는 사람들은 이렇게 묻습니다.

"밤에 환자들이 자면 너네도 좀 잘 수 있지 않니? 밤에는 앉아서 일하니 좀 낫지 않니?"

절대 그렇지 않습니다. 간호사들은 나이트라는 야간 근무제 때문에 현장을 떠나고 싶어 합니다. 간호사의 나이트 근무는 당직의 개념이 아닙니다. 주간에 이뤄지는 모든 업무가 나이트에도 동일하게 이뤄집니다. 나이트 근무 때는 간호사 수를 줄여서 간호사 1인이 보는 환자의 수가 늘어납니다. 한 예로 일부 병동은 야간에 간호사 2명으로 근무를 돌립니다. 그렇게 되면 간호사 1명당 20명 이상의 환자를 보게 되는 것입니다.

나이트 근무 동안 간호사들은 시간에 쫓기듯 일을 합니다. 의사 처방 확인, 잘못된 처방들을 걸러서 처방 낸 의사 및 당직의에게 재확인하기, 하루 동안 시행 예정인 검사 및 수술 준비하기, 하루 동안 사용할 수액 준비하기, 경구약 챙기기, 퇴원 예정인 환자 정리하기, 밤에 입원해야 할 정도로 컨디션이 좋지 않은 신환(새로운 환자) 받기, 이브닝 때 수술 갔다 리턴 오는 환자 수술 후 처치하기, 어두운 곳에서 작은 불빛만 비추고 수차례 다니는 라운딩, 의사가 병동에 상주하지 않는 야간에 발생하는 CPR(심폐 소생술) 등등 대기하는 의미의 당직과는 완전히 다른 형태의 나이트 근무로 심지어 병실 물품 정리와 청소까지 해야 하는 상황입니다.

이 모든 것들이 인력을 뺀 채 근무하는 밤번 간호사에게는 부담이 될 수밖에 없습니다. 저는 신입 때 새벽 5시가 다가오는 게 두려웠습니다. 5시부터는 병실을 돌며 활력 징후 측정하기, 섭취량·배설량 체크하기, 가래 흡인하기, 무균적 소변 검체 받기, 주사 처치, 모든 환자들이 깨면서 파도같이 몰려오는 컴플레인을 해결해야 하는데 5시에 처치를 나가기 전에 해결해야 할 일들을 미처 다 마치지 못했기 때문입니다.

간호사들의 열악한 근무 환경을 보여 주는 또 다른 예를 들어 보겠습니다. 저희 병원의 식대는 2,500원입니다. 13년간 근무하면서 한 달 동안 식대가 2만 5천 원을 넘어 본 적이 거의 없습니다. 간호사들이 병동에서 나와서부터 밥 먹고 다시 병동에 올라가고 양치까지 하는 데 걸리는 시간은 20분입니다. 어느 날은 밥을 먹고, 아니 마시고 있는 제게 조무사가 말하더군요. 밥을 씹지도 않고 삼키는 것 같다며 같이 식사를 하면 그 속도에 맞추려다 보니 본인이 체할 것 같다고요.

병동에 아직 해결 못해 밀려 있는 일들과 앞으로 쏟아져 올 신환과 수술 리턴 나올 환자들, 2차 식사 당번을 식사하러 보내야 한다는 생각으로 현장에 있는 우리 간호사들은 밥을 편하고 여유롭게 먹어 본 적이 없습니다. 우리 간호사들은 직장에서 다른 직종에는 보장되어 있는 인간 생활의 기본 요소 중 하나인

'식'도 보장받지 못하고 있습니다.

나이팅게일 선언을 시작으로 다니기 시작한 학교에서 희생 정신과 소명 의식을 배우고 현장으로 나왔습니다. 간호사는 당연히 힘들 것이며 아프고 약한 환자들 앞에서는 참아 내라고 배웠습니다. 학교 때 해야 할 공부나 리포트가 남아 있으면 학교에 남아서 하듯이, 일을 다 끝내지 못하면 당연하게 병원에 남아서 일을 하는 거라고 알고, 공짜 노동인 줄도 모르고 공짜 노동을 해 왔습니다. 그리고 남들처럼 공부해서는 잘 못 따라가겠다 싶으면 예습하듯이, 당연히 일찍 출근해서 일을 미리 시작했습니다. 출근 시간에 맞춰 와도 일을 할 수 있는 사무직과는 다르게 간호사 업무는 인계 전에 환자를 파악하고 오더를 받아야 하기 때문에 최소 30~40분 전에서 2시간까지 일찍 와서 일을 합니다.

부서장들 또한 그건 누가 하라고 한 것이 아니라 자기들이 일 못해서 하는 자율적인 업무니 시간 외 수당 신청에 해당하지 않는다며, 일찍 나와서 환자를 파악하는 경우 출근 펀치는 출근 시간 30분 전에 찍으라고까지 요청하는 실정입니다. 병원과 부서장들은 별 보고 출근하고 별 보고 퇴근하는 간호사들에게 공짜 노동을 시키는 것에 너무 익숙하고 당당합니다. 개인이 일을 못해 오버타임을 하는 것이라는 묵시적인 압력과 당연하다는 인식, 시간 외 근무를 신청하면 시간 내에 근무를 왜 못했는지 이해 못하는 부서장들의 공개적인 또는 비공개적인 압박, 근무 전에도 근무 후에도 이어지는 카톡 업무와 쉬는 날도 상관없이 이어지는 이른바 교육이라는 이름의 워크숍, 친절 교육, 병동 컨퍼런스 참여, 매년마다 QI(의료 질 향상, quality improvement), 논문, CS(고객 서비스, customer service) 등을 간호사들에게 제출하도록 부서장과 병원은 강요합니다. QI, 논문, CS, 컨퍼런스는 근무 시간에 이루어지는 것들이 아닙니다. 근무 외 시간인 오프 때 간호사들이 삼삼오오 모여서 매년 빠지지 않고 하고 있는 공짜 노동의 결과물들입니다.

공짜 노동과 장시간 노동이 극에 달하는 시기는 바로 의료 기관 평가 인증 기간입니다. 간호사는 이 시기에 가장 많이 사직을 생각하고 실제로 많은 간호사들이 사직하고 있습니다. 데이 업무를 마친 간호사나 오프번 간호사는 본인의 병동에서 청소를 하는 미화원도 되어야 하고, 2명씩 짝을 이룬 사람들끼리 수시로 만나서 인증 내용을 철자 하나 안 틀리고 대답할 있도록 외우거나 서로 질문을 던지고 인증 내용을 외우지 않았으면 기한 내에 외우도록 하는 감시자가 되어야 합니다. 간호사가 대답을 못해서 인증 평가에 문제가 생기면 그 간호사는 병원의 대역 죄인이 되기 때문입니다.

의료 기관 평가 인증은 병원 현장의 간호사에게만 해당되는 인증이며 간호사만 죽이는 제도입니다. 간호사들만 괴롭혀 인증에 통과해서 병원이 득을 얻게 되는, 인증에 뒷짐만 지고 있던 타 직종들에게 그 공이 돌아가는 제도입니다.

현재 현장에서 일하는 간호사들은 일한 만큼 대우도 받지 못하고 인정받지 못한 채 힘든 교대 근무를 하면서 공짜 노동과 장시간의 노동으로 고통을 호소하고 있습니다.

저는 간호사 업무를 할 때 제가 제일 힘든 줄 알았습니다. 노동조합에 와서 여러 현장의 목소리를 듣다 보니 전국에 있는 모든 간호사들이 얼마나 힘들게 일하고 있는지, 얼마나 열악한 환경에서 그게 열악한지도 모르고 묵묵히 본인들의 주어진 업무를 하느라 몸도 돌보지 않고 있는지를 알게 되었고, 간호사들의 대변인이 되어 열악한 근무 환경과 처우 개선을 위해 목소리를 높여야 한다는 생각이 들었습니다.

이제는 바뀌어야 합니다. 당연한 것은 없습니다. 간호사들의 교대 근무로 인한 업무 과중과 노동의 정당한 대가를 받도록 하는 것이 시급하며, 이는 간호사의 인력 확충으로 이어져야 한다고 생각합니다.

한국의 모든 간호사들이 간호사가 된 것을 후회하지 않도록, 간호사가 된 것을 자랑스럽게 생각하도록, 간호사를 위한 좋은 제도와 정책이 마련되기를 바랍니다.

| **홍슬아** 경희의료원 간호사, 2018년 7월 |

배달이요

"딩동!" 하는 초인종 소리가 들립니다. 곧이어 "누구세요?" 하는 질문이 돌아옵니다. 저는 하루에도 수십 번씩 같은 대답을 합니다.

"배달이요."

저는 배달 대행 기사입니다.

같이 일하는 동료 기사들이 우스갯소리로 하는 말이 있습니다. 배달 대행은 도시 빈민들이라는 말입니다. 돈이 없어서 빈민이 아닙니다. 보통은 4백~5백만 원씩, 흔치는 않아도 천만 원씩 가져가는 분들도 계십니다.

식당에서 음식을 서빙하는 노동자와 하나도 다를 것 없이, 그저 가게 밖에서 서빙을 하는 사람들입니다. 하지만 사회의 시선에는, 우리는 여전히 배운 것 없고 할 줄 아는 것 없어서 오토바이나 타는, 안전을 위해 헬멧을 써도 보안상의 이유로 헬멧을 벗어야 하는, 배달시키는 사람들의 편의와 위생을 위해 화물 엘리베이터를 타야 하는 하층민일 뿐인 듯합니다.

왜 배달을 하냐는 말에는 어쩌다 보니, 라는 대답밖에 나오지 않습니다. 대학생이었다가, 직업 군인이었다가, 족발집 사장님이었다가, 배달 기사가 되었습니다.

스무 살, 어떻게든 서울에 있는 상위권 대학에 진학은 했지만, 12년 동안 죽어라 외우고 익혔던 교과서는 전공이라는 큰 벽을 넘게 해 주지 못했습니다. 공부가 재미없고, 성적도 좋지 못했습니다. 결국 학업이 나의 길이 아니라는 판단하에 부사관으로 입대를 결심했습니다.

스무 살의 여름 훈련소에서부터 11월의 임관식, 이후 약 5년간 직업 군인으로서 살았습니다. 처음에는 나라를 지킨다는 사명감에 열심히, 묵묵하게 임무를 수행했습니다. 그러나 사명감만으로는 평생 군인으로 살 수 없었습니다.

4년간의 의무 복무가 끝나고, 장기 복무가 아닌 3년의 연장 복무가 결정되었습니다. 게다가 진급할 수 있는 사람은 1명뿐이었지만, 나만큼 열심히, 나보다 더 오래 노력한 사람들은 7명이나 되었습니다. 평생 군대에 말뚝을 박고자 대학을 포기했던 저는, 다시금 군 생활을 포기하고 전역을 선택하여 세상으로 나왔습니다.

5년간의 복무 끝에는 5년간 모인 적금과 퇴직금이 남았습니다. 전역 간부에게 주어진 취업의 기회도 있었지만, 사무실에 앉아서 하루 종일 컴퓨터만 보는 업무에 적응할 수 없어 얼마 가지 못하고 그만두었습니다. 무작정 쉴 수만은 없어서 친구의 부모님이 하시는 족발집에서 일을 배우게 되었습니다.

직원 세 명이 삶고, 썰고, 배달까지 하는 작은 가게였지만 꾸준히 손님이 찾는 '맛집'이었습니다. 그리고 곧 친구와 함께 돈을 모으고 약간의 대출을 받아 신림동 어느 한 가게에서 족발집의 사장님으로 새로운 꿈을 꾸게 되었습니다.

처음에는 장사도 잘되고 배달 주문도 많이 들어왔습니다. 매출이 높은 날엔 하루에 300만 원씩 팔리기도 했습니다. 이렇게만 장사가 되면 아무 걱정 없이 대출금도 갚아 나가고 돈도 많이 벌 수 있을 것만 같았습니다. 그러나 장사는 쉽지 않았습니다. 점차 매출은 줄어들고, 얼마 지나지 않아 두 사람이 나눌 수 있는 돈은 겨우 2백만 원 남짓이었습니다. 동업을 제안했던 친구가 먼저 포기 선언을 하고, 혼자만으로는 역부족이었기에 아쉽지만 저 역시 족발집의 꿈은 그곳에서 내려놓았습니다. 가게를 정리하고 남은 것은 3천만 원 가까이 되는 대출과 작은 전세방, 오토바이 한 대뿐이었습니다.

폐업 이후 이리저리 일자리를 찾아봤지만, 25살이지만, 배운 것이라고는 총을 쏘거나, 병사들을 지휘하거나, 족발을 만드는 방법밖에 없고, 경력 또한 별거 없는 고졸 청년에게 선택지는 월급 150만 원 정도의 일자리뿐이었습니다. 보통의 직장으로는 대출을 갚으며 생활을 꾸려 갈 수 없다는 판단에, 결국 남아 있던 한 대의 오토바이로 장사할 때 함께했던 배달 대행업체의 기사로서 근무를 시작하게 되었습니다.

벌써 햇수로 5년 차, 전업 배달 기사로 4년에 가까워지고 있습니다. 처음에 걱정하던 3천만 원의 빚은 1년 만에 정리할 수 있었고, 아직 절반은 은행의 것이지만 작은 내 집도 마련했습니다. 중간에 잠시 위험 부담이 높은 배달 기사보다는 안전을 찾아 회사를 다닌 적도 있습니다. 그러나 높은 수입과 상대적으로 자유로운 근무가 그리워 어느새 배달 기사로 돌아왔습니다. 큰 사고를 겪어 후유증이 남아도 어느새 익숙해진 생활은 다시금 배달을 하게 합니다.

후회는 없습니다. 처음에는 가족, 여자 친구에게도 숨겼던 배달 기사라는 직업이, 이제는 어딜 가도 당당하게 말할 수 있는 천직이 되었습니다. 여러 번 겪었던 실패들은 이제 다양한 경험이 되었습니다. 이 경험들은 하루에도 수십 번 만나게 되는 다양한 손님과 상점 직원들을 상대하는 데 도움이 되고, 여러 예기치 못한 상황에도 당황하지 않게 하는 밑거름이 되어 줍니다.

배달 기사로서 첫 여름, 한 대학가에서 같은 엘리베이터를 탔던 학생들의 말이 기억에 남습니다.

"학교 다닐 때 얼마나 놀았으면 저렇게 배달이나 하고 다닐까?"

제 딴에는 저에게 들리지 않게 친구 귓가에 작은 소리로 얘기했겠지만, 배달 기사라는 자신이 부끄러웠던 당시의 저에게는 마음의 상처가 되었습니다. 그 순간에는, 소심하게 한마디 하는 것으로 되돌려 줄 수밖에 없었습니다.

"저 여러분이 다니는 대학교보다 더 들어가기 힘든 대학교 다녔어요."

그분들을 다시 만나면 이제는 당당하게 말할 수 있습니다.

"배운 것이 없어서 배달하는 게 아닙니다. 여러분이 직업을 선택해서 준비하고 원하는 직장에 취업하는 것처럼 저도 이 직업을 선택해서 일하고 있는 겁니다."

아직은 사회적인 인식이 부족하지만, 해가 지날수록 점차 나아지는 것을 체감합니다. 전에는 추운 날 음식이 식었다고 타박을 듣기 일쑤였는데, 이제는 꽤나 자주 "추운 날씨에 배달하느라 고생하셨다"는 한마디를 듣습니다. 전에는 "빨리오세요"라고 하시던 손님들이 이제는 "안전 운전 하세요"라는 말을 건네 줍니다.

2019년 새해를 맞아 아주 조금이지만 더 나아졌다는, 앞으로는 더 나아질 거라는 희망을 가지고 오늘도 초인종을 누릅니다.

"누구세요?"라는 질문에 수천 번, 수만 번 했던 대답을 다시 되풀이합니다.

"배달이요."

| **야채죽** 배달 대행 기사, 2019년 2월 |

옷핀으로 자지를 찌르는 용기

이만하면
잘 살고 있는 걸까?

그렇게 나는 이혼을 했다

요즘 대한민국 사회에서 "이혼이 별거야?"라고 말들 하지만 내 삶을 말해야 하는 이 순간, 뭔가 마음 깊은 곳에서부터 가라 앉았던 먼지가 그대로 올라오는 듯하다. 내가 어쩌다 이혼녀가 되었을까? 난 잘 살고 있나? 못 살고 있나? 여전히 내 스스로에 게 질문 중인데….

1995년 4월 1일 만우절에 결혼, 2008년 이혼. 약 13년의 결혼 생활은 그의 고시 공부 때문에 떨어져 산 시간들이 대부분이었 다. 큰아이의 뒤집기, 걷기 등의 순간마다 난 혼자였다. 그때마 다 전화기 너머로 미안하다며 패스하면 잘해 주겠다던 그였다.

1993년 졸업하고 진로에 고민을 할 무렵 몸이 안 좋았는데 알고 보니 갑상선암이었다. 수술 전 우울한 마음을 안고 동아리 후배들을 만나러 간 학교에서 그를 만났다. 그 짧은 순간 그가 뇌리에 박혔다. 수술을 하고 나서 대학교 때부터 다녔던 교회 목사님을 뵈러 간 자리에 또 그가 있었다.

수술 후유증으로 목소리가 안 나왔다. 암이었단 사실보다 목소리가 안 나오는 게 힘든 내 옆에서 그는 활동 보조인처럼 내 뜻을 전달하고 내 손발이 되어 주었다. 왜였을까? 너무나도 고마웠다. 고마움은 사랑이 되었다.

평범한 기독교 모태 신앙에 선생 딸로 규율 속에서 자란 나와 다르게, 법대생이지만 골방에 박혀 공부만 하는 사람이 아니라 공부방 교사, 동아리 봉사 등을 열심히 하는, '함께'라는 게 뭔지 아는 사람 같았다. 노동 변호사를 꿈꾸는 그가 너무나 좋았다. 고생이라는 걸 몰라 선택했나 보다. 그저 사랑만으로 부모도, 십 원 한 장도 없는 고시생 뒷바라지를.

1994년, 디자이너를 꿈꿨던 나는 뒷바라지한다며 직장을 대충 구해 들어갔다. 1995년 결혼. 학생 때 데모한다며 실력을 키우지 못해 대학원이나 유학을 가려 했던 계획은 그의 꿈에 맞춰 접어야 했다.

결혼 후 찾아온 갑작스러운 임신. 계속 갑상선암을 관리해야 하는 나로서는 몸도 재정도 부담이라 선택의 기로에 서야 했다. 아이냐, 일이냐? 그때, 결혼이라는 딸의 선택을 도와주셨던 친정 부모님이 또 도움의 손길을 내미셨고 적은 생활비나마 보태 주셔서 난 직장이 아닌 배 속의 아이를 선택, 울 큰아이는 세상의 빛을 봤다. 그리고 전남편의 사법 시험 합격 발표 전날 저녁에 태어난 작은아이까지, 두 딸의 엄마가 되었다.

그와 살며 그의 꿈이 최우선이 될 수 있었던 건 변호사 사모님이 돼서 호의호식하려던 게 아니었다. 패스하면 잘해 주겠단 약속들도 아니었다. 내가 그를 사랑했기에 가능했다. 작은아이가 태어나고 아빠의 손길이 무엇보다 필요한 그때, 합격의 기쁨을 만끽하려고 집 밖으로만 도는 그.

나는 큰아이와 갓난아기였던 작은아이까지 돌보고 몸도 산후풍으로 좋지 않았던 때였는데…. 산후 우울증이었는지도 모르겠다. 그의 행동이 너무나도 서운하게만 느껴졌던 것은. 그렇게 가정보다 밖을 선호했던 그는 연수원 시절부터는 새로운 만남을 원했고 두근거리는 사랑을 해 보고 싶다고 했다.

2004년 결국 그가 나와 맞지 않는다며 집을 나가 버렸다. 그에게 새로운 여자가 있었다. 자신에게 최고의 여자라는 그녀. 헌데 자신은 변호사라서 불륜 관계로 계속 유지할 수 없으니 내가 이혼해 줘야 한다는 말들, 아직 그를 사랑하는 내게 이해할 수 없는 말들이었다. 과거에 운동한 여자가 쿨하지 못하다며 날 몰아붙였다.

별거 4년간 어른들, 가족, 친구, 아무에게도 말 못 하며 속 끓이고 기다리기만 했던 나. 자존심보다는 돌아올 그가 창피할까 봐 숨겨 온 날들. 결국엔 내 생일날 날아온 이혼 소송장. 그때서야 도움을 요청했을 때 돌아오던 욕들은 그때까지도 사랑의 끈을 놓지 못한 내겐 고통이었다.

유책 배우자는 이혼 소송을 먼저 걸 수 없다지만, 그는 그가 제일 잘 아는 법을 이용해 소송을 시작했고 양육권을 뺏겠다고 했다. 애들은 아빠가 공부한단 이유로 엄마와 내가 키웠는데 보낼 수 없었다.

사랑이 남아 있으므로 이혼도 할 수 없었다. 맞소송을 했다. 그런 나를 우울증이 심한 정신 질환자로 몰고 돈 때문에 이혼 안 한다며 비도덕적인 사람으로 몰아갔다. 처음엔 자신이 맡았다가 담당 변호사까지 새로이 세워 소송을 이어 갔다.

돈도 없던 난 혼자 소송 서류를 꾸미고 맞대응해야 했고 버겁고 힘겨운 시간을 지나는 사이에 엄마가 쓰러졌다. '엄마 얘기 들었느냐'고 얘기했을 때 '내 탓이냐'며 성질을 내던 그. 그를 친아들인 오빠보다 더 아들처럼 대해 주던 엄마였다. 그런 엄마를 향해 내가 싫은데 왜 억지로 살라고 하냐며 소리치던 그.

난 일찍 돌아가신 시부모님을 대신해 시부모님처럼 여겼던 지방 사시는 큰아버님이 우리가 별거 중에 병원 방문으로 서울 오셨을 때도 말없이 모셨는데…. 그의 바닥을 보았다.

이혼을 결심했다. 그러자 이번엔 그가, 바로 이혼해 주지 않았다. 소송하게 하고 자신을 창피하게 만들었다며 괘씸해서 한 푼도 줄 수 없다고 했다. 살아야 했다. 눈물을 참고 그의 동생을 설득해 양육권과 양육비(10년간 주기로 한다.)를 얻어 내고 이혼했다. 그것이 2008년 2월이었다.

한부모가정

나는 한부모가정의 가장이 되었다. 실제로 한부모가정이지만 한부모가정으로 인정받아 뭔가 혜택을 받으려면 주민 센터에 서류를 내야 하고 조건이 맞아야 한다. 난 도움이 필요했다. 소송하느라 안정적인 일을 구하기가 너무 어려운 상황에 놓여 버렸다.

그가 집을 나가던 시점부터 생활비를 주지 않아, 일은 계속했지만 여러 일들(학습지 교사, 이벤트 일, 식당 일, 학원 강사 등)을 해도 형편은 나아지질 않았다. 혹시나 하며 한부모가정으로 신청하러 찾아간 주민 센터 문 앞에서 절망의 눈물을 여름날 소나기처럼 흘려야 했다. 난 대졸자고, 아버지가 집이 있고, 전남편이 변호사라 양육비를 줄 수 있으니 안 된다 했다. 그때 내 발목을 잡아 울게 만든 제도가 '부양 의무제'라는 거였다.

전남편은 돈이 없다며 몇 년간은 양육비를 들쭉날쭉 줬다 안 줬다 했는데 그런 양육비를 믿고 혜택을 받을 수 없다니, 게다가 돈 없다는 그는 지역 시민단체 대표로 있으며 북한 어린이를 돕고 절에 시주를 한다고 했다. 화가 났다. 그가 양육비를 주지 않으면 한 달살이가 버거울 정도로 난 가진 게 없었다. 위자료를 받았지만 방 한 칸 얻을 수 없는 돈이었다.

결혼 생활 중에는 그에게 모든 돈을 다 쏟았다. 그런 내게 무엇이 있었겠는가? 난 이혼 도장을 찍고 왜 진즉에 못 했나 싶게 몸도 맘도 가볍고 좋았다. 건강도 좋아졌다. 하지만 경제적 고통이 닥칠까 봐, 특히 아이들이 돈으로 고생할까 봐, 바람피우고도 오히려 당당한 그에게 매달리기도 했었는데.

이혼 후 현실은 상상보다 더 열악했다. 큰아이가 중학교 입학 당시 엄마랑 산다고 했는데도 아빠 도장을 가져오란다. 이런 학교의 처사를 보고 경악했다. 양육권이 분명 내게 있는데….

양육비를 안 주면 힘드니, 혹은 서류가 필요하니, 여전히 전남편에게 종속되어 살아야 하는 게 현실이란 말인가? 싫었다. 자신은 쓸 거 쓰면서 양육비를 미루는 그 사람이나, 한부모가정 지원 혜택이 절실히 필요한데 제공하지 않는 뒤틀린 복지 제도에 침을 뱉고 싶었다. 내 삶이 치욕적이었다.

상처받는 큰아이가, 아예 모른 체 외면하는 작은아이가 너무 가슴 아팠다. 한국 사회에서 한부모가정은 여전히 같이 사는 가족의 형태가 아닌 군대의 관심병처럼 문제가 있지 않나 외로 꼬고 보는 가정일 뿐이었다. 이혼이 흔하다면서도 이혼한 가정을 보는 시선은 여전히 차갑다. 그 시선에 반항하고 싶었다.

그래서 이렇게 산다

돈을 버는 일보다(어차피 많이 벌기도 어렵다.) 늘 잘해 주지 못해 미안한 우리 딸들이 살아가는 사회는 좀 달랐으면 했고 열심히 사는 엄마 모습을 보여 주고 싶었다. 그래서 활동가로서의 삶을 시작했다. 썩은 사회를 바꿔 보고 싶었다. 2008년 이후 정당 활동가나, 다양한 단체 활동가들과의 인연 맺음이 이 길을 선택하는 데 도움을 주었다. 그리고 2013년 11월 전국장애인야학협의회에서 장애인 운동을 하는 활동가가 되었다.

하지만 난 여전히 혼자 사는 여자로 혹독한 대가를 치르고 있다. 내 친구이기도 한 친구의 남편과 술 먹었다고 그 친구는 나와 인연을 끊었다. '이혼녀지만 친구인데 같이 술 먹으면 안 되나? 나랑 먼저 친하자며 달려든 사람들이 뭔 일이 있으면 '저러니깐 이혼했지' 하며 뒤에서 욕하고, 내 앞에선 전남편 욕하더니 변호사인 그와 더 친하려고 노력하는 지인들의 모습을 SNS 속에서 확인한다. 남자와 조금이라도 친할라치면 사귄다느니 혹은 어떤 이와 스킨십을 했느니 마느니 말거리 대상이 쉬 돼 버린다.

그렇지만 활동가로서 나는 더 좋은 인연을 많이 만난다. 더이상 갈 데가 없는 소수자들을, 특히 장애인들을 만나면서 나는 '함께'라는 의미도 동지의 의미도 신뢰가 무엇인가도 마흔 후반에 비로소 배워 간다.

아이들은 어떤가? 작은아이는 사춘기 소녀로 내게 반항 중이고 사춘기 시절 크게 상처받은 큰아이는 스무 살이 되었는데도 어영부영 자기 갈 길을 못 찾아 방황 중이다. 나는 이렇게 좋은 일과 나쁜 일로 지지고 볶고 산다.

누군가는 내게 묻는다. 젊은 나이도 아닌데 빡센 장애인 운동 판에 어찌 들어왔냐고. 사실, 난 그저 불의한 사회에 돌 던지고 싶어 들어왔다. 장애 인권 감수성도 없는 상태로 시작했다. 이 판은 지금의 내겐 일 이상으로 날 살게 해 주는 오아시스다. 한부모가정의 가장 김아무개 씨, 여기 이렇게 장애인 동지들과 함께 숨 쉬며 산다. 이만하면 잘 살고 있는 걸까? 매번 나는 내게 스스로 질문한다.

| 김선아 전국장애인야학협의회 사무국장, 2015년 7월 |

감옥에서 먹는
한 끼

　　법무부 밥이라면 경찰서 유치장부터 검찰청 벌금 집행과 남부 서울구치소와 화성교도소까지 먹을 만큼 먹어 봤기에 자신 있게 얘기할 수 있을 것 같다. 최악은 용산경찰서로 2010년까지 단무지, 김치만 맛봤다. 그에 비하면 구치소와 교도소는 호텔급이다. 그러나 이것은 최저 임금 8퍼센트 인상이(어마어마한) 달랑 450원 정도에 그치는 것처럼 기저 효과일 뿐이다.

　　교도소 한 끼 식사 단가는 1,000원으로 21세기 OECD 경제 대국 대한민국의 국민들이 1달러짜리 식사를 하는 것이다. 푹 묵힌 쌀을 쓰다 보니 쌀 애벌레와 쌀벌레 어른이 함께 나오기도 하고 국에 종이 쪼가리가 나오기도 했다. 감옥에서는 이런 걸 따질지 말지를 항상 고민하게 되는데, 고민하는 이유는 이런 걸 일일이 따지고 살려면 24시간이 모자라기 때문이고, 안 따지면 내가 인간이 아니라고 느껴지기 때문이다. '미안합니다' 한마디 말을 듣기 위해 나는 시끄러운 수형자가 된다.

그러나 전반적으로 먹을 만한 것은 사실이니 너무 걱정하지 않아도 된다. 복날에는 삼계탕이 나오기도 하고 아이스크림이 나오기도 한다. 만기가 코앞이므로(10월 11일) 감옥 내부에서의 성찬(?)에 대해 발설해도 좋을 것 같다.

감옥에서 밥상의 질은 국가 정책을 논외로 한다면 사동 도우미에게 달려 있다. 음식의 생명은 모든 조건이 같다면 '온도'라고 할 수 있다. 감옥에서는 냉장고도 전자레인지도 없다. 하지만 사동 도우미에겐 이른바 '오뚜기'라 불리는 온수통이 있다. 우리가 흔히 편의점에서 볼 수 있는 스테인리스 온수기다.

사동 도우미들은 이것을 이용해 떡갈비, 김치, 컵라면 등을 섞어 찌개를 끓여 줄 수도 있고 팔팔 끓인 라면을 줄 수도 있다. 여기서 훈제 닭도 살 수 있는데 이걸 뜨겁게 데워 주면 오븐 구이가 따로 없다. 사동 도우미가 협조해 주지 않으면 그 방의 사람들은 식전 20~30분 전에 주는 온수로 음식을 데울 수밖에 없는데 엄청난 차이다.

일단, 컵라면의 면발이 오동통하게 오르지 않는다. 물론 사동 도우미가 이런 짓을 하다 걸리면 큰일 나지만, 뭐 감옥이 그리 빡빡하지만은 않다. 더욱 중요한 것은 CRPT(감방 기동 순찰대)의 감시보다 사동 도우미에게 그럴 만한 인간으로 보이느냐(독방일 경우) 혹은 그럴 만한 집단(혼거방일 경우)으로 보이느냐다. 여기서 영치금과 인간성(기존 사회에서 이야기하는 사회성)이 커다란 기준이다.

영치금을 둘러싼 재소자 간 위계질서는 일단 넘어가겠다. 다만, 자신이 구입하지 않은 참치 반찬에 자신 있게 젓가락이 가지 않는다는 것과 먹지도 않는 음식을 공동 구매라는 명목으로 함께 구입하고 먹어야 한다는 점을 지적하고 싶다. 채식한다면 큰일이다.

우리도 긴 연휴나 명절을 앞두고 음식 장만을 한다. 좋아서 혹은 기분 내려고 하는 것은 아니다. 연휴는 재소자들에게 지옥이기 때문이다. 편지도 안 들어오고 접견도 안 되고 운동도 못하고 갇혀 있는 것이다. (면회를 가려면 연휴 앞뒤를 노려야 한다.) 그래서 먹으면서 시간을 때운다. 100일 전방(100일마다 방을 옮기는 제도)이 없을 때는 7번방은 주먹밥, 2번방은 찌개 등을 만들고 사동 도우미를 통해 나눠 먹기도 한다. 물론 수용자 간 음식 나눠 먹으면 안 되지만 사람 사는 곳에 음식을 통한 정이 없으면 섭섭한 법이다.

감옥 음식의 장점은 때 되면 자동으로 나온다는 점이다. 이 땅의 모든 헌신적인 어머니들에게 죄송한 말이지만, 때 맞춰 밥을 얻어먹을 수 있는 것만큼 행복한 것은 없다. 어릴 때야 당연하다는 듯 받아먹었지만, 독립을 하고 나서야 그 수고로움을 깨닫게 되는 것이다. 물론 여기서는 새벽 5시에 일어난 죄수들이 음식을 만든다. 취사장은 일이 힘들기 때문에 출역 기피 대상 1위다.

사동 도우미가 배식을 하는데 독방에서 밥을 먹는 건 고역이다. 하얀 벽을 보며 어떻게든 빨리 먹어 치워야겠다는 생각뿐이다. 평일에는 아침 7시에 나오는 라디오가 밥시간 때랑 꼭 맞아서 귀를 쫑긋 세운다. 재미있는 이야기가 나오면 실실 웃으면서, 슬픈 이야기가 나오면 목이 멘 채로 밥을 먹는다. (혼자 있으면 감성이 풍부해진다.)

주말 7시에는 라디오가 없기 때문에 적막 속에서 밥을 먹는데 대신 점심, 저녁밥 시간대에 텔레비전이 나오기 때문에 〈힐링캠프〉, 〈전국노래자랑〉 등의 프로그램을 보면서 역시 실실 웃거나 눈물을 그렁그렁 매단 채 밥을 넘긴다.

화성교도소는 독방의 배식구가 아래에 있어 기분이 영 좋지 않다. 남부 서울구치소 등은 배식구가 중간 위치에 있어 그나마 나은 편이다. 독거방은 싱크대가 없어 밥그릇 설거지를 화장실에서 해야 하는데 이게 또 유쾌한 기분이 아니다. 좋은 습관이라면 밥 먹고 바로 설거지를 한다는 점이다. (물론 화요일 저녁 〈무한도전〉, 목요일 저녁 〈예체능〉 등을 시청할 때는 1시간 정도 미룬다.) 바로바로 하지 않으면 그릇에 밥풀이 묻고 방에 음식 냄새가 배기 때문이기도 하지만, 반드시 설거지를 안 해야 하는 만 큰 중요한 일이 없기 때문이다. 물론 출소하면 한 달은 설거지는 절대 하고 싶지 않다. 이 땅의 삼시 세끼 매번 설거지를 하는 모든 가사 노동자들에게 존경의 박수를 보낸다. 이곳에서 중년 남성들이 겪는 유일한 교화는 가사 노동의 소중함이다. (참고로 난 청년이다. 중년 아님!)

여기 있다 보면 라면, 피자, 돈가스, 햄버거 등 건강하지 않은 음식들이 땡기는데 거의 같은 메뉴가 돌려 막기 식으로 나오기 때문이다. 그런데 운이 좋으면 특별한 음식을 먹을 수도 있다. 내 옆방에 있던 유명 조폭 조직의 부두목은 일요일에 검찰이 불러 인상을 쓰며 나갔는데, 웃으며 돌아왔다. 일요일에 불러 미안했는지 검찰이 배달 음식을 먹을 수 있게 해 준 것이다. 치즈 왕돈가스를 먹었다고 하기에 한참 웃었다.

감옥의 인간적인 음식 시스템을 만들려면 단가를 두 배 정도로 올리고 다 같이 먹을 수 있는 급식 시스템(학교처럼)으로 바꾸어야 한다. 모든 재소자들에게 기본적으로 독거방을 배정하고 생활과 음식은 같이 나누는 것이다. 감옥이 사회생활과 비슷한 구조를 가져야 법무부가 얘기하는 교정 시설이라는 최소한의 명분이라도 가질 수 있지 않겠는가.

마지막으로 이곳에서 먹는 밥이 주는 기본적인 굴욕감에 대해 말하고 싶다. 앞서 언급했지만 감옥은 언제 어느 때 인권 침해가 벌어질지 모르는 곳이다. 반말은 귀여운 편이다. 검방을 하고 나서 내 물건이 제자리에 없다든지, 방에서 운동을 하지 말라는 CRPT의 고압적인 지적질도 있다. '운동하지 마라'는 관규를 내놓으라는 나의 주장과 교도관 직무 규칙을 읊조리며 검방 후 물건 제대로 놓으라고 이야기하는 내 모습은 한계가 있을 수밖에 없다. 고작 '미안하다'는 사과를 받는 것 정도인데 당하는 나는 하나이지만 가해하는 교도관은 수십, 수백 명이다. 게다가 이런 미시적인 권력의 문제는 살아 보지 않은 이들은 아무리 설명해도 이해할 수 없는 영역이다. 그래서 공감도 지지도 받기 힘들다.

따라서 일찌감치 포기하고 살든지(이건 비겁한 게 아니고 생존을 위해서다. 24시간 화내며 살 수는 없다.) 따박따박 따지며 살든지.

그래서 어느 쪽을 선택하든 이곳에서 주는 밥을 목구멍으로 넘기는 것은 구차하고 굴욕적일 수밖에 없다. 그래서 내가 출소해서 가장 먹고 싶은 밥은 내 돈 내고 당당히 사 먹는 밥이다. 물론 나를 지지해 주고 응원해 주는 이들이 마련해 준 밥을 다 같이 웃으며 먹는 것은 더 맛있을 것이다.

| **박정훈** 청년좌파 전 집행위원장, 2015년 9월 |

이런
목소리

"전체~ 차렷!"

우렁차게 구령을 붙였다. 구령이 끝남과 동시에 사람들은 절
도 있게 자세를 취할 터이다. 그러나 모두들 쭈뼛쭈뼛하고 있었
다. 차렷 자세를 취하기 위해 팔을 늘어뜨리지만, 진짜 자세를
바꿔도 되는지 의아해하면서 어설프게 움직였다. 아주 천천히,
마치 늘어진 테이프에서 느리게 음악이 질질 새어 나오듯이. 내
목소리 때문이었다….

고등학교 시절의 이야기다. 나는 겁도 없이 전교 학생회장 선
거에 나갔고, 덜컥 회장이 되어 버렸다. 남녀 공학도 흔치 않던
시절, 하물며 남녀 합반이던 학교에서 처음으로 여학생이 회장
이 되었던지라 뽑힌 사람이나, 뽑아 놓은 사람들이나 적잖이 놀
라긴 했다. "야, 이제는 여학생이 학생회장도 하네" 하면서 "꼼

꼼하니 잘할 거야'라고 말해 주시던 선생님이 기억난다. 물론 "이제 학교는 다 망했네" 하던 선생님도 기억나지만.

회장이 되고 첫 전체 조회가 있던 월요일이었다. 첫 여성 학생회장이라는 타이틀을 뿌듯하게 여기던 봄날이었다. 운동장 조회대에 올라, 전체 학생을 향해 구령을 넣어 국민의례를 진행해야 했다. 이는 늘 학생회장의 역할이었다. 나는 조회대에 올랐고, 자신감 있게 마이크 가까이 다가갔다. 여유로운 미소를 지으며 조회대 아래, 전교 학생들을 한 바퀴 휘 둘러보고 입을 앙, 한 번 야무지게 다물었던 것도 같다. 그리고 당당하게 큰 목소리로 첫 구령을 붙였다.

"전체~ 차렷!"

구령이 내 입에서 발음되어 나오던 순간 나는 미소를 잃어버렸다. 내 목소리는 너무 높고, 가늘었다. 할 수 있는 한 가장 절도 있고, 가장 단호한 느낌으로 발성하려 했지만 내 생각과 달리, 마이크를 타고 운동장 저 멀리 스피커까지 가 닿아 되돌아오는 나의 목소리는 끔찍하게 경박했다. 아니, 사실 내 목소리는 결코 경박스럽지 않다. 발음도 정확한 편이고, 누구나 듣기 무난한 목소리를 가지고 있었다. 다만 우리는 '이런 목소리'의 구령을 들어 본 적이 없었던 것이다. 제식 훈련의 일종과도 같았던 국민의례에 어울리는 목소리, 국민의례를 해내던 우리의 몸과 마음을 규율시키던 목소리는 '이런 목소리'가 아니었다.

그 사실을 내 귀로, 내 목소리를 듣고서야 깨달았다. 나도 당황했지만 듣는 사람들도 마찬가지였다. 그들의 느릿느릿한 움직임에 어떤 비난이나 야유가 있진 않았다. 그들은 그저 규율되어 본 적 없는 소리에 어찌 반응해야 하는지 갈피를 잡지 못하고 있었을 뿐이었다.

나는 그들의 당황이 비난이 아닌 것을 믿었고, 두 번째 구령을 준비했다. 배에 힘을 두 배로 더 단단히 주고, 목구멍을 열고, 입은 더 동그랗게 말아 "열주웅! 쉬어!" 했다. 상상 속 목소리는 굵고, 우렁차며 결단력 있는 것이었으나 실제 흘러나온 나의 목소리는 그저 단어를 길게만 늘어 뺄 뿐 여전히 얇고도 높은, 그래서 한층 더 우스꽝스러운 것이 되어 버렸다.

그때부터 사람들은 내 목소리가 그들을 규율하던 그것이 아님을, 그런 목소리로는 누군가를 규율할 수 없음을 확신했다. 그리고 그런 목소리로 감히 구령을 붙이고 있는 나를 비난하기 시작했다. 열중쉬어 자세를 취하는 학우는 앞줄 몇몇에 불과했다. 다들 제각기 몸을 흐트러뜨리며 키득대거나, 야유를 보내거나, 일부러 몸을 꼬며 '열쭈웅 쉬어!' 흉내 내고 있었다.

그 분위기를 제압해야 한다고 생각했다. 그러지 못하면 더 끔찍한 우스개가 될 것이다. 그래서 시간차 공격을 했다. 재빠르게 "전체 차렷!" 해 버린 것이다. 나의 갑작스런 공격에 찰나의 집중을 보내던 학우들이 생겼다. 그들을 비빌 언덕 삼아, 다시 다음 시도를 해 보려 했다. 그러나 허무하게 제지당했다. 뒤에서 계시던 학생주임 선생님이 마이크를 끈 것이다.

학생주임은 잠시 조회의 시작을 미루었다. 미룬다는 말도 없이 마이크를 꺼 버리고, 나를 뒤로 불러내고, 전체 학생들을 향해 손바닥을 까딱까딱했을 뿐이었지만 사람들은 조회가 미루어진다는 것을 알아챘다. 그의 그런 몸짓 하나하나에 우리는 모두 규율화되어 있었다. 여하간, 학생주임이 나에게 전한 말의 요지는 이런 것이었다. '네 목소리로 국민의례는 무리다. 너무 여성스럽다. 선도부장인 남학생을 시키도록 하자.' 저항을 해 보았지만 단칼에 거부당했다.

"너 어디까지 비웃음 살래? 네가 회장인 거 모르는 사람 없다. 국민의례 정도야 네가 안 해도 된다."

나는 잽싸게 타협했다.

'그래 일주일에 한 번, 차렷, 열중쉬어 두세 번 하고 국기에 대한 경례 하고 들어가면 끝인데. 품위를 지키자.'

그리 생각했던 것 같다. 선생님은 손가락 하나로, 키 크고 덩치 좋은, 내가 직접 선도부장이라는 완장을 채워 준 녀석을 가리켰다. 녀석은 조회대로 걸어 올라올 때부터 늠름하더니, 구령만 몇십 년 붙여 본 놈처럼 우렁차게 "전체 차렷" 했다. 학생들은 무슨 사관생도라도 되는 듯이 자세를 취했다. 짜증 나는 일은 학생주임이 아직 마이크 전원도 켜지 않았다는 것이다.

학교에서는 별일 없었다. 그 일로 나를 비난하거나, '여자' 회장이어서 문제라는 식으로 이 일이 번지지는 않았다. 아마도 내가 빛의 속도로 타협했기 때문에 사람들도 빨리 그날 아침의 해프닝을 잊었는지도 모른다. 그러나 나는 이십여 년도 훌쩍 지났음에도, 그날의 아침 안개마저 생생하게 기억한다.

내가 타협하지 않고 그 불편한 목소리를 학우들에게 끝까지 들려줬으면 어땠을까. 언젠가는 내 얇고 높은 전형적인 여자 목소리에도 그들은 차렷 하고 열중쉬어 할 수 있었을까? 그때 나는 왜 그리 빨리 기회를 놓아 버렸던가. 나는 잔머리를 굴렸던 것 같다. 회장이라는 이름 앞에 여자라는 수식어를 붙이고 싶지 않았다. 그래서 여자 냄새 풀풀 풍기던 내 목소리를 재빨리 숨기고자 했다. 그러나 그날이야말로 하루 종일 오로지 여자였던 날이다. 여자의 지표를 숨기고 싶었던 마음이 나를 하루 종일 여자이게만 했다. 아니, 지금 이 나이 되도록 그날의 기억을 불러오는 순간, 나의 질문은 여자란 무엇인가이다. 내 목소리조차 나를 난감하게 할 수 있는, 나를 단박에 낯선 곳에 올려놓을 나의 여성성이라는 것. 낯선 것을 무서워한 나머지, 익숙함을 바꾸는 일이 얼마나 중요한지 그때는 몰랐던 것 같다.

| 김서화 일다 칼럼니스트, 2016년 2월 |

옷핀으로 자지를 찌르는 용기

연일 SNS엔 '우연히 살아남았다'는 처절한 고백이 이어지고 있다. 여성이 아니라 장애인이든 성 소수자든 독거노인이든 비정규직이든, 심지어 그냥 여행을 가려는 평범한 시민이었더라도 이 사회에 안전한 곳은 없어 보인다. 강남역 살인 사건 이후로 '여성 혐오'가 논란이 되고 있지만 언론은 여성 혐오를 장애 혐오로, 지역 혐오로 돌려 막기 하느라 바빠 보인다.

이미 다 잊은 줄 알았던 기억들이 아무리 눌러도 가슴 저 밑바닥부터 꾸역꾸역 올라오는 통에 요즘 늘 신경은 날카롭고 일상이 평온치 못하다. 유년기부터 40대 후반인 지금까지 겪은 헤아릴 수 없는 차별과 폭력의 기억들은 여전히 선명한 통각으로 떠오른다. 눌러 봐야 소용없는 기억들을 그냥 흐르게 내버려 두자, 하다가 마주친 기억.

중학교 때, 도덕 시간마다 허리춤에 옷핀이 꽂혀 있는지를 검사받고 옷핀이 없으면 손바닥을 맞았다. 억울한 심정으로 손바닥을 맞던 기억보다 더 선명하게 떠오르는 건 우리 손바닥을 때릴 때마다 "니들 몸은 니들이 지켜야지, 누가 대신 지켜 준다는 사람 있어?" 하던 도덕 선생님의 울 것 같은 얼굴이다. 그 옷핀은 호신용이었다. 혼잡한 지하철이나 버스에서 성추행 피해를 경험하는 건, 안 당해 본 여성이 없을 정도로 여성에겐 매우 흔한 일이다.

"소리를 질러 봐야 그놈이 모르쇠 하면서 적반하장일 테니 당한 사람만 창피해지지? 자리를 피해 봐야 따라오면 또 당할 거고, 피해 간 자리에 그런 놈이 없으리라는 보장 있어? 그러니 조용히 옷핀을 꺼내서 아무도 모르게 콕, 콕 찌르란 말야."

그런 식으로 혼잡한 곳에서의 성추행 퇴치법을 일러 주는 도덕 선생님은, 살아온 세월만큼 학생들보다 피해 경험이 훨씬 더 많았을 게 뻔한 여성이었다. 그런데 사실 나는 그런 일을 자주 겪으면서도 그 옷핀을 사용하는 게 늘 겁이 났다.

'정말 아무도 모를까? 그 사람이 나한테 해코지하면 어쩌지?'

그러던 어느 날이었다. 빽빽할 정도로 사람 많은 버스에서 내 엉덩이에 성기를 밀착시켜 비벼 대는 남자가 있었다. 버스가 덜컹거리는 바람에 승객들의 자리가 바뀌어도 이내 내 뒤로 들러붙어 같은 짓을 반복하는 그 남자는 다른 곳에서 마주쳤다면 핸

섬하게조차 보였을 멀쩡한 얼굴에 감색 싱글 양복을 입고 있었다. 한동안 허리춤의 옷핀을 만지작거리기만 하다가 나는 드디어 옷핀을 꺼냈다. 그리고 시선은 창밖에 두고 조용히 옷핀으로 그 남자를 콕콕 찔러 댔다. 버스 차창에 비친 그 남자의 찡그린 얼굴엔 뜻밖에 당혹감이 서렸다. 내가 시치미를 떼고 옷핀으로 찌르기를 계속하자 그 남자는 내게서 떨어졌고, 외려 슬금슬금 나를 피해 나에게서 먼 자리로 이동했다. 그리고 얼마 후, 내릴 때가 되어서 내렸는지 부러 내렸는지는 몰라도 나보다 먼저 버스에서 내렸다.

내가 이 일화를 쓰는 건, 옷핀이 최선의 호신 수단이라는 걸 말하기 위해서가 결코 아니다. 나는 다만, 남성의 성기가 내 몸에 닿는 끔찍한 이물감과 수치심, 그리고 잔뜩 겁을 집어먹은 채로 버스가 목적지에 닿기만을 기다리며 견디던 내가 처음으로 냈던 '용기'에 대해서 기억하고 있는 것. 나는 지금, 학생들의 손바닥을 때리는 교사의 행위가 인권 침해일지언정 그때 우리에게 '도망쳐라'고가 아니라 '저항하라'고 가르쳐 준 도덕 선생님에게 참 고맙다.

크고 작은 폭력에의 피해는 물론 나의 생존을 우연에 맡겨야 하는 사회에서 여성으로 산다는 건, '피해자로 살아남을 것인가, 저항의 주체로 살아남을 것인가'를 매 순간 결단해야 하는 일이다. '피해자'와 '저항의 주체' 사이는 한 끗 차이이기도 하고,

그 사이엔 엄청나게 험하고 고통스런 심연이 놓여 있기도 하다. 늘 그 사이에서 질퍽거리기도 하지만, 나는 시시때때로 선언한다. 누구보다도 스스로에게 들려주기 위해서.

'나는 더 이상 잠재적 피해자로 나를 규정하는 어떤 시도에도 단호히 반대한다'고. '나는 이 사회가 내 몸에 새긴 수많은 상흔이 지긋지긋한 남성 중심주의와 가부장제라는 구조에 의해 저질러지고 있다는 것을 똑똑히 알고 있는, '정치적으로 각성한' 여성!'이라고. '나는 살아남았다. 그러나 이제 나는 피해자가 아니라 저항의 주체로 살아남았다'고.

그러나 나에게 행해지던 성폭력에 처음으로 용기를 냈던 날의 기억에 또 다른 기억들이 포개진다. 내가 유년기부터 지금까지, 단지 여성이라는 이유만으로 헤아릴 수 없을 만큼 무수히 많은 차별과 폭력을 당하며 사는 동안 "왜 이 여학생에게 자지를 문질러 대는 거야? 그건 폭력이잖아"라고 말하는 남성을 나는 단 한 번도 만나지 못했다는 사실. 어쩌면 남성이라도 성추행범에게 대놓고 그렇게 말하는 건 너무 위험한 일일지도 모르겠다. 그렇다면 이 글을 읽고 있는 남성들 중에, 내 도덕 선생님이 호신용 옷핀을 고안해 낸 것처럼 나도 어떤 방식으로든 이 끔찍한 여성 혐오 사회에 저항하는 방식을 찾아야겠다고 머리를 쥐어뜯고 있는 사람이 있을까?

이 사회의 여성들은 '잠재적 피해자'가 아니라 '저항의 주체'

가 되기 위해 때로는 목숨을 걸어야 한다. 지금 자신이 '잠재적 가해자'일 수 있음을 인정하며 고해 성사를 하고 있는 남성들은 무엇을 걸고 있을까? 나는 남성들에게서 이런 선언이 터져 나왔으면 좋겠다. '나는 더 이상 잠재적 가해자가 아니다'라는 선언. '이러이러한 이유로 나 역시 이 사회 구조의 피해자였고 그러므로 나는 여성 혐오에 맞서 싸운다'라는 선언. 나는 나를 약자로서 배려하고 보호해 줄 남성들이 아니라 이 체제에 맞서 함께 싸울 동지들을 기다린다.

남성들의 이러한 정치적 각성은 여성들이 '피해자'와 '저항의 주체' 사이에서 겪는 것과 같은 고통스런 갈등이 필연적으로 수반될 것이다. 이 뿌리 깊은 가부장제·남성 중심주의 사회 구조에 맞서 '저항의 주체'로 선다는 것은, 여성들이 보호의 대상이기를 거부하듯 남성들이 기득권의 수혜자이기를 포기하고, 고통과 수치심과 억울함과 무력감을 대면하며 어쩌면 생각보다 많은 것을 걸어야 할지도 모르는 용기를 내는 일이다.

그리고 나는, 최근에 남도에서 일어났던 성폭행 사건의 피해자와 그 남자 친구처럼, 끔찍한 피해를 입었음에도 침착하게 먼저 용기를 낸 사람들의 연대가 아직 고통의 심연 속에 있는 사람들에게도 희망을 줄 수 있을 거라 믿는다.

| **명인** 전남청소년노동인권센터 교육연구위원, 2016년 7월 |

진귀한 풍경이 있는
청계남초등학교

지난 겨울 방학에 일주일 동안 아이들에게 전래 놀이를 알려 주려고 충북 옥천군 지역 내 동이초등학교에 수업을 나갔습니다. 오전 9시부터 두 시간은 저학년 12명과, 11시부터 두 시간 동안은 고학년 9명과 수업을 했지요. 고학년 수업을 마치고 돌아서는데 6학년 재헌이가 "선생님 욕보셨어요(고생하셨어요)"라고 합니다. 강의나 수업을 많이 가는 제게 너무 생소한 초등학생의 말이었습니다.

"재헌아~, 너두 욕봤다."

저는 촌스럽다는 말은 인간적이라는 말이라 여기는데 이 촌스러움이 좋습니다.

전래 놀이 수업을 하러 초등학교나 중학교를 가면 아이들은 항상 줄을 서는 게 일반적입니다. 제 첫인사는 "반가워요. 여러

분, 전래 놀이 시간은 줄 안 서도 됩니다"로 시작하지요. 놀이는 학습이 아니라 놀이답게 즐겨야 제맛이 아닐까요?

우리 어렸을 때는 동네에 나가면 누나 형들이 노는 모습을 놀이에 방해 안 되는 범위 안에서 옆에 쪼그려 앉아, 놀이를 어깨 너머로 배워 집에서 연습하고 또 연습했습니다. 그러던 어느 날 누나 형들이 짝이 맞지 않을 때 매일 놀이를 지켜보던 나를 끼워 주면 그날의 기분이란… 평생 잊히지 않는 하나의 추억으로 남는 거였지요.

동이초등학교 3일째 수업 날. 이백표라는 1학년 아이가 있었어요. 백표는 적극적인데 놀이 중에는 좀 무데뽀(?)랄까요?

쉬는 시간에 "백표야, 너 나중에 학생회장 하면 좋겠는데!" 하니, 백표가 "왜요?" 합니다.

"넌 매사에 적극적으로 참여하고 즐겁게 놀 줄 아니까, 여러 사람을 행복하게 해 줄 것 같아서."

"그래요?"

"그리고 너가 학생회장 나오면 이백 표는 기본으로 따 논 거잖아!"

"네? 왜요?"

"네 성이 뭐지?"

"이 씨요."

"그래, 맞어. 그니깐 이백 표로 충분히 당선된다는 거지. 알겠지? 미래의 학생회장 이백표 씨~. ㅎㅎ"

6학년 재헌이는 제기를 꽤 잘 찹니다. 월요일 첫 만남에서는 제기 3개 차기도 벅차했지요. 그런데 금요일에 보니 10개를 넘어 18개까지 차네요. 제가 한 일이라고는 매일 "넌 참 멋져!" 하고 말한 것뿐입니다.

금요일 대부분의 아이들이 제기차기 10개를 넘어섰습니다. 아이들이 자기 스스로 벅찬 회열을 느낍니다. 그런데 저는 뭘 했다고 자랑질하는 걸까요? 아! 기다려 줬지. 비교하지 않고, 차별하지 않고. 우쨌든 아쉽네요. 작별을 하려니. 프로그램으로 짜여졌으니까요. 흑흑, 잘 살어, 애들아~. 살면서 힘들 땐 아자샘한테 삐삐 치구~~.

누구나 노는 것을 좋아합니다. 그런데 혼자 노는 것보다는 같이 어울려 노는 것을 더 좋아하지요. 제기도 혼자 차라고 하면 한두 번 차고 말 것입니다. 그런데 동네 친구들과 같이 같은 공간에서 서로 둘러서서 제기를 차면 서로서로 세어 가며 봐 줘 가며 하니까 힘들지 않습니다. 초등 아이들이 학원을 가야 친구들과 어울릴 수 있다는 얘기를 많이 합니다. 동네 놀이터에는 친구들이 나오지를 않는다고요. 학원을 보내는 것이 잘못되었다는 게 아니고, 혹 아이들이 학원에 가서 있는 게 부모님들의 안심 보험은 아닐까 하는 생각이 드네요. 아이의 친구들을 비교하며 우리 아이를 키워 가는 건 아닌지 부모의 불안 심리는 아이들의 결과를 보고 만족하며 사시는 건 아닌지….

어떤 일이든 과정에서 즐거움을 느끼면서 점점 나아지는 자신을 볼 때 달라지는 아이들이야말로 주체적인 삶을 살아가진 않을까 생각을 해 봅니다. 아이들이 스마트폰이나 온라인 게임에 빠져드는 것은 학교나 부모가 그보다 재미있는 놀이를 가르쳐 주지 않았기 때문입니다. 또한 그 과정을 부모가 함께 즐기는 풍토를 만들지 않고 '결과 중심주의'에 빠져드는 오류를 범하기 때문이기도 하지요.

전남 무안군에 소재한 청계남초등학교에서는 사례를 찾아보기 힘든 진귀한 풍경이 펼쳐지고 있습니다. 아이들이 스마트폰을 가지고 놀지 않거든요. 이는 대안 학교나 통제가 심한 공립 학교에서도 가능한 풍경이겠죠. 그러나 이곳은 자발적으로 주체적으로 학교에서는 폰을 쓰지 않는다는 것이 다르지요. 같이 놀 줄 아는 가치를 알았다고 표현하면 어떨까요!

딱히 단속하는 것도 아니지만 책상 서랍이나 가방에 넣어 놓고 대신 운동장이나 교실, 숲을 가리지 않고 놉니다. 놀이의 양상은 전래 놀이를 비롯해 스포츠 활동이 주가 되지만 그 외에도 수많은 놀이의 방식을 개발하고 응용하는 놀이의 진화 현상을 보이고 있습니다.

우리 부모 세대는 '먹고사는 것'이 문제였고, 우리 세대는 '배우는 것이' 최대 과제였습니다. 먹고 배우는 것이 해결된 오늘

날 '우리 아이들은 행복한가?' 묻는다면 '글쎄요?'라고 답하지 않을까 싶네요.

전래 놀이는 '과정'을 가르쳐 주고 그 속에서 함께 즐겁게 노는 방법을 가르쳐 줍니다. 굳이 승자와 패자로 나뉘지 않아도 되고 그 과정에서 해묵은 감정과 구분들도 다 녹아 버립니다. 또한 놀이는 미래를 행복하게 살 방법을 스스로 터득해 가는 중요한 방법론이 되지요.

독일 철학자 마르쿠제는 '노동 이외의 것에서 유토피아를 찾지 마라. 노동 속에서 유토피아를 찾아라!'라고 말했습니다. 농악 놀이와 들노래를 통해서도 알 수 있듯이 우리 조상들에게 일과 놀이는 따로 구분이 없었지요. 힘과 부를 독점하는 사람들이 생겨나면서 더 많은 부를 쌓기 위해 일과 놀이를 분리시켰고 그때부터 사람들이 행복하지 않게 되었습니다.

우리 아이들이 우리 세대처럼 하기 싫은 일을 억지로 하면서 꿈꾸는 소망을 강제로 혹은 스스로 접고 불행한 삶을 살지 않기를 바랍니다. 자신의 욕구와 꿈을 만족시킬 수 있는 일, 자신의 능력을 발견하는 데서 기쁨을 얻는 일, 놀이인지 일인지 구분되지 않는 일, 즉 일과 놀이가 따로 둘이 아닌 그런 삶을 살게 되기를 바랄 뿐입니다.

사회 역사가 진보한다는 것은 인간의 행복을 분배와 정치의 영역에 국한시키지 않는 것이지요. 분배를 넘어 유희의 영역까지 아우르고 확장되어야 합니다. 따라서 노동과 유희를 하나로 일치시키는 것이 미래 사회 행복 키워드가 되어야 할 것입니다.

"애들아! 오늘은 뭐 하고 놀까?" 하는 어른이 많아지기를 아자 쌤은 소망하면서.

| **고갑준** 아자학교 대표·전래 놀이 실천가, 2017년 3월 |

교육비를
어찌하나

"내가 월 이백씩 들여서 공부시켰는데, 아들이 지금 피자 가게에서 일해요. 그 생각 하면 머리 아프고 한숨만 나와."

맘대로 안 되는 자식 때문에 속 끓이는 어느 어머니의 푸념이다. 강남의 한 특목고에서 전교 1등을 거의 놓치지 않았고, 서울대는 따 놓은 당상이었다. 그런데, 고3 때 갑자기 공부를 안 하고, 서울대 가 봤자 평생 하기 싫은 공부 하다가, 하기 싫은 일 하면서 살게 될 텐데, 더 이상 그렇게 살기 싫다고 했단다. 수능도 안 보고 피자 가게에서 피자 굽는 일을 하고 있는데, 말을 안 듣고 자기 맘대로 해 어쩔 수가 없다는 것이다. 다행히 피자 가게에서는 아주 즐겁게 일하고 있다고 한다.

이야기를 들으면서, 나는 '그놈 참 괜찮네' 하는 생각을 했다. 아무 생각 없이 공부만 잘하다가, 결국엔 자기밖에 모르고 사회를 좀먹는 김기춘, 우병우 같은 인간이 되는 것보다 백배 낫다고 생각했다.

그보다 내가 놀란 것은 월 이백씩 들여서 공부시켰다는 말이었다. 학원비는 빼고 과외비만 이백을 넘게 썼다고 한다. 돈을 얼마나 많이 벌기에 그렇게 교육비를 많이 쓰느냐 했더니, 스카이(서울대, 연대, 고대) 가려면 월 이백은 기본이란다. 빚을 내서라도 사교육은 시켜야 한다고 했다. 교육비 많이 쓰는 것으로는 나도 할 말이 있는데, 나는 입도 뻥긋할 수 없었다.

아이들을 대안 학교에 보내고 있는 우리 집은 교육비가 많이 든다. 일반 초등학교는 대부분 국가에서 운영하기 때문에 교육비가 거의 안 드는 것으로 알고 있다. 하지만 대안 학교는 학교 건물도 부모들이 마련해야 하고, 선생님들 월급도 부모님들이 줘야 하기 때문에 비용이 많이 든다. 우리 아이들이 다니는 대안 학교도 배움값 48만 원, 이자 부담금 5만 원, 부모회비 2만 원을 합쳐서 55만 원을 달마다 내고 있다. 아이가 둘이면 100만 원이 넘게 든다. 교육비는 많이 들지만, 경쟁 교육보다는 함께 살아가는 힘을 키워 주는 대안 교육이 좋아서 대안 학교를 선택해 아이들을 보내고 있다. 아이들도 학교를 정말 좋아하고, 재미있게 행복하게 잘 다니고 있다.

하지만, 직장 동료나 지인들에게 교육비 얘기를 하면, "아니, 무슨 돈을 그렇게 많이 내고 학교를 보내냐"며 그냥 일반 학교 보내고, 그 돈으로 노후 대비나 하라고 한다. 그러나 일반 학교 보내도 그 정도 돈은 든다고 하는 분들이 많다. 학원비, 과외비를 몇 과목 합치면, 금방 그만큼 된다는 것이다. 강남 사시는 분들에게 얘기하면, 그 정도는 과외 한 과목도 안 된다고 하는 분들도 있다. 돈 좀 있다는 사람들의 사교육비는 감히 쳐다볼 수도 없는 고액인 경우가 많다.

이른바 '스카이' 대학교에 다니는 학생들의 70퍼센트가 금수저라는 통계가 발표된 적이 있다. 돈이 많이 드는 사교육을 받아야만, 이른바 명문대에 들어갈 수 있고, 그런 사교육을 받으려면 상당한 부유층이어야만 가능한 것이다. 부의 대물림은 고착화되고, 불평등은 심해진다. 더구나 이렇게 교육받아 나라의 중요한 자리를 차지한 자들이 자기 이익만 챙기면서 국민들을 더욱 피폐한 삶으로 몰아넣고 있는 것을 보면 정말 분노가 치밀어 오른다.

하지만, 이런 교육 현실을 바로잡자고 나서는 사람은 별로 없다. 오히려 이 경쟁에서 뒤처지면 가난한 현실에서 절대 벗어날 수 없다는 생각에, 뒤도 옆도 돌아보지 않고, 똑같이 사교육비를 쏟아부으며 달려드는 것 같다. 더구나 이런 경향이 점점 더 심해지고 있으니 정말 안타까운 일이 아닐 수 없다.

최근 대안 학교 중에는 학생 모집이 잘 안 되는 곳이 많다고 한다. 대안 학교 학생이 줄어드는 데에는 실제 학생 수가 많이 줄어든 이유도 있지만, 점점 더 팍팍해져 가는 현실에 대안 교육을 생각할 여유조차도 없기 때문이라는 얘기가 많이 나오고 있다. 대학 입시도 힘들고, 취업까지 안 되는 상황에서 정해진 길을 조금만 벗어나도 낙오될 것 같은 불안감에 아예 다른 생각을 할 수 없다는 것이다.

대안 학교는 참교육 목소리와 함께 성장해 왔다. 전교조가 만들어지고, 입시 위주의 교육보다는 아이들의 꿈을 키워 주는 교육이 필요하다는 논의가 활발해지면서, 대안 학교도 많이 생겨났다. 대안 학교가 많아지는 것은 다양한 형태의 교육이 자유롭게 펼쳐지기를 바라는 참교육의 방향과 잘 맞아떨어지는 일이기도 하다. 일반 학교의 교육 체계를 개혁하는 것과 학교 밖에서 대안을 만들어 가는 것이 서로에게 영향을 미치며 함께 성장해 왔다고 할 수 있다.

이런 대안 학교도 계속 유지되려면 신입생이 꾸준히 들어와야 한다. 그러기 위해서는 대안 학교에도 일반 학교와 같은 재정 지원이 있어서 교육비를 많이 낮추어야 한다. 하지만, 정부의 지원을 거의 못 받고 있는 상태에서, 대안 학교를 찾는 학생마저 줄어든다면 교육비를 낮추기는 더욱 어려워진다. 간혹 대안 교육도 돈 많이 드는 사교육과 똑같은 것 아니냐는 문제 제기를 하는 분들이 있는데, 그건 정말 오해다. 잘못된 교육 현실에서 자기만 살겠다고 사교육을 시키는 것과, 함께 살아가는 사회를 만들기 위해 기꺼이 내 몫을 내놓는 것을 똑같이 볼 수는 없는 일이다.

아무튼 이러나저러나 돈은 많이 들게 되어 있으니, 교육비를 어찌하나 정말 걱정이다.

| **엄익복** 한살림 실무자, 2017년 5월 |

이름만 바꾼
고백 편지

출근 후 컴퓨터 모니터를 켜고 커피를 마신 후 잠시 숨을 고르고 창문을 내다보면 와자지껄 학교 버스가 오는 소리가 들린다. 아이들이 도착한 모양이다. 내가 근무하는 학교는 우리나라에서 제일 큰 공립 중도·중복 지체장애 학교이다. 아침이면 학교 버스로 등교한 아이들을 선생님들이 모두 마중을 나가서 아이들을 데리고 교실로 이동한다. 휠체어 부대가 정렬을 이루며 이동하는 모습은 마치 일렁이는 거대한 푸른 바닷속을 거침없이 헤엄쳐 가는 돌고래 떼처럼 멋진 장관이다. 학교로 오는 아이들의 표정엔 기대와 설렘이 가득하다.

대한민국 어디에 이렇게 학교 오기를 좋아하는 아이들이 있을까? 믿기 어렵겠지만 우리 학교 학생들에게 가장 싫은 것은 방학과 휴일이다. 학교에 올 수 없기 때문이다. 아이들의 전적인 삶이 이곳에 있다.

몇 년 전 '승가원의 아이들'이란 텔레비전 프로그램에서 소개되었던 태호는 양팔이 없고 양발로 생활하는 지체장애 학생이다. 그 당시 초등학생이었던 태호는 훌쩍 자라서 이제 어엿한 고등학생이 되었다. 나는 태호 옆 반 선생님이자 고등 과정 부장을 맡고 있고 고등학교 1학년 학생들의 미술 수업을 하고 있다. 화가가 꿈인 태호는 미술 수업을 할 때 유독 큰 눈을 반짝이며 열의에 가득 차 있다. 그런 이 녀석이 미술 수업에 더 열심인 이유가 하나 더 있다. 이건 태호와 나만의 비밀인데, 태호는 우리 학교에 새로 부임하신 예쁜 신규 선생님을 보자마자 첫눈에 반해 몰래 짝사랑을 하고 있는 중이다.

미술 수업할 때 태호의 주제는 언제나 사랑이다. 모든 인간의 예술과 영감의 주제가 그러하듯 녀석은 요즘 온통 사랑에 대한 열병으로 몸살을 앓고 있다. 녀석은 나에게 비밀로 해 달라고 했지만 어디 사랑의 향기를 숨길 수 있을까? 이미 학교에서는 암암리에 태호의 짝사랑을 모두 알고 있다. 처음엔 수업 시간에 만든 작품이 사라져 이상하다 생각하고 있었는데, 사라진 그 작품이 어여쁜 신규 선생님의 책상 위에 버젓이 놓여 있는 게 아닌가. 그 후로는 아예 노골적으로 그 선생님께 드릴 선물을 만들자고 졸라 대는 통에 아예 수업 주제와 내용이 점점 신규 선생님의 취향을 저격할 수 있는 작품들로 변해 가고 있다.

그러던 어느 날 도저히 주체할 수 없었던지 태호가 고백을 해야겠다며 도와달라고 한다. 태호에게 물어보았다.

"태호야, 네가 정말 원하는 게 뭐야? 선생님도 너를 사랑하고 너의 마음을 아는 거야?"

"선생님, 저는 그 선생님을 정말 사랑하는 것 같아요. 결혼하고 싶어요."

그 나이에 예쁜 여선생님을 사랑하는 일이야 당연한 일이므로 대수롭지 않게 생각했는데 녀석의 진지한 눈빛과 심각한 태도에 웃음이 나면서도 마음 한편에서는 이 녀석을 어찌해야 하나 하는 걱정이 슬슬 올라오기 시작했다. 녀석은 선생님 생각에 밤에 잠을 못 자겠다며 눈물을 흘렸다.

그래서 우리는 태호를 위한 고백 작전을 짜기 시작했다. 동학년 선생님들과 이름하여 '태호 연애 조작단'을 결성하였다. 작전 내용은 태호의 마음을 표현할 수 있는 고백 편지와 멋진 선물을 마련하여 신규 선생님께 전달하는 것이다. 덕분에 나는 내가 할 수 있는 모든 것을 동원하여 태호의 고백 편지와 세상에서 가장 아름다운 꽃다발을 만들어야 했다.

모든 것이 준비되고 드디어 고백을 하기로 한 그날이 되었다. 고등학교 1학년 선생님들 전체가 이 일에 매달려 모든 준비를 마쳤다. 이제 태호가 신규 선생님께 고백하는 일만 남았다. 이게 뭐라고 모두들 조바심을 내며 떨리는 시간을 보내고 있었는데 신규 선생님이 우리 교실로 찾아왔다. '앗, 아직 타이밍이 아닌데….'

"부장님, 드릴 말씀이 있어요."

신규 선생님의 손에는 청첩장이 들려 있었다. 그렇다. 이 예쁜 선생님을 남몰래 좋아하던 사람은 태호만이 아니었던 모양이다. 우리 학교의 잘생긴 체육 선생님이 태호보다 한발 빨랐다. 순간 먹구름이 드리워진 태호의 얼굴이란…. 그날 우리 교실은 상갓집처럼 태호 눈치를 보느라 아무도 웃을 수가 없었다.

슬픔이 가득했던 그날이 지나고 다음 날, 나는 태호를 위로하기 위해 떡볶이 파티를 하기로 했다. 그런데 책상 위에 있던 고백 편지와 선물이 사라진 것이다. 내가 한참을 찾고 있는데 떡볶이를 먹으러 선생님들과 친구들이 오고 잠시 뒤 태호가 나타났다. 그런데 웬일인가. 죽을상을 하고 있던 어제와 달리 미소를 머금은 태호가 나타났다.

"태호야, 괜찮니?"

"네. 왜요? 선생님, 저 미영이 누나한테 고백했어요. 근데 미영이 누나도 좋대요. 우리 사귀기로 했어요. 하하하."

그날 태호의 웃음소리는 끊이지 않았다. 고백 편지는 이름만 지우고 미영이 누나로 고쳐져 태호와 같은 승가원에 살고 있는 미영이 누나의 손에 쥐어져 있었다. 우리는 모두 아무 말 없이 떡볶이만 먹었다.

우리는 늘 사랑을 한다. 우리는 사랑하는 그 사람을 보고 있는 것 같지만 사실 내가 사랑을 하고 있는 것이다. 사랑은 내 안에 있다. 대상이 바뀌어도 계속 사랑을 하는 이유이다.

그래, 태호야. 사랑이 찾아오거든 후회 없이 너 자신을 쏟아 부어라. 머뭇거리지 말고 전적으로 사랑해라! 선생님은 언제나 너희들의 사랑을 응원한다. 사랑이 곧 삶이고 삶이 곧 사랑이다. 그렇게 전적으로 한순간 한순간 살며 사랑하렴. 하지만 이름만 바꿔서 딴 사람 주는 건 좀 너무했다, 이 녀석아.

| **전재란** 서울정민학교 교사, 2017년 8월 |

그놈의
이분법

집 근처 미용실에 가서 쇼트커트를 하고 싶다고 했다. 하지만 직원이 거부하는 바람에 결국 원하는 대로 자를 수가 없었다. 너무 더워서 좀 잘라 냈으면 좋겠다고 하니, 겉으로는 단발머리 인데 안쪽은 머리칼이 거의 다 밀려 있는 이상한 투블록커트를 하기 시작했다. 작년 여름이었다. 그놈의 머리 길이가 뭐라고! 좀만 더 자르면 되는 것을. 그런 이상한 머리를 한 몇 달간은 유지했다. 내가 원해서 내 돈 주고 하겠다는데 도대체 왜 어떻게 든 '여자 머리(?)'를 유지하려고 기를 쓰는 건지 참 모르겠다. 몇 번은 좀 따져 묻기도 했다.

"남자가 긴 머리 하고, 여자가 짧은 머리를 하면 어떻게 되는 거예요?"

"남자랑 여자는 머리가 달라서 비용도 달라요."

뇌도 성별에 따라 다른 점이 없다는데 머리카락이 다를 수가 있나? 직원은 자기가 생각하기에도 영 아니다 싶었는지 말을 바꿨다.

"원장님이 결정하신 거예요."

한번은 속만 투블록인 상태에서 쇼트커트를 꼭 하겠다고 했다. 그랬더니 돌아온 말이 참 가관이었다. 남자는 귀밑머리를 다 잘라도 상관없는데 여자는 귀밑머리를 다 잘라 낸 상태로 쇼트커트를 하는 건 불가능하다나? 나는 실습용 마네킹 같은 게 아니라 사람이라고 말하고 싶었다. 하지만 남들이 보기에는 별일이 아닌 걸 자꾸 따지고 드는 것 같아서 또 내가 하고 싶은 머리를 못하고 돌아왔다.

정말 이상한 일이다. 초등학생 때만 해도 항상 쇼트커트였다. 여중, 여고를 다니면서부터는 왜인지 줄곧 단발을 유지했다. 아마 또래 사이에서 튀어 보이지 않으려고 그랬던 것 같다. 대학교를 다닐 때는 어깨 아래로 내려오는 머리를 파마도 해 보고, 아예 허리 정도까지 길러 보기도 했다. 그런데 사실은 짧게 자르고 싶었다. 내 마음을 무시하고 완전히 반대로 해 봤다가 굉장히 질려 버렸다. 숱이 많아서 머리를 감을 때마다 힘들기도 했지만 그보다는 내 모습이 너무나 마음에 안 들었다. 긴 머리를 다시 단발로 자르고 난 다음부터는 언젠가 짧게 잘라야겠다는 생각을 계속 했다. 그런데 이상하게도 미용실에만 가면 다시 단발로 하고 와 버렸다. 그게 수년 동안 반복되었다.

분노 조절이 잘 안 되던 시기 중의 어느 날, 나는 나 자신에게도 화가 많이 났다. 왜 늘 하고 싶은 대로 하지 못하고 남에게 끌려다니듯 사는 걸까 생각하면서, 묶은 머리를 가위로 마구 잘랐다. 좀 엉성한 쇼트커트가 되었다. 한동안 엉망인 머리로 돌아다니다가 미용실을 다시 찾아갔다. 머리를 집에서 자른 거냐고 묻기에 그렇다고 했다. 사적인 일이라고 생각한 건지 왜 그랬냐고 하지는 않았다. 그렇게 머리를 막 자른 게 난생 처음이었는데 희한하게도 창피하거나 두렵지 않았다.

그래도 성에 안 차서 몇 달 전에 아예 한쪽 머리를 밀어 버렸다. 이번에는 미용실에서도 수습을 하기 어려워서 반쪽을 싹 밀어 낸 머리가 잔디처럼 괴상하게 자라났다. 원래는 3분의 1을 밀어야 하는 건데 내가 가운데까지 밀어 버려서 가운데 부분을 길러야 한다. 완성(?)되려면 내년까지는 기다려야 할 것 같다.

원하는 머리를 하기 위해 일 년 반 정도가 걸리는 셈이다. 남자들은 아예 삭발을 한 사람도 자주 보이는데 왜 여자라는 이유로 쇼트커트조차도 못하게 하는 걸까. 머리를 자르면 실연을 당했다고 생각하거나 혹 레즈비언이냐는 등의 편견을 씌운다.

성별에 의해 모든 것이 두 가지로만 딱 나뉠 수 있을까? 자기 머리도 마음대로 못하는 사회에서, 성 소수자들 특히 대부분의 트랜스젠더들은 자꾸만 자기 몸을 싫어하며 살 수밖에 없다. 타인의 시선을 신경 쓸 뿐만 아니라 자기 검열도 심하게 하게 된다. 여성이나 남성으로 패싱(자신이 정체화한 성별로 남들이 보는 것)이 안 될까 봐 60퍼센트 이상의 트랜스젠더가 화장실 가기를 포기한다고 한다. 이분법적인 젠더 규범 때문에 생리적인 작용조차 해결하지 못하는 것이다.

우리 사회는 남성 또는 여성이라는 두 가지 도식에서 조금이라도 벗어나면 이상한 존재로 규정해 버린다. 쇼트커트 하려고 시달린 내 체험이 바로 그 증거다. 그러나 세상에는 더 많은 성별이 있으며, 그 성별마다 어떤 규범대로 살아야만 하는 것은 아니다.

나는 수년 전 여성도 남성도 아닌 성별로 정체화한 사람이다. 중성적인 사람으로 보이기 위한 최선의 방법은 성별을 헷갈리게 하는 것뿐이었고, 그중 하나가 머리를 짧게 잘라 버리는 것이다. 어떻게든 한쪽 성별로 보려고 하는 사람들 때문에 외출을 하기가 싫었다. 여성 슬랙스에 남성 카디건을 입고 나갔더니 "여자가 왜 저런 옷을 입어?"라는 말을 뒤통수에서 들었고, 짧은 머리로 다닐 때에도 "머리 꼴이 저게 뭐냐, 쯧쯧" 하는 소리를 버스 터미널에서 들었다. 길거리에서 여자냐 남자냐 하는 말을 듣는 건 너무 흔한 일이라서 몇 번이나 들었는지도 기억이 안 난다. 나는 그런 사람들을 원망하기도 하고 자신이 잘못된 인간이라는 생각도 했다.

작년 여름의 가위질이 아니었다면 자살이라는 극단적 선택을 했을 수도 있다. 해마다 죽어 간 트랜스젠더들을 생각하면 나도 괜히 미안하고 가능하다면 고정관념을 단번에 깨뜨려 버리고 싶다. 세상을 등진 이들 중에서는 인권 활동가도 더러 있었다. 침대보다 키가 크면 몸을 잘라서 죽이고 작으면 늘려서 죽였다는, 신화 속 인물 프로크루스테스와 현재 사회가 다른 점이 무엇인가. 다양성을 존중하고 포용하는 사회로 변해 갔으면 좋겠다.

| **김나래** 평범한 사람, 2017년 12월 |

나는 그림자 노동을 거부한다

37살 여자, 5살과 9개월 두 아이의 엄마, 첫아이 출산 후 4년째 전업 생활 중.

이게 현재의 내 이름표다. 돌봄 선생님께 아기를 맡겨 놓고 강의를 들으며 내가 쓴 글감 목록을 다시 살펴보았다. '호강에 받쳐 요강에 똥 싸는 이야기, 왜 너는 돌아보고 대화하지 않는가, 착한 남편 잡으며 사는 이야기, 내 성질이 문제인가 내 사는 꼴이 문제인가.' 글감이라고 떠오르는 것이라곤 구질구질 온통 남편과 싸운 이야기뿐이다. 게다가 뭔가 위악적인 태도가 묻어난다. 왜 이렇게 싸움꾼같이 남편을 대하게 되었을까.

나는 꽤 착한, 나보다 한 살 많은 친구 같은 남편이랑 살고 있다. 아내의 말을 듣는 척이라도 하고, 집안일을 자기가 할 수 있는 만큼 나누어 할 줄 안다. 설거지도 하고, 청소도 하고, 필요하면 빨래도 돌린다. 그럼에도 싸울 일은 산재해 있다.

신혼 초에는 집안일을 서로 눈치 봐 가며 나누어 했고, 아이가 나오고 나서는 두세 배로 늘어난 육아와 집안일을 하기 위해 우리 둘의 체력과 시간과 모든 에너지를 끌어다가 투입해야 겨우 생활을 이어 갈 수 있었다. 그 과정에서 나는 남편과의 업무 분장에 전투적으로 임했다.

가사를 잘 모르는 내가 대충 가늠해도, 티도 안 나는 모래 같은 일들이 산더미처럼 쌓여 있었다. 내가 감당해야 한다고 떠안았다가는 내 몸이 부서질 것 같았다. 물론 남편은 내 일이 아니라며 미루는 막가파는 아니지만, 조곤조곤 열 번을 얘기해도 마치 처음 듣는 듯한 표정이다.

설거지를 하고 나면 개수대를 닦아야 하고, 얼룩진 옷은 따로 빼 두어야 손빨래를 미리 할 수 있고, 청소기를 돌리고 나면 먼지통을 비워야 하고. 왜 그는 말을 해도 해도 기억해 두지 못하는가. 저 일들이 눈에도 안 보일뿐더러 수차례 말을 해 주어도 머릿속의 지우개가 삭제를 해 주는 것만 같았다. 심지어 자신이 보지 못하는 무언가가 있다는 사실을 계속 말해 주어도 인지하지도 인정하지도 않는 것 같았다. 내 말을 무시하나, 애정이 식었나, 눈에 이 일들이 보이지 않나 속을 끓이다가 폭발하고는 했다. 결론은 착하디착한 내 남편의 눈에는 정말로, '보이지 않는 일'이 너무나 많다는 것이다. 혹은 '보여도 보이지 않는다'는 표현이 적절하겠다. 누구는 이런 걸 그림자 노동이라 했나.

가사 노동은 함께 해야 하는 일이라는 생각이 꽤 당연한 우리 부부에게도 그림자의 그림자가 많이 있었다. 내가 선택할 수 있는 방법은 두 가지, 설득하길 포기하고 모두 내 일로 떠안거나 끝까지 지리멸렬한 싸움을 이어 가거나. 나는 아직 이 남자를 사랑하기 때문에 그와 계속 살기 위해 치열하게 싸우는 쪽을 선택했다. 끊임없이 요구했고, 놓치고 지나는 부분에 대해서 이르집었다. 당신이 하는 설거지와 쓰레기 정리 등 몇 가지 집안일이 다가 아니라는 것, 그 외에 숨겨진 일들은 내가 감당하거나 감당이 안 되면 방치되고 있다는 점 등을 조각조각 틈날 때마다 이야기했지만, 그는 아직도 자신이 인지하지 못하는, 그림자 같고 먼지 같은 일을 내가 하고 있다는 사실을 온전히 받아들이지 않는다. 그렇기 때문에 나는 계속 싸우고 있는지 모른다. 일을 50대 50으로 나누기 위해서가 아니라, 당신이 모르는 구석지 먼지 같은 일들이 많이 있다는 걸 인정받기 위해서, 내가 이 자리를 떠나도 생활이 유지되도록 세팅을 하기 위해서.

혹자는 사람은 안 바뀐다며 누굴 고치려 들지 말라고 하지만, 그러면 너 아니면 내가 해야 하는 그 일들은 다 어디로 가나. 한편으론 내가 없다면, 남편은 자신의 스타일대로 집안일을 잘 해낼 것이란 믿음도 있지만, 그렇다면 지금은 왜 그런 주도성을 보이지 않는가란 의문이 남는다. 자신이 먼저 나서서 나와 조율하려는 노력을 보인 적이 단 한 번도 없다는 점이 의아할 뿐이다.

그는 여전히 자기가 집안일을 무척 잘 도와주는 편이며, 과장하면 대부분의 집안일을 본인이 다 한다고 생각한다. 실제로도 많은 집안일을 그가 해내고 있지만, 나는 아직도 억울하다. 애 둘 치다꺼리를 하며 싸워 보니, 이제는 이 싸움이 하루 이틀, 몇 달에 끝나지 않을 걸 안다. 아마도 이건 우리가 같이 사는 내내 진행될 것이다. 손에 물 한 방울 안 묻히고 살아온 남녀가 결혼을 하고, 자식을 키우고 하려면 새로 배워야 하는 일들이 너무나 많다. 그나마도 여자는 억울해하면서도 웬지 모르게 이 일들이 눈에 보이고, 내 할 일이라고 자연스럽게 받아들이지만, 남자는 몇 가지 일을 맡아 하면서 어깨를 으쓱거리고 때때로 직장에서 거들먹거리며 자랑하는 것. 이 온도차를 내가 바꿔 보려고 아등바등하고 있다는 것을 이 글을 토해 내고 보니 알겠다.

며칠 전 공부 모임 선생님께서 '욕본다, 욕을 먹는다'라는 말처럼 욕을 제대로 받아들이게 되는 것이 어른이 되는 게 아닐까라는 말씀을 해 주셨다. 그 말씀을 듣고 나의 미숙함과 어리석음에 대해 생각하면서 한편으로 또 억울함이 올라와 선생님께 항변하듯 외쳤다. 개인의 차원에선 정말 중요한 말이지만, 사회적 관계 속에서는 너무나 억울한 마음이 들 때가 있다고. 세상 남자들이 가정에서 그리 편하게 생활을 한다면, 나 같은 여자도 있어야 하지 않겠느냐고. 난 내가 우주의 반작용이라는 생각이 든다고. 사실 글쓰기 모임에 처음 나간 날 회원분들을 만나고 과연 저분들을 독자로 이 글을 완성할 용기가 생길까 두려웠다. 스스로도 할 일을 남편에게 미루고 있다는 죄책감과 그야말로 독박 육아를 하는 친구들과 비교하면 배부른 소리라는 자기 검열 앞에서 자유롭지 않았다. 하물며 긴 세월을 육아와 가사 노동에 쏟았을 저 선배 가사 노동자분들께 비웃음을 사지 않을까 고민했다.

그렇지만, 세상은 변하고 있고, 더 나은 내일을 내 딸들에게 주고 싶다는 변명을 해 본다. 온 세상이 가사의 총책임자는 엄마라 말하고, 엄마가 그 책임을 떠안는 걸 보고 자란 딸들이 그 굴레를 벗어나기란 쉽지 않을 테니까. 가정 내 업무 분장의 최전선에서 선진적 가사 분담을 외치며 우주의 반작용으로서의 역할을 스스로 긍정하리라 다짐해 본다. 함께 사는 동안 남편뿐만 아니라 딸들에게도 가사의 역할과 책임을 반드시 나누리라.

| **송은미** 두 아이를 키우는 엄마, 2017년 12월 |

"학생이 어떻게 이 시간에?" 묻지 마세요

"나 자퇴할래!"

"뭐?"

"고등학교 안 간다고!"

중학교 졸업 직후 내가 했던 말이다. 그리고 나는 자퇴를 했다. 자퇴를 한 이유는 간단하다. 공부를 안 했고, 그렇다고 중학교에서 소중한 친구가 생긴 것도 아니며, 똑같은 교복을 입고 똑같은 수업을 들으며 조금이라도 '보통'에서 벗어난 행동이나 얘기를 하면 바로 '아웃'되는 일반 중학교 생활이 권태로웠다.

나는 그때 당시 친구들과 다툼이 많았다. 동성애가 잘못됐다고 생각하는 친구, 마음에 있는 병을 왜 의지로 이겨 내지 못하는지 모르겠다는 친구, 공부로 급을 매기는 친구, 자존감을 깎아먹는 친구 등등…. 나는 옳다고 생각해서 내 의견을 꿋꿋이 내세웠는데 결국 나한테로 화살이 돌아왔다. 그 속에서 진짜 내 모습을 궁금해하는 사람은 없었다. 나는 이 아이들과 어떻게든 1년을 버텨야 했다. 하지만 그럴 자신도 없었고 이미 지칠 대로 지쳐 버린 나는 유급을 당할 정도로 학교를 안 나갔다. 그러다 위클래스 선생님의 대안 학교를 가 보자는 제안에 중학교 3학년 9월부터 대안 학교를 다니다 일반 고등학교로 돌아가기 싫어 자퇴를 결정했다.

자퇴를 하고 나서 며칠간은 정말 꿈만 같았다. 등교 시간에 버스를 타면 다른 애들은 다 교복을 입고 피곤에 젖은 얼굴로 학교를 가는데 나는 사복을 입고 오늘은 어딜 갈까 룰루랄라 콧노래를 불렀다. 하지만 이것도 잠시, 몇 개월이 지나도록 노는 날 잠자코 지켜보던 엄마가 집에서 텔레비전을 보고 있던 나에게 잔소리를 했다.

"너 학교 자퇴하고 언제까지 띵가띵가 놀 거니? 검정고시는 안 보니?"

'아, 알겠어, 알겠다고~' 손짓으로 요리조리 엄마의 잔소리를 허공으로 날려 보냈다. 그리고 방문을 쾅 닫으며 엄마가 했던 말을 다시 곱씹어 봤다.

'검정고시라…. 하긴 해야 하는데. 아, 생각해 보니 나 정말 아무 계획도 안 세우고 자퇴했구나….'

그렇다. 그때의 나는 자유가 주어지면 언젠가는 그 자유에 대해 책임을 져야 한다는 걸 망각하고 있었다. 그렇게 깨닫고 나니 조금씩 내가 했던 결정의 결과가 보였다.

첫째는 내가 나를 표현할 그 '무언가'가 없다는 것. '보통'의 학생들은 자신이 다니고 있는 학교 이름만 대도 소속감을 느낀다. 이때까지만 해도 나는 어딘가에 소속되어 있다는 게 큰 위로로 다가올지 몰랐다. 학교를 가면 언제나 나를 응원하고 반겨 주시는 선생님이 있고 일정한 시간에 학교를 오고 가기 때문에 규칙적인 생활이 가능했다. 하지만 이젠 모든 걸 혼자서 해야 한다. 나를 응원해 주는 멘토도 없고, 하루를 알차게 보내려면 나 스스로가 주체적으로 움직여야 했다. 제일 서러웠던 건 만약 내가 본의 아니게 사고를 친다면 부모님 빼곤 나를 감싸 줄 사람과 기관이 없다는 것이었다. "학교 다니는 게 아니라면 지금은 뭐 해요?"라는 질문에 당황하기 일쑤였다. 나는 빨리 하고픈 걸 찾아 내 정체성을 남들에게 증명하고 싶었다.

둘째는 사람들의 시선. 사실 '학생'이라고 부를 수 있는 청소년의 모습은 다양하지만 '보통' 사람들은 일반 학교에 다니는 학생들이 기준점이다. 국가도 사회도 일반 학교에서 열심히 공부하여 좋은 대학에 간 사람을 우수하게 보고 다른 학생들도 따라 하게 만든다. 그래서인지, 자퇴를 했다고 하면 사람들은 꼭 '자기가 봤을 때 자퇴해도 될 만한 타당한 이유'가 있어야 '올바른

학생'으로 봐 줬다. 안 그러면 나를 마치 '사회에서 나가떨어진 패배자'처럼 보곤 했었다. 새로 등록한 태권도장과 학원, 평일 낮 시간에 간 봉사와 낮 시간에 한 모든 것들…. 낮에 어딜 가기만 하면 "고등학생이 어떻게 이 시간에?" 소리가 먼저 들렸다.

또한 또래 학생들하고 얘기가 잘 안 통했다. SNS를 하지 않으니 그 당시에 학교에서 유행하는 것도 몰랐고, 서로 사는 세상이 다르니까 나는 아이들이 해 주는 고등학교 이야기를 신기해했고 아이들한테는 내가 그러했다. 그렇게 공감대도 없고 서로 만날 기회도 적어서 자연스럽게 멀어졌다. 내가 고등학교를 안 갔으니 어찌 보면 이야기가 안 통하는 게 당연하다. 하지만 애초에 내가 원했던 건 이게 아니었다. 나는 그렇게 고작 자퇴 한 번 했다고 자신감과 자존감 모두 떨어진 외톨이가 되어 가고 있었다. 그 이후 몇 개월 동안 집에만 틀어박혀 있으면서 사람들하고 얘기하려 하지 않았다.

그렇게 얼마를 보냈을까. 시간이 흐르자 집에 있는 것도 매우 지루해졌다. 원래도 사람들과 소통을 잘 못했지만 밤낮이 바뀌어 더 고립되어 버렸다. '다시 세상 밖으로 나가 볼까?'라는 생각이 들 즈음에 내가 좋아했던 아이돌의 취미 생활인 '바리스타'가 눈에 띄었다. 하지만 나는 그때 커피 학원을 다닐 돈도 없었고, 정보도 없었다. 그때 당시 집안 사정이 어려웠고 자퇴를 한 것만으로도 부모님께 대못을 박은 기분이 들어 학원을 다니고 싶다고 쉽게 말할 수 없었다. 하지만 며칠이 지나도록 커피가 눈에 아른거려서 무언가 방법이 없을까 하고 인터넷에서 '바리스타 무료'를 검색해 보다가 '취업 성공 패키지를 알아 보세요'라는 댓글을 보게 되었다. 국가에서 진행하는 사업이라는 걸 알고 당장 고용노동부에 전화를 했다.

그해 말부터 이듬해 중반까지 국비 지원 바리스타 학원을 무료로 다닐 수 있었다. 커피 원두의 종류, 원두를 다루는 법, 커피 추출 방법, 에스프레소 머신의 원리, 향미 평가, 음료 제조 등등 많은 것들을 배우고 평가받고 칭찬을 들으며 나날이 '할 수 있다!'는 자신감이 붙었다. 아무 도움 없이 스스로 취업 성공 패키지를 알아내어 무료로 수업을 받는다는 것도 나에겐 큰 자부심이 됐고, 내가 찾던 그 '무언가'를 발견한 것 같아 기분이 좋았다. 그리고 드디어 사람들이 묻는 말에 대답할 수 있게 되었다.

"너 지금 자퇴하고 뭐 하니?"

"바리스타요!"

그때 마침 중학교 때 다녔던 대안 학교에서 고졸 검정고시를 보자고 연락이 와서 선생님들의 지도하에 한 달 열심히 공부하여 비교적 손쉽게 검정고시도 땄다.

하지만 이렇게 내 자퇴 일대기를 쓰면서 들었던 생각은 아쉬움이다. 나는 학교 밖 청소년들이 설 수 있는 자리가 더 많아졌으면 좋겠다. 나는 '자퇴' 또한 학생이 자신의 삶을 선택하는 하나의 선택지에 불과했으면 좋겠다. 모든 사람들이 내가 자퇴생이라는 사실을 알고도 나를 나 자체로 인정해 줬다면 나는 청소년기에 여유를 즐기며 나를 알아 가는 데에 더 많은 시간을 할애했을 것이다.

스무 살인 지금은 독학 학위제 심리학과 수업을 들으며 내가 관심 있었던 여러 가지 것들을 하고 있다. 동물권 단체에서 동물권 운동가 수업도 듣고, 장애인 복지관에서 수업 보조로도 활동한다. 카페에서 알바를 하며 가끔씩 신메뉴도 개발한다. 검정고시를 도와줬던 대안 학교랑은 계속 연이 닿아 '카페 음료 마스터반'이라는 수업을 개설하여 선생님으로 활동하고 있다. 사실 성인이 된 직후 일반 대학을 안 가고 또 비주류의 삶을 선택한 것에 잠깐 후회가 있었지만, 지난달 내가 번 돈으로 20살의 나를 기록하는 사진을 찍어 보며 '주체적으로 사는 나'도 어찌 보면 굉장히 행복한 사람일 수 있겠다는 생각이 들었다. 앞으로 나는 또 어떤 삶을 살아갈지 모르겠다. 하지만 스스로가 미래에 두려움이 아닌 기대를 거는 나날이 계속되었으면 좋겠다. 파이팅.

| **문관영** 동물권과 인권에 관심이 많은 청년, 2019년 1월 |

조폭 출신들의
뮤지컬

대학로에서 배우로 살아간다는 건 그리 녹록지 않다. 연극 강사와 배우를 겸하고 있는 나도 사뭇 동떨어진 이야기는 아니다.

제자들에게 항상 입버릇처럼 하는 말이 있다.

"난 내가 너희들보다 '열정'이 떨어졌다고 느낄 때, 가르치는 일을 그만둘 거다."

그래서인지 어느 날 행복하다는 확신 없이 가르치고 있다는 느낌이 온 뒤부터는 한동안 사람들 앞에 서지 못했다. 그렇게 사람들과의 관계가 뜸해질 무렵, 문득 울려 온 한 선배의 전화. 교정원(교도소) 연극 수업을 맡아 달라는 부탁 전화였다. 잠시 망설이다가 생각해 보겠다고 대답한 뒤, 나 자신에게 질문을 던졌다.

'과연 내가 그 사람들에게 무엇을 해 줄 수 있을까?'

막막했다. 그래도 조금이라도 '누군가에게 도움이 될 수 있다면'이라는 생각에 결국 교정원 프로그램을 맡기로 하였다. 이때부터 매주 교도소를 찾는 긴 여정이 시작되었다.

첫날 두근거리는 마음으로 교정원을 향했다. 입구에서 신분증과 출입증을 교환한 뒤, 다시 굳게 닫힌 철창 안으로 들어가 강의실로 향하는데 뭐 죄라도 지은 양 마음이 무겁다.

과연 어떤 사람들일까?

궁금함을 뒤로하고 교도관의 안내를 받아 철문을 2번 통과하여 강의실에 들어섰다. 강의실이라기보다는 30여 명 정도를 수용할 수 있는 작은 강당 같은 느낌이다. 그래도 피아노가 바로 보인다. 다행이다. 발성 훈련은 제대로 할 수 있겠구나.

모인 인원은 10여 명 남짓. 연령대가 다양하다. 70대 어르신 2분, 20대 청년 1명, 30대 후반부터 40대 초반 정도로 보이는 나머지 인원. 첫인상은 모두 순해 보인다. 일단 자리를 둥글게 원으로 만들고 서로 소개를 시작하며 교육을 진행해 본다. 아예 딴청을 피우는 사람부터 진지하게 이야기를 듣는 사람들까지 정말 다양하다. 조금 시간이 흐른 뒤 누군가의 소리가 들린다.

"간식 좀 주세요!"

뒤에 있던 담당 교도관이 제재를 가하려 한다. 교도관에게 괜찮다고 가벼운 목례를 하고 말했다.

"네, 열심히 참여하시면 드리겠습니다."

나중에 교도관이 조폭 출신 요주의 인물이라고 귀띔을 해 준다. 소개를 마친 뒤 간단하게 몸을 해방시키는 놀이와 발성, 몸 풀기를 해 본다. 아직은 서로들 어색함이 느껴진다.

그렇게 첫 수업을 마치고 담당 교도관과 발표회에 대한 상의를 했는데 발표회는 아마 어려울 거라고 말한다. 매년 재소자들 대상으로 독서, 악기 같은 교화 프로그램을 진행하지만, 결과는 부정적이란다. 그래도 발표회는 어떻게든 올리고 싶다고 말하고 첫날이 지나갔다.

수업을 몇 차례 진행해 보니 처음에는 낯설어하던 사람들이 이제는 조금씩 적응해 나간다. 신체 놀이는 물론, 즉흥 상황에 대한 연기적 훈련까지 무대에서 잘 표현해 낸다. 어라? 이거 기대 이상이다. 다들 무언가 분출하고 싶었지만 그 대상이나 방법이 막연했던 모양새다. 거기에 연극이 출발점이 됐나 보다.

그사이 70대 어르신들은 신체 훈련이 힘들다고 그만두셨고, 한 명은 다른 곳으로 이소하였다. 첫날 간식을 달라고 외치던 조폭 출신 재소자를 비롯해 20대 청년까지 모두 7명이 남았다. 나중에 들은 바로는 그중 4명이 조폭 출신이란다. 하지만 요주의 조폭 출신 빼고는, 정말 다들 착한 옆집 아저씨처럼 생겼다.

20대 청년은 교정원 내 기독교 반장이란다. 기타도 매우 잘 친다. 다른 한 명은 피아노 실력이 수준급이다. 힘을 받고 욕심을 내 뮤지컬 〈그리스〉에 나오는 한 곡을 슬쩍 건네주고, 노래를 시켜 본다. 뜻밖에도 다들 즐거워하며 그 쉽지 않은 곡을 열심히 따라 부른다. 교도소 안에 울려 퍼지는 노랫소리가 철창 밖으로 넘어간다. 느낌이 새롭다.

그렇게 수업을 진행하던 중, 전국을 긴장시켰던 메르스 사태가 일어났다. 그 때문에 여름에 두 달 정도 외부인 출입이 불가해 본의 아니게 수업을 못 하게 되었다. 그러자 솔직히 사람들이 보고 싶어졌다. 그새 정이 든 건가?

메르스 사태가 잠잠해진 뒤 다시 수업을 나갔다. 감이 떨어졌을 것이라는 걱정은 기우에 불과했다. 더 열정적이지 않은가? 모두들 열심히 대사를 연습하고 노래를 연습해 와서 대본이나 악보 없이 외워서 표현한다. 감동이었다. 이젠 모든 훈련에 적극적으로 참여한다. 발성과 신체 훈련은 반장을 정해 지도하게 해 보았다. 마치 초등학교 수업처럼 즐거워하며 참여한다. 참 순수한 모습들이다.

어느덧 한 해 교육을 정리하는 시간이 다가왔다. 처음에 부정적이었던 담당 교도관도 이제는 적극적으로 도와준다. 발표회 때 직접 음향과 영상도 담당해 준단다.

발표회 제목은 '일곱 남자, 세상을 향해 외치다!'

17분 정도의 노래와 독백으로 이루어진 발표회다. 발표회 날, 조명과 무대를 점검하고 객석을 정리해 본다. 강당이 작아서 다른 재소자들은 관람을 못 하고, 직원들과 관계자 15명쯤이 자리에 참석한다. 긴장된 순간. 그렇게 발표회는 시작되었고 모두 열심히 임해 주었다.

행복했다. 발표회를 마치고 직원들이 재소자들에게 아낌없는 칭찬을 해 준다. 특히 요주의 인물이었던 조폭 출신 재소자를 보고 많이 놀라워한다. 전혀 예상치 못했단다. 이런 모습을 계속 보여 준다면 원내에서 혜택 두 가지를 줄 수 있다고 한다. 감사하고 고마웠다.

발표회를 마친 뒤, 교도관과 재소자들에게 감사 인사를 받았을 때 부끄러운 마음이 들었다. 그렇다. 정작 감사해야 할 사람은 바로 나였기 때문이다. 재소자들에게 전해 주어야 할 변화와 작은 행복을 도리어 내가 받았기 때문이다. 누군가 말했던가.

"가르치는 것은 두 번 배우는 일이다."

그래서 나는 지금도 제자들에게 가르치는 일을 하고 있으며, 또 그들에게 배우고 있다.

| 김호균 뮤지컬 배우, 2019년 2월 |

부엉이 우는 사연

부엉이 우는
사연

한 2년 전부터 아파트 뒷산에 '대단한 무엇'이 들어선다는, 인근 초등학교에서 있었던 사업 설명회에 다녀온 주민들의 얘기가 들려왔습니다.

당시 저는 이사 온 지 만 1년 정도 되었고 뒷산은 아파트 제일 아래쪽인 우리 집과 한참 떨어진 곳이라 그 산에 관심이 없었지요. 다만 오뉴월이면 뒷산이 온통 흰 아카시아 꽃으로 덮이고 밤이면 짙은 향기가 온 단지를 채우며 내려와 그 존재를 일깨워 주었습니다. 게다가 그 산에 부엉이가 살고 있었는데 얼마 전 다른 산으로 가 버렸기에 이제 그 산에 무언가 도모할 수 있게 됐단 말도 들렸습니다.

저는 그 산의 부엉이 존재도 몰랐고 수리부엉이가 천연기념

물인지 멸종 위기종인지도 몰랐습니다. 그래서 '이 동네는 부엉이를 이리 대접할 줄 아는구나, 흠흠' 했습니다. 어릴 적부터 아버지 사무실에 놓여 있던 부엉이 박제를 보아 왔고, '부엉 부엉이가 우는 밤~' 그 노래가 좋았고, 다른 새와 달리 몸의 반이나 되는 커다란 머리에 회동그란 두 눈, 목만 휙 돌아가는 희한한 몸 구조, 그리고 그 유명한 무음 비행으로 먹잇감을 사로잡는다는 특별한 맹금인 건 알고 있었지요. 그런 부엉이에게 매료된 이들이 동서고금에 많았다는 것도, 그래서 도처에서 친밀하고 사랑스럽게 도안되어 여러 소품들로 만들어지고 있다는 것도, 관심을 가지고 보니 정말 많이 눈에 띄었습니다.

그런데, 현재 거기에 부엉이가 실제로 살고 있었습니다. 듣기로 최소 20년 길게는 30년 정도 대를 이어 살고 있다는 겁니다. 독극물이 든 먹이를 먹은 어미 부엉이가 죽고 아비 부엉이가 가출한 적이 있어 그 새끼들을 살리려고 119 사다리차까지 동원되어 먹이를 공급해 준 일도 있었고, 2008년 3월 KBS 환경스페셜의 주인공으로 방송된 적도 있다고 하는데, 이번 '장단콩 웰빙마루' 공사의 환경 평가에는 그 부엉이가 없는 것으로 나와 공사가 시작됐다가 주민들과 환경 단체의 반발로 지금 공사가 중단된 상태입니다.

뒷산과 불과 수십 미터 떨어진 동에서는 부엉이 울음소리가 들리고 비상하는 모습도 볼 수 있는데 그 '천연기념적 멸종 위기적 조우'를 하는 주민의 가슴 두근거리는 밤을 전해 들으며 저도 같이 목격한 양 설레었습니다. 그 부엉이는 아파트가 세워지기 전부터도 관심과 애정의 대상이었다고 토박이 주민들이 증언해 주셨습니다. 아무 데나 사는 새가 아니라 생태계가 온전해야 사는 녀석이라 우리 마을이 선택받은 1급지 마을인 양 든든했습니다.

하지만 이는 이 이야기의 시작일 뿐입니다. 익숙해진 축복은 어떤 유혹의 콩깍지가 씌워지면 하찮게 보일 때가 있는 것 같습니다. 특히 그 유혹이 정말 막강해서 감히 물리치기가 어려울 뿐만 아니라 그 뱃구레는 아무도 채울 수 없다는 맘몬(풍요와 재물의 신)의 유혹일 때 말입니다.

'장단콩 웰빙마루'는 시유지인 그 부엉이 산의 한쪽 사면에 14만 제곱미터에 가까운 대규모 관광 체험장을 만드는 겁니다. 설비 투자에만 210억 원이 든다는 규모이니, 부엌에서 생활비 기껏 백만 원대 주무르던 주부에게는 '장독 만 개'가 주는 느낌처럼 비현실적인 숫자입니다. 주변에 있는 헤이리 예술마을과 대규모 아울렛은 그럭저럭 자리를 잡았다지만, 파리 날리는 영어마을, 짓다 만 콘도, 아무도 찾지 않는 고려박물관의 전례를 보아 온 주민들로선 시장 조사를 제대로 했는지 의심하게 되는 사업입니다.

주민들의 의견을 듣는 절차가 허술했고, 환경 조사도 시장 조사도 부실했고, 그 수익 구조에 관계된 인사가 불투명한 일들이 그러하듯, 찬반이 일어나 시시비비를 가리려는 설왕설래로 온·오프라인이 시끄러웠습니다.

제가 위에 나열한 문제점을 보면 어찌 이 사업에 찬성이 있을 수 있냐고 생각하실 분이 계시겠지만, 맘몬은 '그럼에도 불구하고' 유혹적이라는 거고, 거기에는 정말 마음씨 착한 사람들이 자칫 빠져들게 만드는 '다른 많은 사람들의 이익'이라는 이유들이 준비돼 있기 때문이지요.

즉, 이 아파트를 짓기 전부터 그 산에 살던 부엉이에겐 아파트 건축이 이미 위협적이었는데 그렇게 지어진 아파트에 살면서 이제 와서 부엉이 타령은 이기적인 게 아니냐, 아파트 공사를 하는 중에도 수리부엉이가 떠나지 않았으니 이번 사업에도 주민들이 '조용히 하면' 공사는 반대쪽 사면이니 저소음 저진동 공법으로 하면 수리부엉이도 안전할 거다, 수리부엉이를 문제 삼으면 우리 아파트 자산 가치도 떨어질 거고 (현재 층고가 5층인데 수리부엉이 서식지를 보호하는 법의 적용을 받게 되면 재개발하게 될 때 서식지와 인접한 동은 지금보다 더 낮아져야 하니) 따라서 마을 경기도 침체될 거다, 개발이 되면 고용 효과도 있을 거고 부동산 경기도 살아나서 많은 사람들이 수혜자가 될 수 있다는 유혹 말입니다.

이 일로 마을이 편 갈라지면 어쩌나 마음 졸일 즈음 다행히 다들 평정을 찾아 갔습니다. '뭣이 중한지'를 새겨 보는 시간, 각자 자신의 주장만 하지 말고 서로의 생각을 들어 보자는 말에 호응하여 공사 중단 기간 중 만남과 소통의 기회를 가졌습니다. 주민들과 협의체와 대화도, 지역 신문사에서 주최한 토론회에서 시민 단체와 여러 방면의 전문가, 그리고 도의원(파주시청에서는 참석 약속을 하고 불참)들의 발제를 듣는 자리도 가졌습니다. 업체와 주민들 사이에서 조율하는 역할을 맡은 이장단이 중심인 협의체가 주민들과 접촉이 잦은 터라 덕분에 언성 높이는 일도 많았지만 주민들의 지역 현안에 대한 이해와 의식들이 높아졌습니다. 그리고 시청에 직접 질문하고 정보 공개를 청구하며 참여하는 시민으로 성숙해져 가는 모습이 보였습니다.

사실 이 글을 쓰고 있는 제 눈에는 이 일이 '찬반이 팽팽한 사안'으로 보이지 않습니다. 저는 몇 해 '살아 보려고' 좋은 공기와 많은 녹지, 예쁜 집들이 많은 이 마을로 들어와 세입자로 산 지 38개월 됐는데 살면서 이 마을의 매력에 흠뻑 빠졌기 때문입니다. 서울과 가까우면서도 자연이 주는 혜택과 문화를 누릴 수 있는 여러 장소가 이렇게 잘 갖추어진 곳이 드물다는 걸 알게 됐습니다. 게다가 주민들은 음식이 건너다닐 정도로 정답고 반려동물들을 사랑하며 특히 예술에 종사하는 분들이 많다는 게 자랑스러워, 저도 여기 눌러 살려는 마음을 무럭무럭 키우던 터였습니다. 그리고 이웃들의 얘기를 들어 보면 대부분 처음 들어

오게 된 동기로 맑은 공기와 가까운 숲, 녹지와 조용한 분위기를 꼽는 걸 보았고 투자 가치로 보아 이곳을 선택했다는 사람은 만나지 못했습니다. 유유상종인지는 몰라도 그들은 하나같이, '기업하기 좋은 파주'가 아닌 '아이 키우기 좋은 파주'가 되기를 희망하고 있었는데, 재미있게도 자녀가 둘은 보통, 셋도 자주, 넷인 댁도 가끔…, 젊고 멋진 어느 이장님은 글쎄, 아이가 다섯이랍니다. 그러니 이 마을 숲은 지금처럼 지켜져서 이 사랑스런 아이들과 부엉이 가족을 함께 품어 길러 내게 해야 한다고 생각합니다. 그러면 이 마을은 '건강하고 친자연적이고 창의력 있는 아이로 자라는 곳'으로, 충분한 자산이 되고 자랑거리가 될 거라 생각합니다.

그러면 장단콩 웰빙마루는? 가이사의 것은 가이사에게로!

통일촌 장단콩마을로 가서 그 기업들과 시너지를 내며 도모하는 게 옳다고 봅니다. 거기에서라면 부엉이 산에서 부딪힐 많은 장애 요소들이 줄어들 것 같다고들 말합니다. 어차피 옥상가옥이니까요. 그 사업을 기획한 노고는 대단했겠지만 하필이면 천 백 세대의 아파트 인접한 곳이어야 했는지 여전히 궁금합니다.

| 이원 영화와 수다와 합창 이제는 부엉이도 좋아하게 된 겁 많은 환경보호론자, 2017년 8월 |

고작 이걸 세우려고

2년 만에 101번 765kV 송전탑이 세워진 밀양 용회마을 승학산에 올랐다.

촛불을 밝히고 함께 부르던 노래, 어둠 속에서 연대 온 이들과 나누던 이야기, 쇠사슬로 몸을 묶고 지키다 끌려 나온 움막. 모두 기억에 생생한데 오직 흉물 같은 송전탑만 서 있다. 고작 이걸 위해 사람의 가치를 그렇게 팽개쳤나. 함께 온 주민 고준길 님은 말없이 송전탑을 바라보다 발길을 돌린다.

원자력안전위원회가 신고리 핵발전소 5, 6호기 건설을 승인했다. 밀양의 아픔이 얼마나 더 필요한가? 시운전 중이던 신고리 3호기가 갑자기 멈춰 섰다. 다음 날 울산 앞바다에선 진도 5.0의 지진이 일어났다. 후쿠시마의 재앙이 얼마나 더 필요한가? 아무도 피해 갈 수 없는 결정을 내리는 눈먼 자들이 너무 많다.

| 정택용 사진작가, 2016년 8월 |

자동차보다
사람이 우선인 세상

길을 걷다 보면 우리들에게 아주 익숙한 풍경이 하나 있다. 골목길에서 자동차가 오는 기색이 보이면 사람들은 얼른 구석으로 피해서 자동차가 먼저 지나갈 수 있도록 양보해 주는 것이다. 심지어 횡단보도 앞에서조차 보행자는 자동차를 먼저 보내주고 나서야 길을 건넌다. 이렇게 자동차가 우선시되는 문화는 우리 삶 속에 너무나 깊숙이 배어 있어 대부분의 사람들은 "왜 자동차를 먼저 보내 줘야 하지?"라는 질문도 떠올리지 못한 채 살아가고 있다. 가령 "자동차보다는 사람이 우선이지!"라고 주장하며 먼저 길을 건너려 했다가는 당장 운전자로부터 "당신! 죽고 싶어 환장했어?"라는 욕설을 듣게 될 것이다.

소위 선진국이라고 일컬어지는 미국이나 유럽은 어떨까? 한

번은 필자가 미국 여행을 가서 교통 신호등이 없는 교차로 횡단보도에서 길을 건너려고 한 적이 있었다. 그런데 마침 저만치에서 자동차가 다가오기에 한국에서 늘 하던 대로 자동차가 얼른 통과하기만을 기다리며 딴전 피우듯 길 건너편을 주시하고서 있었다. 얼마의 시간이 흘렀을까? 이상한 분위기가 느껴져서 자동차를 쳐다봤더니, 그 자동차 역시 횡단보도 앞에 정지한 채 내가 길을 건너기만을 기다리고 있는 것이 아닌가? 이게 무슨 상황인지 감이 안 잡혀 멍하게 있다가 운전자와 눈이 마주쳤다. 운전자는 "헤이! 당신 왜 빨리 길을 안 건너고 있는 거야? 당신 때문에 나도 못 가고 있잖아"라는 의미로 팔을 뻗어 어깨를 살짝 들어 올리는 미국인 특유의 몸짓을 하며 어이없다는 듯 쳐다보고 있었다. 나는 그제야 사태 파악이 돼서 손을 들고 무안하게 길을 건넜다. 그 후로도 횡단보도에서 이런 문화에 익숙해지기까지 의식적으로 "자동차보다 내가 우선권이 있어!"라며 몇 번이고 스스로 다짐해야 했다.

여기서 우리는 잠깐 생각해 볼 필요가 있을 것 같다.

애당초 길의 주인은 누구였을까? 원래부터 자동차가 도로의 주인이었을까? 그리고 우리나라와 다른 선진국은 보행자를 대하는 태도에 왜 이런 차이가 있는 걸까?

사람이 우선인지 자동차가 우선인지에 대한 관념의 차이가 가져오는 결과는 실로 어마어마하다. 그 단적인 예가 보행 중

사망 사고율이다. 우리나라는 교통사고 사망자 열 명 중 네 명 정도가 걷다가 죽은 사람이다. 반면 네덜란드와 미국은 약 한 명이다. 즉, 우리나라가 네 배나 더 많이 보행 중에 죽고 있는 것이다. 재미있는 것은 같은 선진국이지만 일본도 3.5명이나 된다. 일본이 다른 교통사고 통계는 선진국 중 으뜸 수준이지만 보행자 사고에서만큼은 후진국 수준인 이유는 무엇일까? 흥미롭게도 일본 역시 우리나라처럼 운전자들이 보행자들을 그다지 배려해 주지 않기 때문이다. 내 경험에 의하면 일본에서는 절반 정도의 운전자들만 보행자를 위해 차를 세워 주었다.

그럼 서구 선진국에서도 원래부터 사람이 자동차보다 우선권을 가지고 있었을까? 그건 아니었다. 대부분의 사회가 그렇듯 약자(보행자)들이 가만히 있으면 강자(자동차)들이 알아서 보호해 주지는 않는 것 같다. 약자들이 단결해서 자신들의 걸을 수 있는 권리, 즉 보행권을 쟁취해 낸 것에 가깝다. 예를 들어 네덜란드 도로교통법에는 '본엘프'라는 제도가 있다. 본엘프는 네덜란드 말로 '도로의 정원'이라는 뜻인데, 이 거리에 들어서는 순간부터 자동차는 보행 속도보다 빨리 달리면 안 된다. 심지어 아이들이 이 거리에서 마음대로 뛰놀아도 괜찮다. 이렇게 사람과 자동차가 함께 살아가도록 법으로 규정해 놓고 이걸 어기면 엄격하게 처벌한다. 이 본엘프의 유래를 알게 되면 우리가 어떻게 해야 할지 방향이 잡힌다.

1970년대 초 네덜란드 아인트호벤이라는 도시의 한 동네에 공사장 트럭이 통과하기 시작해서 아이들 등하굣길이 매우 위태롭게 된 적이 있었다. 그때 참다못한 어느 주민이 자기 집 앞을 지나는 트럭이 속도를 못 내도록 화분을 내놓았고, 이걸 본 다른 주민들도 하나둘 따라 하기 시작했다. 이 때문에 트럭들은 어쩔 수 없이 속도를 줄이며 다닐 수밖에 없었다. 그런데 결과적으로 이 화분들 때문에 삭막하던 동네 길이 꽃으로 예쁘게 치장된 정원처럼 바뀌어 사람들이 '도로의 정원', 본엘프라고 부르게 되었던 것이다. 본엘프는 다름 아닌 주민(약자)들이 자동차(강자)로부터 마을을 지키기 위해 자발적으로 시도한 시민운동에서 출발한 것이었다.

　이 운동에서 영향을 받아 먼저 네덜란드 정부가 본엘프를 법제화했고, 이후 독일의 템포30, 영국의 홈존, 일본의 커뮤니티존 등으로 발전하게 되었다. 우리나라에는 스쿨존, 실버존, 생활도로구역 등으로 도입되었다. 하지만 우리나라의 경우 제도적으로는 보행자와 자동차가 사이좋게 지내도록 하는 시스템을 만들어 놓았으나 사람들의 의식은 완전히 전환되지 않은 것이 문제의 핵심인 것 같다.

　자동차가 아닌 사람이 길의 주인이 되게 하려면 어떻게 해야 할까? 크게 세 가지가 충족되어야 할 것 같다.

　첫 번째는 물리적인 시설이 제공될 필요가 있다. 본엘프에는 세 가지가 없다고 한다. 첫째는 차도와 구분되는 보도가 없다. 골목길에서만큼은 사람이 자동차를 피해 길 가장자리로 다니지 않아도 된다는 의미이다. 둘째는 차량 통행의 편의를 위해 중앙에 차선을 그려 놓지 않았고 길을 일부러 구불구불하게 만들어 자동차의 속도를 줄일 수밖에 없게 만들었다. 셋째는 횡단보도가 없다. 즉, 본엘프 안에서 사람들은 얼마든지 아무 때나 길을 건널 권리가 있다는 것을 시설로 운전자에게 알려 주는 것이다.

두 번째는 적당한 채찍이 준비되어야 한다. 우리나라는 아직도 자동차 운전자에게 너무 관대한 처벌을 하고 있다. 단적인 예가 음주 운전이다. 여러분은 음주 운전으로 사람을 죽인 운전자가 살인죄로 무기 징역을 받았다는 얘기를 들어 본 적이 있는가? 하지만 대부분 선진국은 음주 운전을 형사 사건 살인죄로 엄하게 다스린다. 마찬가지로 자동차가 시속 30킬로미터 이상 속도를 내면 안 되는 본엘프에서 이를 어기고 사고를 내면 엄한 처벌을 받는다. 미국 운전자들이 횡단보도에서 보행자를 기다려 주는 이유 중 하나는 엄한 벌칙 때문이기도 하다. 엄격한 규칙은 처음에는 부담스럽지만 습관이 되면 곧 익숙해진다. 골목길에서 천천히 다녀 버릇하면 그 속도에 익숙해진다.

세 번째는 자동차에 대한 우리 마음이 바뀌어야 된다. 요즘 내 마음에 꼭 드는 교통안전 광고가 있다. "운전자! 당신도 차에서 내리면 보행자입니다"라는 광고다. 맞는 말이다. 평생 운전자로서만 살아가는 사람이 지구상에 한 사람이라도 있는가? 일반적으로 직업 운전자들 외에는 하루 24시간 중 아무리 길어도 서너 시간만 운전자이고 나머지는 보행자로서 살아가야 한다. 그럼에도 불구하고 자기가 영원한 강자라도 된 양 운전하는 사람들이 있다. 누군가 나에게 가장 꼴불견 운전자를 꼽아 보라고 한다면 횡단보도 정지선을 넘어와서 길 건너는 사람들을 불안하게 하거나, 횡단보도 신호가 아직 많이 남아 있는데도 빨리 건너라는 식으로 차머리를 밀고 들어오며 위협하는 운전자, 또는 사람들이 지나가야 할 인도나 횡단보도 위에 떡하니 무단 주차해 놓는 사람들이다.

많은 사람들이 우리나라가 아직도 지도자들의 책임감(노블리스 오블리주)이 부족한 천민자본주의 사회라고 한탄한다. 노블리스 오블리주의 핵심은 강자의 책임 의식과 관용이다. 강자인 운전자가 약자인 보행자들을 배려하는 마음이 우리 사회에 충만해진다는 것은 단순한 교통 문화 차원을 뛰어넘어, 우리 사회가 강자와 약자가 더불어 사는 진짜 사람 사는 맛 나는 세상이 된다는 의미는 아닐까.

| **진장원** 한국교통대학교 교통대학원 원장, 2018년 10월 |

오키나와 평화기행,
누가 평화를 말하나

엄마가 한몸평화재단에서 가는 오키나와 평화기행을 하겠냐고 갑자기 물으셨을 때 좀 망설여졌다. 평화기행이라면 아주 진지한 여행이 될 테고 내 또래도 별로 없을 것 같아서였다. 하지만 전에 한몸평화재단에서 여행을 함께 갔을 때 좋았던 것이 생각나서 가겠다고 대답했고, 예비 모임을 갔다 오자 오히려 기대되기 시작했다.

오키나와는 산호초가 쌓여 융기한 섬으로 동굴이 많고 고운 하늘색 물빛의 아름다운 바다로 둘러싸인 곳이다. 옛날 오키나와 지역은 독자적인 나라인 류큐 왕국이었다. 오키나와 사람들은 스스로를 우치난추, 일본 본토인은 야마톤추라고 구분해서 부르고 있으며 지금도 본토와 차별을 당하고 있다. 류큐 왕국은 일본의 침략을 받아 1872년에 일본으로 편입되었고, 1945년 태평양 전쟁에서 일본이 패전하자 미군령이 되었다가 이후 1972년에 다시 일본으로 복귀되었다. 불과 100년 사이에 오키나와 사람들의 의사와는 관계없이 류큐 왕국에서 일본으로, 일본에서 미국으로, 다시 미국에서 일본으로 바뀐 셈이다.

이곳은 제2차 세계 대전 중 일본이 본토에서 유일하게 지상전을 치른 곳이다. 지금도 일본 안 미군기지의 약 74퍼센트가 오키나와에 집중되어 있다.

4박 5일 동안 미군기지와 전쟁 때 사람들이 피신한 동굴 등 정말 여러 곳을 다녔지만 그중 가장 인상적인 곳 두 군데는 해노코 기지 이전 반대 시위 현장과 사키마 미술관이었다.

해노코 기지

해노코에서는 후텐마 미해군기지를 이전하는 공사가 한창 진행되고 있었다. 공사용 흙을 실은 트럭이 쉴 새 없이 공사 현장으로 들어가고 나오며 우르릉거리고, 시위대는 쏟아지는 비를 맞으며 목청껏 구호를 외치고 있었다. 오키나와 사람들은 오랫동안 후텐마 기지를 폐쇄하라고 요구해 왔는데, 미군기지 측은 이를 수용하는 척하면서 마침 오래되고 쓰기에도 불편해진 후텐마 기지를 해노코로 이전하는 계획을 추진하였다. 주민들은 이것에 반대해 매일매일 건설 현장 앞에서 시위하고 있다.

우리 일행은 시위에 잠시 동참한 후 시위 현장에서 조금 떨어진 바닷가의 해노코 기지 반대 투쟁 본부가 있는 곳으로 이동하여 강연을 들었다.

해노코 기지 건설이 강행되면서 이 바다에 살던 듀공과 바다거북이 거의 사라지고, 산호초도 파괴되는 등 아름다운 해노코 해안의 생태계가 위협을 받고 있다. 또한, 바로 옆에 미군 탄약고가 있어 사고라도 생기면 지진이 발생할 위험도 크다. 한국의 평화 통일에 방해가 되는 것은 주한미군이고 오키나와의 평화에 반대가 되는 것도 주일미군이라며, 아베의 정치는 결국 전쟁을 일으키게 되기 때문에 우리는 연대해야 한다는 것이 강연의 내용이었다.

사키마 미술관

사키마 미술관은 후텐마 기지 바로 옆에 있는, 평화를 상징하는 미술관이다.

미술관 한쪽 벽면에 마루키 부부가 함께 그린 '오키나와전의 그림'이 걸려 있었다. 이 그림은 죽은 사람들의 신체를 훼손되지 않은 상태로 묘사하였다. 신체가 훼손된 사실을 묘사하기보다는 생명이 존엄한 것이라는 진실을 표현하기를 택한 것이다. 사람들 눈에는 대부분 눈동자가 없는데, 화가가 사람들의 기억에 공백이 있는 것을 표현하기 위해서 그렇게 그렸다고 한다.

이들은 너무나 잔인하고 고통스러운 경험을 했기 때문에 그것을 잊고 싶어 하고 말하지 않으려 한다. 그러나 가운데에 있는 아이 세 명에게는 눈동자를 그려 넣어 이 아이들이 기억의 공백을 채워 역사를 똑바로 바라볼 수 있으면 좋겠다는 바람을 표현했다.

이 부부는 오키나와 그림을 통해 전쟁을 일으킨 일본인으로서 책임져야 할 것을 다루고 있다. 사람들은 자신의 잘못에 관해서는 이야기하고 싶어 하지 않는다. 우리나라도 일제의 만행은 이야기하지만, 베트남전에 참전해서 베트남 사람들을 잔혹하게 죽인 것에 대해서는 별로 말하고 싶어 하지 않는다. 일본이 위안부에게 잘못한 것은 비난하지만 그들이 고향에 돌아왔을 때 품어 주지 못한 것에 대해서는 별로 반성하지 않는다. 우리가 평화에 대해 말하는 것은 자국의 이익을 위해서가 아니라 약자도 보호받을 수 있고 약자도 권리가 있는 세상에서 살기 위한 것인데, 자기가 잘못한 것은 사과하지 않고 남의 나라가 잘못한 것만 비난하면 세상은 영원히 바뀌지 않을 것이다.

우리나라와 가까운 곳에 이렇게 비극적인 역사가 있는 줄 몰랐는데 현장에 방문하고 그곳 사람들을 만나며 알게 되었다. 서승 교수님이 어떤 평화 기념비를 설명하시면서 하셨던 말씀이 기억에 남는다. '나도 평화를 가르치지만, 평화를 말하는 사람들의 이야기는 조심해서 들어야 한다'고 말씀하셨다. 평화를 말하는 사람 중에는 전쟁을 일으켜 놓고도 아무것도 책임지지 않고 다 같은 희생자로 뭉뚱그려서 슬쩍 넘어가려고 하는, 속이는 평화를 주장하는 사람도 있다는 것이다. 그런데 만약에 내가 오키나와에 혼자 갔다면 이런 점을 다 꿰뚫어 볼 수 있었을까? 듣기 좋은 말을 늘어놓는 사람들에게 속을 수도 있지 않을까 생각하니 막막했다. 옳고 그름을 가릴 수 있는 비판적인 의식이 꼭 필요하다는 것을 절실히 느꼈다. 진정한 평화를 누리기 위해서는 자기와 남이 같이 평화로운 삶을 고민해야 답을 얻을 수 있다고 생각하였다.

| 조운주 홈스쿨링하는 15세 청소년, 2019년 4월 |